歪打正緣 1

風 文創 893

畫淺眉 著

風文創 893

目錄

序文

畫淺眉

時間過得真快，距離上一本書出版，已經是好幾年前的事情了。

這幾年時間，我以及我身邊的人和事都發生了好多變化，相信翻開這一頁的你們也一樣。也許，有人考上了大學，也許，有人做了媽媽。

二〇二〇年，對全世界人民來說，都是個特殊的一年。

疫情的爆發，讓我和其他人一樣經歷了恐慌、鎮定和期盼。我上班的公司在前幾年將工作重心從過去的旅遊，偏向了現在的影視拍攝，而我則在疫情解封、公司重新開業後，從過去的一線導遊，調到內部成了一名坐在辦公室裡忙碌的辦事員。

在換了新的工作環境後，我有很長一段時間為了學習新知識而沒有提筆寫過故事，那段時間彷彿所有的文字都被收攏在秘密的盒子裡。所以，當編輯詢問我願不願意出版這本故事的時候，我很驚訝，緊接著感到的是久違的開心。

《歪打正緣》的出版，給了我繼續寫故事的動力，讓我想起除了工作之外，還有一片天地等著我繼續闖蕩。

寫《歪打正緣》的時候，我只是單純地想要寫一個與父母親緣關係並不怎麼親近，但仍舊積極向上活著的女主。

而就在不久前，我看到了一則新聞。新聞裡，是一個從小被爺爺奶奶撫養，因為沒有得到過太多父母的疼愛照顧，所以和父母關係疏遠的未成年少女。少女無奈輟學，被父母逼迫要嫁給一個陌生的成年男人，為了能夠繼續求學，勇敢的少女在被迫結婚的前一天選擇了向相關部門求助。

這則新聞的後續，是少女的爺爺堅決要送孫女讀書，相關部門出手相助，少女也得到了參加考試和繼續求學的機會。

看到這則新聞，我想到了我故事裡的馮纓，也想到了這個世界上那些境遇相似的女孩們。

並不是所有人都能那麼幸運地降生在一個幸福美滿的家庭裡，也並不是所有人的誕生都是帶著家人們的祝福。

但勇敢而堅強的女孩們，都可以憑藉自己的努力，將這些看似橫亙在面前的攔路石踢開。求學、打工、就業、成家，這其中會有挫折，會有磨難，當然也一定會有幸福。

每每看到某些關於女孩們的新聞，我總會慶幸我出生在一個平凡但很和睦的家庭。我有數十年如一日、關係和睦的父母，有父母澆灌下的愛，有身邊可以肆意玩鬧的閨密，也有愛好相近且有很多共同話題的男朋友。

我不知道未來會怎樣。

沒有人知道。因為現實生活不是故事，沒有人天生能預見未來，沒有人能擁有重活一世的機會。

但未來，掌握在每個人自己的手裡。

你帶著希望，它就擁有希望；你帶著痛苦，它就回報你痛苦。我很幸運，也希望翻開這一頁的你們，也能擁有這分幸運。

最後將一句話送給你們——好的運氣令人羨慕，而戰勝厄運則更令人驚嘆。

第一章

河晏三十八年，政通人和，百姓阜安，六畜興旺。

這年，多年無子的太子有了後，慶元帝大喜，遂改年號泰安。

等改年號的消息傳到遠在平京幾千里外的河西鎮，已經是一個月後的事情。而這之前，河西鎮仍舊是那個多戰缺水的邊陲小鎮。

「纓娘，不是小舅舅要說妳，劉副將的兒子雖然不擅功夫，可腦子聰明，會讀書，妳嫁了他總是有太平日子過的……」盛晉頓了頓。「妳大舅疼妳，所以由著妳拖到這個年紀還沒成親，可妳一個姑娘家，再拖下去，難不成還真想孤獨終老？」

馮纓騎在馬上，點點頭，忍不住重重地打了個哈欠。

哈欠沒打完，頭上戴的盔被人杵了杵。

「妳啊妳。」

說話的工夫，難免慢了速度。

盛大將軍騎著高頭大馬，走在離舅甥倆兩丈遠的地方，一身鎧甲蒙了層沙塵，把明光甲的光澤遮得密密實實。

大約是發覺人沒跟上，他回過頭來，瞇著眼睛喊：「幹什麼呢？」

馮纓舔舔乾裂的嘴唇，瞇了瞇眼。「大舅，小舅舅又逼我嫁人。」

「他自己都沒討到媳婦，哪來的資格管妳！」

她咧開嘴笑，一抽馬鞭趕緊跑。

聽著馬屁股後頭小舅舅氣急敗壞的叫喊聲，馮纓心裡暗暗腹誹。

果真是到了年紀，去哪都有人催婚。

上上回是孫裨將的大孫子，媒人說得天花亂墜，結果見了面先挑釁，說女人就該從戰場上滾回家奶孩子，於是被她一拳從馬背上揍到地上，碎了兩顆門牙，再說話是滿嘴漏風。

礙著她幾位舅舅，孫裨將沒敢拿她怎樣，私下縱著孫子到處說三道四，又被她揪著狠狠揍了幾次。

上回是個平京來做買賣的商人，看她在街上閒逛，立即捧著金子銀子湊到跟前，說要討她過門做小，張口閉口就是生了兒子就給她幾家鋪子、多少銀子。

一次回絕後，甚至還繞著彎從八竿子遠的親戚裡找了說客上門來遊說。

她當時怎麼做來著？

好像是扒了那人的衣服，把人丟到城門外。

還有上次，是二舅母娘家的姪子，入了軍營追她追了半個多月，後來親眼看到她三拳打倒一個大漢，嚇得回家立刻就娶了個溫柔賢淑的姑娘為妻。

聽說沒兩個月，小倆口就懷上了。

這次這個劉副將家的小兒子，是個手不能提、肩不能挑的文弱書生。她是不討厭書生來著，畢竟在她原來的那個世界，幾乎滿大街都是這類男人。

可這樣的書生，在河西鎮想要安安穩穩地活下去，實在太難。

馮纓想著又舔了舔嘴唇。

她原本是一所國中的體育老師，二十八歲，單身，剛正式步入被家人瘋狂催婚的年紀。為了救學生，她被持刀闖進學校、見人就砍的男人捅了一刀，失去意識，然後……醒來就到了這裡。

還沒到這裡之前，她倒是有積極相親，積極參加各種聚會活動，但就是……沒男朋友。原因是她外公覺得，那些男生沒有一個符合他的眼光。

這個彎腰駝背、那個不到三十歲倒長了四個月大的啤酒肚，要不就是說話畏畏縮縮、看人眼神游離……

她是不覺得這個年紀嫁沒嫁人有什麼要緊的，所以剛穿過來發現自己成了個只會哇哇大哭的嬰孩，馮纓只覺得有些對不住家裡人。

但，既來之則安之，她只能睜眼喝奶，閉眼睡覺，迷迷糊糊地長到兩歲，這才突然發現自己其實是穿書了！

這個世界是一本名為《我的夫君是首輔》的古言小說。她粗略地看完，沒有多好看。內容和某江小說網上眾多的「首輔」差不多，千篇一律是窮苦出身的少年才俊男主，偶然結識嬌軟溫柔的女主，對女主一見鍾情或者日久情深，中間各種三角狗血，最後迎娶嬌妻過門，寵妻愛妻，彷彿開了掛般一路官運亨通，最後年紀輕輕，官至首輔。

不過她不是女主，也不是女反派。

她是書裡一筆帶過，沒有太多筆墨描述的一個女將軍。

不愛紅妝愛武裝。

她外公就是位退伍軍人，因為外公對她的影響太深，以至於五歲那年，被這具身體同父同母的哥哥帶到河西投奔舅舅，看到落日餘暉下的沙漠，看到騎兵戰馬，馮纓當即一改混吃等死一輩子的念頭，成了舅舅們屁股後面的小尾巴。

這條小尾巴一當，就當了二十年。

她跟著舅舅們馳騁沙場，無數次殺退侵擾邊疆的游牧民族，成了河西鎮上數一數二的殺神，同時也是在這個女孩十五、六歲就該出嫁生孩子的世界裡，成了年過二十五還沒出嫁的大齡女青年。

大舅、三舅沒說啥，年過四十同樣沒成親的小舅倒是開始到處找媒人給她說親了。

換句話說，她小舅，只許州官放火不許百姓點燈。

馮纓騎馬進城，眼皮子一抬，就瞧見城門邊上的佈告欄後，幾個小孩探頭探腦往這邊看。

她索性勒住馬，指著前頭一個小胖墩，勾了勾手指。「要不要騎馬？」

「要要要！」

小胖墩看著體積不小，像枚小鋼炮似的從後面衝了出來。後頭跟了一連串的小崽子，高矮胖瘦，什麼模樣都有，鼻涕掛到嘴邊，吸溜一下，張口就喊：「馮姊姊！馮姊姊！」

馮纓手裡的馬韁稍稍緊了一些，怕馬蹄踏步踩著人，忙翻身下地，抱起小胖墩就往馬鞍上放。

小崽子們頓時齊齊「哇」了一聲。

小胖墩更是兩眼發亮，粗短的兩條腿努力去夾馬肚子，夾不住也不害臊，呵呵直笑。

「姊姊，糖！」

有個小姑娘往她手裡塞了顆黏糊糊的糖。馮纓也不嫌棄，丟進嘴裡，捏了把小姑娘的臉，衝著人吹了聲口哨。

邊城清苦，小孩們沒什麼可吃的零嘴。

肉乾、駱駝奶酪都是極好的零嘴，一般人家吃不起，就連最尋常的糖塊，也不是那麼便宜的東西。

就算這樣，每回她回城，遇見她的小崽子們總會把自己存下來的一點零嘴塞她手裡。

所以，馮纓也盡可能地帶小崽子們玩。

得空的時候，帶他們騎馬、放紙鳶、跳格子，還絞盡腦汁找工匠做了些體育課上用的小器材。

這麼一來，誰家的小崽子見了馮纓，都纏著鬧著要一塊兒玩。

就像現在，小崽子們你黏著我，我黏著你，誰都想讓她抱一抱，摸摸頭，湊得近了，連走路都有些困難。

這一拖，盛晉也進了城。

「這麼喜歡小孩，怎麼也不見妳自己去生一個。」

馮纓扭頭，衝著人笑。「小舅舅這麼喜歡春風樓裡的小姊姊，也沒見舅舅你把人娶回家不是。」

見人瞪眼，馮纓笑得更歡，嘴上說了句「坐好了」，拉著馬帶著小崽子們往前走。

到了巷子口，她把小崽子們往回趕，牽著馬要和舅舅們先繞到偏門，走近路去馬廄。

前腳才邁出去，後腳管事從巷子那頭火急火燎地趕過來。

「大老爺、六老爺、表姑娘，你們可回來了！天使、天使來了！」

馮纓好奇問道：「怎麼這時候有天使過來？」

天使是天子使臣的意思。

河西，隸屬大啟最靠西北的州府承北，是大啟的最邊境。儘管如此，河西鎮卻還是大啟極其重要的一處軍事要地。

離小鎮不過幾里地的地方，就是河西軍營，裡頭駐紮的是長年鎮守邊疆的盛家軍。

再往外，是一眼望不到邊際的沙漠，沙漠裡，人煙荒蕪，卻時常流竄著西北游牧民族。他們性喜廝殺掠奪，時常侵擾大啟邊民。

今日是掠財，明日是殺人奪地。大大小小的戰爭從未停止，盛家軍上下更是從未離開過駐地，一守就是幾年幾十年，直到戰死，方能魂歸故土。

往日除非必要，平京那頭鮮少會遣天使來河西，至多是到承北府，再由知府大人派人送信。

這一次有天使親臨，馮纓免不了有些好奇。

管事一時回答不出，舅甥幾個只好往正門走，門外候著隨行天使的護衛，再往裡就是盛府的正廳，女眷們已經在廳內招待天使吃茶，見了他們忙迎上前來。

盛家六子一女，馮纓的娘是盛家最小的女兒，頂頭六個哥哥，府內自然少不了女眷。

馮纓同舅母們一一見禮，這才轉頭去看那位天使。

那天使看模樣，是位宦官，從她進門起就始終留意著她，這會兒手一拱，竟是捧出一道聖旨來。

聖旨的內容馮纓聽得有些七葷八素，大致上是太子妃終於為太子誕下嫡子，朕龍顏大悅，想起遠在河西的幾位表兄弟，特地告訴你們這個好消息，要你們和朕一同開心開心。

馮纓看著大舅恭恭敬敬接了聖旨，正要跟著起身。那天使突然道：「馮二姑娘。」

馮纓疑惑。

天使樂呵地瞇起眼。「陛下有道口諭，專為二姑娘留的。

「陛下說，纓娘，妳該嫁人了。」

欸？嫁、人？

泰安元年，十月初一。

平京城，卯時。

自城中鐘鼓樓處，傳來陣陣鼓聲，一聲聲緩緩傳至城中各角落。隨著鼓聲起，巨大的城門在守城兵丁的號子聲中，伴著笨重的吱呀聲慢慢推開。

等到鼓聲終止，平京城東西南北四面城門一俱打開，開始日復一日的人來人往。

拱頂馬車在進城的人流中慢慢走進城門，前頭的百姓肩挑著貨，手提著籃，進出時還要稍稍查看一眼，陌生的車隊入內則有人專門上前查驗入匣的印信。

馮纓坐在馬車內，一手去掀簾子，一手握拳在腰上捶。

馬車暢通無阻，到了城門官跟前，馬鞭子一甩，直接入內，竟是攔也不攔。

「居然就這麼放行了？」

同坐在馬車裡的，是兩個穿著一般無二的丫鬟。生得高壯一些的，是馮纓平日在盛府用慣了的綠苔，另一個身形纖細、面容素雅的叫碧光，聽天使說是她皇帝表舅專門安排，一路上伺候她用的。

從河西過來的一路上，馮纓已經知道皇帝表舅挑中碧光的原因了。

碧光是個聰明的，博聞強識，問什麼都能答什麼。馮纓無趣時便拉了她聊天，倒是也能天南地北聊上許多。

她這麼問，碧光果真在旁答道：「車夫是張公公的人，馬車上又掛了陛下的信物，城門官自然不敢阻攔查驗。」

馮纓舔了舔嘴唇。「這不好。回頭要是有人使壞，那不就平白給人開了方便。」

碧光一愣。「都是……陛下的人，還不至於出那樣的岔子。」

馮纓不說話，靠著車壁繼續往外頭看。

她是第一次聽到平京的鼓聲。從前的電視劇和小說裡雖然都會提到，古代的城池裡會設有鐘鼓樓，預警報時，晨時日暮都會以鼓聲告知百姓一天的始與終。但是親身體會到，又是另一種截然不同的感覺。

平京，大啟的國都，分明是一座雲氣升騰、寶光閃耀的城池，從晨曦灑下的那一刻，這座城池就在極盡全力地展現它奢華絢麗的一面。

尤其是進城之後，看著沿街的熱鬧，看著車水馬龍的街道，混著各色吆喝聲，和空氣中飄散著屬於食物的特殊香氣，都叫人從骨子裡生出一股淡淡的慵懶。

馮纓再沒比現在更清楚地感覺到，自己真真正正地離開了生活了二十年的河西。

河西沒有鐘鼓樓，那裡只有烽火臺。

河西也沒有可並排走六輛雙馬車的街道，只有狹窄得一下雨就濺起各種污水的爛泥路。河西更沒有這裡的人從心中自然而然散發安居樂業的歡喜，只有今朝有酒今朝醉的及時行樂。

如果不是皇帝表舅那道召她回京嫁人的口諭，馮纓還真沒打算離開盛家，回平京討生活。

好在大舅舅後來問清楚了，表舅只是怕她在河西蹉跎太久，沒打算讓她盲婚啞嫁，隨便把她指給一個三條腿的男人。

他們八月離開河西，因為不必趕路，所以一路上慢慢悠悠，十月才到平京。

說起來是為了讓她鬆快鬆快，順便遊山玩水，可習慣了在馬背上奔來跑去的馮纓，恨不得跟著先行回京的天使，騎著馬，撒開蹄子就跑。

她望著車外發呆，難免讓身邊的碧光生出了誤會。

碧光是在平京長大的，雖然是個下人，可也是良家子。見二姑娘撩著車簾一直盯著外頭看，她心裡一陣酸楚，只當二姑娘在河西那樣貧瘠的地方過了太久，一朝回京，對什麼都充滿了好奇和讚嘆。

她原以為河西那位名揚天下的女殺神、女羅剎，該是傳聞中那樣生著結實的臂膀，身壯如牛，一雙眼睛瞪得像銅鈴。

可見了人才知道，分明也是位嬌俏的姑娘，只是比那些大家閨秀、小家碧玉，多了幾分難能可見的英姿勃發。

「二姑娘，等今日見過老爺夫人後，奴婢再陪著二姑娘上街轉轉吧。」

碧光說話時總是輕輕柔柔的，哪怕是規勸，也說得極其聰明，不會教人聽得心裡不舒服。

馮纓聽了笑笑，指了簾子外，把綠苔叫到身邊。

「那好像是酒壚，咱們下回去那吃酒。」

「姑娘，那看著像是胡姬開的酒壚，妳上回還說胡姬的酒不好吃。」

「啊，可這家的酒聞著很香……」

主僕倆一轉眼，就著「酒」字聊開了去。一旁的碧光忽然覺得，陪二姑娘上街的時候恐怕還得多帶幾個人，萬一吃醉了酒也好抬回家。

馬車穿街走巷，一路順暢，慢慢悠悠就轉進了一處寬敞的街巷。這條街巷不像外頭的街道多的是迎來走往的人，反倒只零星走著幾個下人模樣的男男女女。

沿著街巷看兩遍，皆是高宅大院，光是圍牆就足有兩人高。

偶然經過幾處院門，門內照壁正正擋著，壁上雕了點東西，要麼是松鶴延年，要麼是喜鵲登門，再不濟還有大片花卉圖紋，看著就覺得熱鬧。

「這街從前叫折桂巷，幾年前改了名，如今叫通濟巷，再往前……就到二姑娘家了。」

碧光說這話的時候，眼睛一直注視著馮纓，留意她臉上任何一點變化。

馮纓扯了扯嘴角，放下簾子。「我記得二十年前還叫折桂巷，怎麼突然就改了名？」

「只是陛下一個小小的笑言，便叫平京知府做主改了名，從此叫做通濟，表往來通達之意。」

馮纓聽著，心下多少有些不太舒服。

再往前，就是馮府。是她去河西之前住的地方，也是她和大哥的生母被人害死的地方。整整二十年，他們兄妹倆沒有回來過，不知道這裡究竟成了什麼模樣。

馬車又走了一會兒，終於停在一處宅子前。

宅子坐北朝南，地段、格局都是極好，看得出主人家的身分不容小覷。此刻正門大開，門後匆忙走來兩排奴僕，又是端腳凳，又是撩簾子，殷勤地要扶人下車。

碧光拉上綠苔先下了馬車，而後馮纓才跨步從車裡彎腰出來。

那站在馬車旁伸手作勢要扶的婆子滿臉諂笑，看著有些眼熟。馮纓免不了多看了兩眼，那婆子當即咧開嘴道：「二姑娘可回來了，老爺和夫人這些年想死二姑娘了！」

馮纓回了個笑，避開婆子的手，輕輕鬆鬆跳下車。

是想死她，還是想她死還不知道呢。

馮纓落了地，抬頭看看門上懸著的匾額。她視力好，一眼就能瞧見上頭佈著細細的蛛網，和正懶洋洋爬過的蜘蛛。

「二姑娘，這車……」

身後，婆子尬笑著出聲。

馮纓回頭看。「從角門走，車夫日後也跟著我住在府裡。」

「那月錢？」

婆子看看車夫，又往碧光和綠苔身上打量。

馮纓斂了笑。「這幾位都是宮裡賞的，難道馮家還得問宮裡討月錢不成？」

婆子不敢應是。

馮纓掃了身邊的這群奴僕一眼，抬腿進了大門。

入得大門，幾個穿著體面的老僕一路小心侍奉，更有婆子丫鬟在旁引路，一路往後院的花廳去。

馮府的宅子，是平京典型官宦人家的宅院，不像河西的盛府，沒那麼多前院後院的區別，女眷前後肆意行走。這裡前院是前院，後院是後院，涇渭分明。

馮府一進門，先是前院，是老爺和公子辦公處事的地方，風光尋常，看不到什麼優美的景色。倒是過了二門，就入了後宅。

門口偌大的一座屏山石後，豁然開朗，一片秀麗風光。

哪怕入了十月，依舊能看到滿院風景。

馮纓記得很清楚，後宅又分了幾處院子。正中的春暉堂，是她爹娘的院子。離春暉堂近些的，是夕鶴院，她大哥原先就住在那。再邊上，是她的不語閣。

二十年過去了，還不知夕鶴院跟不語閣變成了什麼模樣。

婆子們不敢說話，只領了她一路往前，到春暉堂前，原先那最是殷勤的婆子見了人，當即快步上前附在一婦人耳邊說話。

馮纓稍稍頓了頓腳步，瞇著眼打量站在院子裡的數十人。

她爹不見人影，主事的是她的繼母祝氏。那個在她娘死後不足一年就被迎娶進門，然後不到七個月立馬生下兒子的女人。

再看邊上站著的一張張陌生的臉，馮纓抿了抿唇。

見她進來，祝氏當下露出親切的笑容，上前要去拉馮纓的手。「纓娘這麼多年沒回來，可是叫妳爹和我好生想念。好姑娘，在河西吃了不少苦吧，瞧這手都……」

祝氏抹著眼淚，想說「手都粗了」，可摸下去，卻是滑溜溜的，叫人愣是說不出話來。

再看她的臉，雖然不像平京的閨秀個個膚白如雪，可也細膩光滑，瓊鼻櫻唇，黛眉桃腮，漂亮得很。

馮纓不動聲色地抽回手，謙虛著回話。「並沒有受苦，平日裡舅舅和大哥最是照顧我，舅母和嫂子用什麼好東西，都會勻一份給我，這才沒叫我枯著臉回來。」

她大大方方地打量一院子的女眷和夾在中間尤其顯眼的幾個男孩。

「這些可是我爹給我和大哥生的弟弟妹妹們？」

「是呢，都快過來見過你們二姊姊。」

祝氏招手，幾個男孩女孩一齊對著馮纓施禮。

馮纓眯起眼，忽然衝著祝氏抱拳行禮，說出口的話滿滿都是真情實意。

「母親與爹爹果真是情深義重，短短二十年間，生下如此多的弟弟妹妹，實在是高產如母……不是，實在是功德無量啊！」

祝氏並不年輕了，不過這些年平京城裡的順心日子過得多了，整個人氣色極好。她生得嬌小，四旬的年紀依稀還能看得到年輕時候的美貌。

馮纓的話雖然及時改了口，可任誰都聽得出來她前頭吞掉的是個什麼字。

祝氏自然也聽懂了，臉色登時變得有些難看。

馮纓卻好像絲毫不知，衝著她就樂。「這麼多年沒回府，沒想到就多了這麼多弟弟妹妹。」

「二姑娘許多年沒回府，自然是不知曉這些閒雜事的。倒是這些年不見，二姑娘生得越發像先夫人了……」邊上有個女人，聲音尖細，笑嘻嘻的打趣道。

馮纓往那廂看了看。「可是梅姨娘？」

那說話的女人身材略有些臃腫，容貌也不再年輕，倒是她身後站著的一個年輕女子面容俏麗，眼含春水，穿金戴銀，一副嬌豔模樣。

馮纓往她臉上多看了兩眼，那女子便笑吟吟地衝她眨了眨眼。

「喲，二姑娘還認得我呢。」梅姨娘斜睨了祝氏一眼，大大方方走上前道：「二姑娘剛出生的時候，我還抱過妳呢，一轉眼就這麼大了。」說完，指了行六的馮瑞、行七的馮荔道：「咱們夫人雖是能生，六公子和七姑娘卻是從我肚子裡出來的，理當與二姑娘最親近才是。」

她又指了指另外四個年歲極小的說：「八姑娘、九姑娘、十公子和十一公子是衛姨娘和芳姨娘所出。說起來，咱們幾個姊妹裡頭，就屬衛姨娘最是好命，一連生了三胎，不愧是從夫人身邊出來的。」

梅姨娘說得直接，馮纓餘光一瞥，就瞧見祝氏已經氣得渾身亂顫，要不是有婆子在邊上攙著，只怕已經衝上來要撕梅姨娘的嘴了。

至於躲在祝氏身後，那個模樣清秀、有些畏畏縮縮的婦人，想來就是「從夫人身邊出來」的衛姨娘了。

對於馮家，書裡幾乎沒有什麼筆墨，所有的內容都只圍繞著那個筆墨也並沒多少的女羅剎。

就馮纓自己的記憶來看，二十年前她離開的時候，她爹馮奚言除了祝氏，就只有梅姨娘一個妾室。

這梅姨娘原先是她娘的陪嫁丫鬟，雖然有些小心思，可她娘活著的時候，也是她在身邊伺候得最妥帖。

馮纓還記得，她娘死後，大哥因為不願接受爹認定娘是難產而死，並且不足一年很快再娶，於是憤而離家去投奔舅舅。

她小小年紀，沒人照顧，還多虧了梅姨娘沒日沒夜地照料，她才能熬過那段最辛苦的日子。

後來有人說閒話，指責她爹娶了新婦就虐待亡妻之女，她這才得了人專門照料，卻還不如梅姨娘那時用心。

等她後來長大了些，能跑能跳了，不知怎的，這個曾照顧過她的人已經從一個丫鬟，跳過通房，直接成了梅姨娘。

眼下看來，她爹不光睡了她娘留下來的陪嫁丫鬟，還睡了祝氏的丫鬟。

另外像芳姨娘，明顯是從外頭納進來的，不是瘦馬就是妓子。還有幾個梳了婦人髻的丫鬟，應當就是她爹的通房了。

馮纓打量著一眾人等，默默在心裡頭把人都分了堆，忍不住好奇她二十年不見的親爹如今是副什麼模樣。

不過瞧著小十一才兩歲大，她那位年近花甲的親爹，應當還是位龍精虎猛的老人家。

「好了好了，妳這嘰嘰喳喳的，且吵得慌，也不怕讓纓娘累著。」

梅姨娘一直說著話，她是個脾氣衝的，饒是祝氏，都不敢太拿捏她。

好不容易趁著人歇口氣喘喘，祝氏趕緊擺手。「大太陽底下，可別叫二姑娘曬壞了！」

她這話說的，叫梅姨娘毫不客氣地撇了撇嘴，挽了馮纓的手就要往花廳去。「二姑娘，妳可是不曉得，這幾年咱們府裡都快翻了天……」

這是什麼話？

馮纓正要問，祝氏的嗓子一下子拔高，指示自己的兒女上前把人攔下。「這一路風塵僕僕的過來，你們還不帶二姑娘回屋去歇歇，別叫人隨隨便便擾了！」

這一喊，饒是梅姨娘再想說話，也只能鬆了手，拖兒帶女地回自己院子去。

一時間，滿院子的女眷呼啦啦的去了大半，只留下祝氏和三個子女。

祝氏的長子家中行三，單名一個「澈」字，容貌就馮纓看來，的的確確擔得起這個字，是位十分清俊秀逸的翩翩公子。

四女馮凝和五女馮蔻則像極了祝氏，生得也是嬌豔如花，若不是瞧著不甚友好，馮纓倒是不介意和漂亮妹妹們交個朋友。

祝氏有意讓兩個女兒同馮纓湊個趣，便殷勤地要她們陪著馮纓去到早早就收拾打掃出來的院子。

可顯然，她錯估了兩個小姑娘的性子。

馮纓跟著走了不過一小段路，一個轉角，就只見著兩個妹妹的裙襬在前頭牆角處一閃而過，很快不見了蹤影。

「姑娘，她們這是故意的！」

綠苔氣惱地想要追上前理論，就是好脾氣的碧光，這會兒臉色也不大好看。

馮纓卻打了個哈欠，撓撓後腦勺，笑了。「行吧，畢竟妳們家姑娘擱這兒就是個外人，老大年紀了還不嫁人，難免礙著她們的婚事，現在可不是得出一口氣鬆快鬆快。」

前朝的規矩，一家子女，先長後幼，到了年紀照著齒序婚嫁。到了今朝，大多人家已不照著這規矩主持家中子女的婚嫁，可也有一些人家仍舊照規矩來。

馮家，大哥馮澤最長，早在河西娶妻，有了一雙兒女。她這次回京前，兩個姪子姪女可是抱著她哭了好久。

其次年紀最大的就是她。

放在現世不過年華正好的二十五歲，擱古代，實打實的大齡未婚。

馮纓算了算年紀，她後頭的馮澈二十有三，就算他不急著娶妻，再後頭的馮凝和馮蔻卻是不肯由著她拖的。

「二姑娘脾氣好。」碧光道。

馮纓擺了擺手。「不是我脾氣好。這事說到底，是我虧欠了小四跟小五。」

她再不喜便宜爹和祝氏，弟弟妹妹們總和她沒太多的過節。

正說著，馮纓霍地轉頭。「誰？」

碧光和綠苔滿臉詫異，正要問，就見路那頭的樹叢後，繞出滿臉苦惱的馮澈來。

「三兒？」

馮纓喊了一聲，就見馮澈僵了僵身子，好一會兒才走到身前。

「二姊。」馮澈拱手。「四妹和五妹仍是孩子心性。二姊寬宏大量，不與她們計較，弟弟回頭自會去訓斥她們。」

「可別，這事我還真沒打算說什麼？不過嘛……」馮纓摸了摸鼻子，道：「我許多年沒回來了，瞧著府裡變化不小，這條路……似乎不是往不語閣的方向吧？」

馮澈張了張嘴。

他本就面若好女，這會兒脹紅了臉，更是顯得好看。

「不、不語閣如今是四妹和五妹的院子，改名叫……雲霞閣了。」

「那夕鶴院呢？」

「是、是我住在那。」

聽到意料之中的答案，馮纓挑了挑眉。「我爹他倒是給你們挑了好地方。」

碧光這時道：「那夫人給二姑娘準備了什麼地方？」

「我帶二姊過去。」

慶元帝召馮纓回京的事，顯然馮家早有準備。夕鶴院和不語閣的安排，應當不僅僅只是祝氏一人的主意，所以她回京前，祝氏才會命人另外把新院子收拾打掃出來。

跟在馮澈後面走了一段不短的路，馮纓才見著地方。

是一座被單獨隔開的小院子，瞧著似乎很清靜的樣子，實際上冷僻得很。坐南朝北，見不到日頭，院子裡種著零星幾棵樹，瞧土壤的樣子，像是才種下沒多久，樹下是個花池子，十月分的天，花草也不知是枯了還是萎了，耷拉著腦袋。

整個院子看起來，配得上淒淒慘慘戚戚六個大字。

馮纓再不在意住宿條件，這會兒也想念起河西的院子來。

只是想到回平京的目的，她扯了扯嘴角，問：「不語閣的匾額呢？」

馮澈回答不出。

馮纓擺擺手，讓人回去，自己則帶著兩個丫鬟進了門。

這個院子不大，連帶著住人的廂房也顯得小了些，好在祝氏還知道做些表面功夫，用多寶閣、屏風充當隔斷，擴大了屋子裡的視覺效果。

饒是如此，比起記憶中的不語閣，這裡還是太小了。

「姑娘，這些東西真好看。」

馮纓聞聲看去，綠苔捧著個茶碗，看得眼睛都直了。

碧光見慣了好物，道：「姑娘，這院裡所有的東西分明都是尋常東西，老爺好歹是三等伯，竟是連個好物件都不捨得讓姑娘用嗎？」

馮纓「嘿」了一聲。「妳不說我都忘了，我爹身上還有爵位呢。」

她光記得便宜爹是個花心渣男，卻忘了她爹橫豎也是個官，身上還有個御賜三等伯的爵位。

這爵位是個虛銜，聽說是早年機緣巧合救了慶元帝，所以才得了爵。

嫁。

儘管如此，她爹後來求娶盛家女，她娘身為天子表妹，先帝御封的郡主，仍是屬於低

馮纓看了一圈，摸摸下巴。「這裡，該再放一些我娘留下來的東西才是。」

她突然又啊了一聲。「綠苔，妳去把我們從河西帶來的禮物收拾出來。碧光，等會兒妳和綠苔一道，把禮物都送去各房，方才光顧著看熱鬧，把這事給忘了……」

「妳忘的，可不光是這一件事！」

院子裡突然傳來男人怒氣沖沖的聲音。

馮纓回頭，一個胖臉胖肚子的男人背著手，從院子裡急步走了進來，一臉的黑氣，竟是一副來興師問罪的模樣。

「我問問妳，妳還記不記得自己姓馮！妳要是還記得，明日就給我去見人！這麼大年紀了還不嫁人，簡直丟人現眼！」

馮纓在心裡算了算，她二十年沒回馮府，但起碼有二十三、四年，沒見過她這便宜爹了。

她娘死後，便宜爹就跟沒了影似的，再沒管過他們兄妹。一年當中，能見上一面的次數，十根手指數得過來。

更別提她娘死後不到一年時間，祝氏就坐著八抬大轎進了馮府大門，然後很快說是懷上

身孕，便宜爹更是把全部心思都放到了祝氏的身上。

要不是馮澤長得和便宜爹有幾分相像，馮纓還真不好認出眼前的男人是什麼身分。

她一時出神，就叫馮奚言抓著了，惱怒地呵斥。

「妳我父女倆二十年未見，現在見了面，居然連聲招呼都不會打了嗎！」馮奚言瞪眼。「妳在河西，盛家就是這麼教導妳的？連基本的規矩都不懂！」

綠苔怒沖沖地忍不住就要維護馮纓。「我家姑娘才不是……」

馮纓抬手制止她說下去，直視馮奚言，道：「這些年舅舅們教導我許多，要是爹的意思是覺得，我沒能在爹你一進門就橫衝直撞前規規矩矩地問安行禮，那舅舅們倒的確沒這樣教我。」

她抬手，揉了揉手腕，坦然道：「畢竟，我也是頭一回遇見像爹這樣，一上來就橫眉毛豎眼睛的長輩。」

馮奚言臉色一黑，道：「妳倒是像極了妳那幾個舅舅，牙尖嘴利。」

馮纓臉皮極厚，聞言當作稱讚，大大方方地笑納了。

她原本有想過，既然已經到了這個世界，那就老老實實、安安分分地活著，但是前面有娶了後娘就成後爹的親爹，後面又有舅舅們發覺她娘死得不尋常。

這有一個是一個的加在一起，她還真就對馮家生不出什麼好感來。

更不說所有事的源頭，都落在了馮奚言的身上。

馮奚言譏諷。「看看盛家都把妳教成了什麼樣子？連好話壞話都分不清楚，妳這樣子出去豈不是平白惹人笑話……」他皺眉。「妳這樣只會打打殺殺的，哪裡有姑娘家的樣子。」

他就知道，盛家那樣行武的人家，除了拿刀拿槍，還能教出什麼好的來？他膝下的幾個兒女，哪一個不比盛氏生的一對兒女好！

馮纓感覺腦殼疼，被人莫名其妙地指責一通，沒當場揍人已經算是她涵養好了。

「爹覺得舅舅們沒把我教好，可我去河西前，也沒見爹有教過我什麼？」

「妳、妳、妳真是……」馮奚言恨恨道：「妳這是怪我了？天地君親師，妳好大的膽子，居然敢責怪生身父親！」

「爹不如直接了當地告訴我，您來這裡究竟是為了什麼？總不會就是為了進來教訓教訓您難得回家的女兒吧？」

當然不是。

馮奚言瞪眼，想到自己剛進門就被幾個女兒纏住，那些嘰嘰喳喳的聲音一下子又回到耳邊。

「妳明日，去給我見個人。」

「什麼人？」

「妳要嫁的人！」

「是陛下的意思，還是爹自己的意思？」馮纓直接問：「陛下突然讓天使傳口諭召我回平京，爹又急匆匆的來，連多幾日的休息都不給，直接就讓我明日去見人。這裡頭，我瞧著似乎有些不對勁。」

換作別的女兒，馮奚言恐怕還要前思後想一會兒，可眼前的馮纓，壓根就不是在他膝下長大的，論親近，還不如一個丫鬟，他只想著早些把這樁婚事定下來，才好做後頭的準備。

不過顯然，不把事情說清楚，馮纓不會輕易答應去見人。

「對方是個翰林，和妳一般年紀。」馮奚言嫌惡地皺了皺眉頭。「他還沒成親，也沒聽說和人訂過親事，他不嫌棄妳年紀大，還混在軍營裡跟男人一起打打殺殺已經很不錯了，要是明日看上妳了，就趕緊嫁！」

「所以，爹是已經給四妹和五妹找好人家了嗎？」

不是說不肯嫁。

馮纓從來沒想過這輩子不嫁人，書裡也從來沒提過這位「女羅剎」的一生當中，有沒有過婚姻和孩子。

畢竟「馮纓」壓根不是主角。

所以，她對於婚嫁，向來是個隨緣的態度。遇到合眼緣的，情況也合適的，自然就會願意結這兩姓之好。不過就是……不過就是河西那些年沒遇到合適的人罷了。

小舅舅和舅母們嘴上催得厲害，但哪個不也是護她疼她，但凡不好的，她打也打了罵也罵了，別人欺上門來都還是他們給趕出去的。

這跟馮奚言的逼嫁截然不同。
「胡說八道！」
馮奚言吹鬍子瞪眼。
「這種話亂說，妳是想壞了妳兩個妹妹的名聲嗎？」
馮纓道：「這院子偏僻得連隻野貓都沒有，院子裡外只有我們父女加我兩個丫鬟，爹是怕誰聽見這話？」
「閉嘴。」
「好。」馮纓伸了個懶腰。「綠苔，送客。」
綠苔老實地「哎」了一聲，作勢就要去送客。
馮奚言氣得要跳腳。「妳這是要做什麼？」
「不做什麼。」馮纓扭頭。「爹要我去見人，我見就是了。至於成不成、嫁不嫁，可不是我說了算的！」
「妳敢！」
「爹都敢把我們兄妹倆的院子改頭換面給弟弟妹妹們了，我怎麼不敢為自己的幸福抗爭一把？」
「妳——」
「爹，我娘死了，你過去想怎麼說就怎麼說，左右盛家人都在邊疆。可現在，我既然回來了，就沒叫你們再隨意拿捏我們的道理！」

「妳還記不記得妳姓馮！」

「我記得。我更記得，宮裡那位論關係，我還能稱一聲『表舅』！」

馮奚言氣得不輕，猛一甩袖子，轉身就走。

馮纓卻不放過，喊了一聲，道：「爹，夕鶴院和不語閣的匾額可還在？」

「不在了！」馮奚言大聲吼。

「哎呀。」馮纓惋惜道：「聽大哥說，那還是我娘央著表舅題的字，就連匾額，都是宮裡的匠人做的呢。」

「行了，我會找到的。」馮奚言咬牙切齒。

馮纓眯著眼笑，餘光瞥見門外一閃而過的裙角，斂下心頭詫異，繼續笑著送馮奚言出門，一邊送，一邊不忘提醒兩句。

「爹，你聽說過我的名號沒？外頭的人都喊我女殺神、女羅剎呢。」

等人走遠，她身子一扭，道：「碧光，去打聽打聽，府裡的姑娘們是不是都訂了親，訂的都是哪些人家。」

夕鶴院和不語閣的匾額當晚就被抬到了院子裡。

馮纓挽了袖子，和綠苔、碧光一道，把兩塊匾額擦得乾乾淨淨，這才回屋休息。

一夜好眠。

這一睡，直睡到日上三竿，馮纓這才睡眼惺忪地從床上爬起來。

馮奚言的人在院子裡等得急了，卻是不敢催促。

等馮纓收拾好說能出門了，日頭都已經掛在了正當空。

那翰林住的地方在平京城的西南角，那條街當地人叫爛腳巷，住在那裡的人不是下九流的行當，就是初到平京沒錢租住條件好點地方的外鄉人。

馮纓剛知道馮奚言說的那人是住在這個地方的時候，還吃了一驚。

畢竟誰能想到，一個翰林，居然和很少有人看得起的下九流住在一處。

馮奚言的人能言善辯，一路都在說著那翰林的好。

又是少年英才，又是御前新貴。總之是將所有的好話都往那翰林身上套，生怕叫她聽出一絲不妥來。

馮纓只當是有隻烏鴉在耳邊「啞啞」地叫，沒多在意。

還沒進爛腳巷，就有一股難聞的味道撲面而來，這氣味不好形容，像是瓜果蔬菜腐爛的味道，又好像屎尿嘔吐物混合的氣味。

那翰林家住在巷子的東邊，沿著泥濘難走的小路走上幾步就到。

還沒到地方，馮纓就聽到一個男人的叫喊聲從半人高的土胚牆那頭傳了過來。

那聲音囂張至極。

「……妳男人都死那麼多年了，妳居然還不肯改嫁！妳是想白白看著家裡人都餓死不成！」

「謝家不嫌棄妳年紀大，人老珠黃，願意拿二十兩娶妳過門，只要妳肯給他們幾個兄弟生孩子，妳家那個沒用的大兒子和傻的小女兒日子都能過得舒服些！」

「二姑娘，看來今日不巧，我們還是……」

馮家奴僕腳步一停，聽到這動靜，當即想要領著馮纓回去。

馮纓臉色一沈，推開人，邁步就往那家裡走。

她是來見人的，人雖然沒見到，但聽到這種動靜，沒道理不去管這個閒事。

河西年年都有大小戰事，死了男人的女人回頭改嫁是極其正常的事，但還沒聽說，拿二十兩逼一個寡婦嫁給一家子男人的事。

第二章

馮纓進了門，破舊的小院子裡，一個瘦瘦高高的男人正拿著棍棒作勢要打跪在院子裡的婦人，婦人的懷裡還摟著個嚇壞了的小姑娘，一看就是母女。

見一個陌生女人走了進來，男人叫囂起來。「妳誰啊？我在處理家事，外人滾出去！」

「哦，就是個聽到熱鬧想過來管閒事的路人。」

馮纓毫不客氣地往前走，後頭的奴僕躲得遠遠的，生怕出了什麼事牽連到自己的身上。

「知道管閒事就滾出去！這個女人是我的妹妹，她男人死了，又被趕出家門，她的死活就該輪到娘家人管！我就是今天打死她，妳能拿我怎麼辦？」

馮纓彎了彎唇。「我偏管呢？」

「找死！」

男人凶神惡煞，揮棒就要去打馮纓。

馮纓伸手抓住男人的手腕，抬腳微微一用力，男人整個人就飛了出去，手裡的棒子掉到地上，發出重重的聲響。

那聲音似乎刺激到了被婦人抱在懷中的小姑娘，她突然緊抓著婦人的手臂，睜大眼睛，聲嘶力竭地尖叫起來。

「娘，小妹！」

院子外，一道身影掠過，飛快地撲到地上。

馮纓掃了一眼，扭頭就瞧見忍著嫌惡站在院子外直喘氣的馮荔。

馮荔低低喊了聲「二姊」，轉而小心翼翼地踩進院子，衝著跪在地上的青年道：「季大哥，幸好咱們來得及時，嬸嬸和小妹都沒受傷。」

凶神惡煞的男人躺在地上，摔得直哼哼，捂著肚子，人又爬起來想朝著母子三人再動手，馮纓上前一步，一腳踹在肚子上。

「啊——」

這回，男人連胳膊都抬不起來了，躺在地上發出刺耳淒厲的慘叫。

馮纓雖然很想再把人摁在地上揍上兩拳，但這聲音實在吵得厲害，索性拽了人拖著就丟出院子。

「二姊……」馮荔拿帕子掩了掩口鼻。「妳嚇著小妹妹了。」

她說完提了提裙子，小心翼翼蹲下身，作勢要給小姑娘擦眼淚。

「小妹妹妳別怕……」

她話沒說完，母子三人已經站起身來，那被稱作季大哥的青年彎腰撣了撣母女倆身上的灰塵，轉身朝馮纓施禮。

「這位姑娘，多謝。」

他一轉身，馮纓便瞧見了男人的長相。

很俊朗的模樣，一雙眼如墨點漆，嘴唇淡而無色。只一瞬間的工夫，馮纓清清楚楚地抓到了他眼底的陰鷙。

「那人是誰？你舅舅？」她問。

青年不語。

馮荔咬咬唇，道：「二姊姊，妳別問了。」

馮纓去看青年，他面上這時已經辨不出喜怒。

「我今日本是來找你的，湊巧撞見了這起事情，一時插手管了這閒事。你若擔心家裡女眷，不如去見官，不然，這人只怕還會再來。」

「多謝姑娘。」那青年微微低頭，嗓音一時嘶啞冷淡。

馮纓看了看抱作一團的母女倆，再看馮荔緊張地看著自己，心下了然。

什麼給她找的人家，覺得好就訂了這門親，昨天在院子裡偷聽的敢情就是馮荔，現在又跑來一臉緊張地跟著，這青年十有八九是馮荔看上的人。

想到這，馮纓沒了興趣。

除了這家人姓季，別的多一些都懶得再問。

她虛點了下馮荔，轉身就走，那婦人把女兒交給兒子，千恩萬謝地就要送她出巷子。

馮家奴僕還在外頭候著，見狀縮了縮脖子，忙跟著走，走得稍遠一些，他才回頭看了看季家的破爛院子，說：「二姑娘，這親事……」

「沒瞧見你們七姑娘在護食嗎？」

「二姑娘說笑了。季公子的年紀，都大了七姑娘一圈，怎麼也輪不到七姑娘嫁不是……」

馮纓腳步一頓，扭頭衝人笑了笑。

她笑完，也不說話。等回過神來，奴僕的後背已經被冷汗浸濕。

回馮府的路上，馮纓大致了解了爛腳巷那家人的事。

這家人姓季，原先是平京城外某個村子裡的普通村民，那個村子大多姓季，是個繁衍生息了許多年的家族。

季家的男人早年去世，季母就獨自一個人拉拔一雙兒女長大，後來不知道出了什麼事，一家子被趕出村子，正好遇上兒子科舉，就搬進平京城，租了爛腳巷裡的一個小院子。

大兒子科舉，小女兒癡傻，季母日子過得苦，好在老天開眼，大兒子取得了功名，進了翰林院，小女兒的病情也得到了控制。

再後來，就該給大兒子尋一門親事了。

「所以說，一開始，是梅姨娘看上了這個男……這位季公子？」

馮纓挺著腰背坐在馬車裡，一改出門時的懶態。

她已經問清楚，那人姓季，名景和，字禮山，一字不差，就是這個世界的男主角。

不用說，她也好、馮荔也好，跟這人都沒那緣分。

「因著和三公子相識，季公子也就常進府品茗，梅姨娘一眼相中，說像季公子這樣，雖然家世不行，可年紀輕輕就進了翰林院，總歸不會一直過苦日子，清貧也有清貧的好處，老爺也有些意動，但是七姑娘不肯。」

奴僕苦著臉說：「咱們府總歸是伯爺府，姑娘們都是好吃好喝養大的，這季家的情況，也難怪七姑娘不樂意。」

既然不樂意，怎麼還跟著跑到爛腳巷來了？

馮纓摸了摸下巴。

「所以，我爹他看七妹妹不想嫁，就打算讓我嫁？」

奴僕不敢應聲。

馮纓不再問，掀了車簾往外頭看。

車子離爛腳巷遠了之後，那股難聞的氣味也就跟著散了。隨之而來的，是略有些粗鄙，但十分熱鬧的街市。

餛飩檔、燒餅鋪、果脯店，各類小鋪子就開在路邊。門口的夥計，有的賣力叫賣，有的懶洋洋地坐在臺階上打瞌睡，還有的和經過的小婦人擠眉弄眼。

這些鋪子買賣的都是最普遍的東西，和河西一樣，價錢也是一般人家花得起的，不貴，當然也不會太好。

可能也是因此，馮纓覺得分外的親切，瞬時把偶遇主角的事丟到腦後，歡歡喜喜地打量起街市來。

這一看，意外地就瞧見一個與周圍環境看起來格格不入的身影。

那人高瘦挺拔，頭髮烏黑，因是背對著馬車，一時瞧不見生得一副怎樣的面容。單看他身上穿的淡藍色雲紋長袍，和腰上墜著的白玉貔貅，就知道多半是哪家的富貴公子出來體驗民間生活了。

馮纓旋即覺得有些無趣，放下簾子，絲毫不知那頭的人轉過身來，露出一張眉目疏朗、略顯病態的臉。

馮纓回馮府的時候，梅姨娘正在發脾氣，滿院子地找馮荔。馮奚言和祝氏站在一塊，正低頭訓斥跪在地上的幾個丫鬟。

她往人前一站，馮奚言就看了過來。

「怎麼才回來？」馮奚言皺眉。「宮裡剛剛來人傳旨，陛下要見妳。」

「爹明明可以派人去找我的，非要等我回來才說事，該說幸好不是什麼人命關天的事情嗎？」馮纓挑挑眉，順便拉住了梅姨娘。「姨娘不用找了，七妹妹在爛腳巷。」

「她去那裡做什麼？」馮奚言道：「這門親是她自己不肯要的，現在又跑去那裡做什麼？」

祝氏詫異道：「難不成是纓娘妳帶著去的？那骯髒地方，纓娘怎好帶小七過去？」

馮纓轉頭瞥了他們夫婦一眼。「我出門的時候，可是連綠苔、碧光都沒帶。」

馮纓回院子裡換了身衣裳，確保身上聞不著爛腳巷的那種氣味，這才去見了一直等在正廳的張公公。

馮纓問了張公公好，後者笑吟吟地將人打量了一番，這才道：「二姑娘是個有福氣的。這爛泥潭般的馮府，只怕困不住姑娘。」

這話也不知是老熟人張公公自個兒說的，還是宮裡皇帝表舅的意思。

馮纓坐著早已備好的馬車，一路上沒有停下，更沒有在宮門外下車，車輪滾滾徑直入了宮門。

她好奇地從車簾往外看，張公公始終陪在一側，不時向她解釋經過的都是什麼宮、穿了各色宮服的又是什麼品階的宦官宮女，等到了一處殿閣前，馬車終於停下。

馮纓下車，仰起頭望著面前這座壯麗的宮殿，殿前匾額上，三個金漆大字——承元殿。

她收回視線，便見張公公身邊不知何時站了一位略有些老邁的宮人。

「馮二姑娘，陛下和娘娘都在等著姑娘。」

馮纓施禮，跟著張公公和這位老宮人走進殿內。

大殿挑高，是那種再富貴的人家都無法比擬的敞亮。馮纓掃了一眼，心下感慨，不愧是古代帝王生活起居的地方。

「這丫頭果真是盛家養大的，瞧瞧這膽子，豹子膽！」

上首，突然傳來男人粗獷豪邁的聲音。

緊接著，是屬於女人的笑聲，溫柔的，透著對小輩的喜愛。

「纓娘，快走近些，讓表舅母好好看看。」

馮纓抬起頭。

慶元帝是個六十歲上下的老人，留著鬍鬚，相貌端正，滿滿都是英武之氣，哪怕是到了花甲之年，身姿依舊挺拔。

離慶元帝最近的應當就是皇后了。看起來也略有些年紀，大約四旬，很是雍容大方，眉宇間依稀能看出年輕時是怎樣一副漂亮的姿容。

再往下，便是太子與太子妃。

見馮纓大大方方地看過來，太子微微頷首，喊了聲「表妹」。

當今天子姓李，在位已有三十餘年。皇后于氏是繼后，但也出身名門，成為皇后後為慶元帝誕下長子，也就是如今的太子。

慶元帝似乎是在有了嫡子之後，這才允許後宮妃嬪們停下避子湯，因而如今的幾位皇子，大多比太子要小上好幾歲。

「妳這丫頭，河西那樣的地方倒是把妳磨礪得更漂亮了。」見馮纓聽話地走到跟前，慶元帝臉上的笑意頓時濃了幾分。「朕還記得，妳剛生下來的時候，才這麼點大。」他拿手比劃了下，樂呵道：「妳舅舅們在河西可還好？」

「舅舅們很好。大舅母和二舅母在鎮上開了善堂，照顧孤寡老幼。四舅母已經再嫁，給那家生了第三個兒子，如今被那家捧在手心裡，日子過得不錯。五舅舅和六舅舅還沒成親，大舅惱得天天逼他們去軍營練兵。」

馮纓輕描淡寫，將河西的生活和盛家軍的消息說給帝后聽。

慶元帝起初還樂呵聽著，越往後神情越凝重，等她說完，只剩下長長的嘆息。

「盛家對朕是有大恩的。」

馮纓不語。

盛家共有三房，長房一支在河西，二房在沿海禦海寇，三房則留在京中守著盛氏一族的祠堂。

于皇后拍拍慶元帝的手背，道：「纓娘好不容易回京，可是件開心的事，陛下不是還有話要問嗎？」

慶元帝點頭，一擺手，給馮纓賜座。

「纓娘，妳這個年紀，遲遲不肯成親究竟是個什麼原由？」

畢竟是小輩，慶元帝從前還真沒打算插手管這類事情。

馮纓笑道：「我瞧不上的人，舅舅們自然更瞧不上，所以就到了這個歲數。」

慶元帝挑眉。

太子笑問道：「那表妹瞧得上什麼模樣的？」

「長得好的。」馮纓脫口而出。

承元殿內一時寂靜無聲，驀地慶元帝撫掌大笑。

「妳這丫頭，果真是盛家的姑娘！姑母當年下嫁盛老太爺，為的就是盛家姑父那張臉！」

于皇后哭笑不得。「陛下。」

慶元帝哈哈笑。「纓娘，妳可知曉朕為何要召妳回京？」

「不是說陛下覺得我該嫁人了嗎？」馮纓眨眨眼。

慶元帝頷首。「是。不過這婚嫁之事，講求的是你情我願，若非妳父親三番兩次到朕的面前請求朕給妳賜婚，一副急不可待的樣子，朕還真想看看妳在河西能怎麼自由自在地生活。」

自馮奚言喪妻後迫不及待地續弦，慶元帝對這人就再沒了好感。可父母之命，媒妁之言，他還真擔心馮奚言喪心病狂起來，為了祝氏的那些子女，隨隨便便把馮纓嫁給什麼亂七八糟的人。

馮纓了然。「家中弟弟妹妹們年紀也漸長，爹應當是坐不住了，怕我拖累了他們。」

「妳心知肚明就好。」

「所以，我爹他真的已經給弟弟妹妹們找好人家了？」馮纓試探問。

她去爛腳巷的路上想了很多，她爹之所以這麼急著要她嫁人，除了怕耽誤家裡的那些孩子，沒其他的可能。

同時呢，像季景和。那是馮荔一開始沒看上的人，但兩家想必已經談過結親的事，所以馮荔鬧著不肯嫁，她又得趕緊嫁出去，於是馮奚言把主意動到了她的頭上。

慶元帝挑了挑眉。

馮纓梗著脖子。「陛下都說了是我爹三番兩次求到跟前的，那要不是弟弟妹妹們急著娶妻嫁人，又是為了什麼？」

慶元帝忽然笑了。「妳既然知道，那還是不想嫁人？」

馮纓搖搖頭。「不是我不嫁。」她笑嘻嘻。「我只是沒找著看得上的人，要不，陛下給我找一個？」

慶元帝指著她笑，于皇后也掩唇笑了起來。

「父皇若是給妳找了一個妳看不上的怎麼辦？」太子笑著逗她。

「那就求陛下一定要給我找一個人好、長得也好的。」

「妳自己去找，朕可不當這個媒人。」

馮纓聽慶元帝口氣，這是沒打算幫著馮奚言真給自己隨便指婚的意思，當下就鬆了口氣。

她當下大大方方地朝慶元帝行了一個禮。「多謝陛下！」

「叫什麼陛下？只有自家人，想想該喊我什麼？」

「表舅。」

馮纓開開心心地喊了一聲，依序對著皇后、太子，分別喊了表舅母、表哥。

她兩輩子在長輩跟前都是最能說會道的，就是在河西，跟著那群大老爺們也沒少因為會說話、肯吃苦做事，受他們的庇護照顧。

她這一嗓子，饒是帝后膝下兒孫無數，也還是聽得十分舒服。

陪著帝后一家說了好一會兒話，如果不是天色漸漸昏黃，馮纓還能坐在殿裡比比劃劃地說上許久。

她在河西住了二十年，看過大漠，遇過沙暴，見過駱駝，更殺過人。她把這些時常發生、對河西百姓來說再尋常不過的事情，當作新奇的故事講給帝后聽。

于皇后聽得直撫心口，慶元帝趕忙從旁遞茶。

等到馮纓要走，慶元帝揮手就讓太子親自送她出宮。

她哪裡真敢讓太子送，出了承元殿，她便同太子告別，請張公公在前頭引路。

這一走，還沒走多遠，馮纓突然見到了一個人，遠遠的身影依稀是坐在輪椅上，她好奇地多看了兩眼，隨即在張公公的帶領下出了宮。

馮纓從宮裡出來，在自己這新的不語閣裡窩了三日，這才有些待不住了。馮府從上到下，就沒有哪一處能叫她覺得舒服的。

不語閣的匾額掛上去後，馮奚言和祝氏，誰進這個院子都要站在院子外盯著匾額看很久，就好像掛了這個匾，這扇門就成了張血盆大口，誰進去都可能被突然咬下一塊肉來。

饒是如此，馮纓也沒得過清靜。

馮澈安安靜靜的，雖不常遇見，但他身邊伺候的幾個奴僕，因為他囑咐了每日往不語閣送鮮果點心的關係，叫馮纓都認了個遍。

更麻煩的是馮凝和馮蔻。雖然不往不語閣來，可也沒少讓底下人胡鬧，馮纓頭兩天懶得理，到第三天，人在院子外嘰嘰喳喳，吵得她連個午覺都睡不好。她想都沒想，讓綠苔拿了她的長槍出來。

一桿槍，馮纓在院子裡舞得虎虎生風，嚇得院子外那些聲音頓時散得一乾二淨。

衛姨娘那邊沒什麼動靜，芳姨娘的院子裡倒是天天都能聽到絲竹聲。

至於梅姨娘。

梅姨娘是個有些聒噪的，不過勝在人好，做事處處考量她和自己的一雙兒女。這三天，光是趕工納的鞋，就往她手上送了三、四雙。

就為這，馮荔沒少給她臉色看。

聽著院子外不知是誰的丫鬟，大著嗓子在說什麼母夜叉、女羅剎，馮纓待不住了，留了消息給院裡灑掃的婆子，帶上綠苔、碧光直接出了門。

她就打算隨便出去走走，找個酒樓吃口酒什麼的。

她向來隨意，街上問了幾個人，終於打聽到一家名氣不小的酒樓。聽說那酒樓賣的酒種類多，口感也好，她有些迫不及待。

就在馮纓找到酒樓的時候，一個婦人推著車吃力地從門前經過。

大約是推車上的東西太沈了，婦人一時接不上力氣，輪子一彎，車上裝的東西直接掉到了地上，稀里嘩啦的，碎了一地的粗陶片。

「喂喂，妳幹什麼幹什麼呢？」店小二衝了出來，張嘴就喊：「妳誰啊，趕緊把這些東西收拾了，擋著人做生意了！」

婦人慌忙點頭，也顧不上車了，跪在地上就要去撿那些粗陶片。

店小二還要再罵罵咧咧，馮纓抬手，用手指把人戳開，彎腰幫那婦人。「我幫妳。」

「這位姑娘，這種事妳可別瞎摻和，誰知道這種人安的什麼心，好好的，連個車都推不好，在我們酒樓前摔碎這麼多陶片，指不定想扎死誰啊。」

馮纓笑了。「人安沒安好心我不知道，我就知道這些東西早些收拾了，對誰都好。」

「姑娘對不住，實在是對不住妳！」

有馮纓幫忙，大陶片很快撿完，小碎片也掃乾淨了。婦人站起身，腰板都挺不直，一邊捶著腰，一邊道歉。

「妳是……季伯母？妳是不是哪裡不舒服，先坐下來休息休息吧。」馮纓這時認出了人，當下讓綠苔把推車往邊上挪，又讓碧光給了店小二一點錢，趕緊把人扶進酒樓。

不愧是小有名氣的酒樓，馮纓打量著周圍，忍不住嘖舌。

綠苔瞧著裡頭的環境，低聲問：「姑娘，這酒樓……瞧著不便宜，咱們真要在這吃酒嗎？」

「姑娘，這裡貴，咱們……咱們要不出去休息吧？」季母侷促地握了握自己的手。「前幾日，姑娘救過我們母女，按理來說是該跟姑娘道個謝，可這酒樓……我身上實在……還是去別處吧。」

「我請季伯母吃點東西，伯母別介意。」

馮纓安撫住季母，轉身就點了幾道菜，剛想叫壺酒，顧及到身邊的婦人，又改口讓店小二上一壺茶來。

酒樓小二的動作很快，茶水和菜很快端上桌。

馮纓又讓綠苔和碧光不必站著伺候，也坐下一塊吃，這才讓季母放鬆下來。只是她才嚐了一口菜，眼眶就跟著紅了。

「姑娘，妳是個大好人。」季母哽咽。「我聽馮家七姑娘說了，姑娘是她的嫡姊。姑娘……請妳千萬別因為家裡的事，就讓伯爺退了這門親……我兒子是個好的，都是我沒用，拖累了他……」

她說著說著就開始掉眼淚。

碧光趕忙勸說，綠苔也跟著著急了起來。

反倒是馮纓，伸手斟了杯茶，道：「我那天只聽了個一知半解，如果可以，伯母不妨說說，那天找你們麻煩的到底是什麼人，又是為了什麼事？」

她說完又笑。「既是準備成一家人，這些事總要了解才行。」

季母是個老實本分的，一時半會兒也不知道怎麼解釋，只能掉著眼淚不知所措，哭了半晌，她這才捂住臉把那天的事原原本本說了一遍。

馮纓聽完之後面無表情。

「伯母的意思是說，自從妳丈夫過世後，先是夫家不拿妳當人看，揮霍妳的嫁妝，之後還想把妳賣給村裡的鰥夫當媳婦，季……公子為了護住妳們，於是和族人大鬧一場，緊接著你們一家人就被趕出村子？」

「是，因為娘家人不願收留，於是我們才搬到了爛腳巷。那天的男人是我二哥，家裡……家裡覺得我兒子沒用，進了翰林院連點銀子都拿不出來，就想逼我再嫁。」

提到那天的事，季母的神情看著十分難過。「我不怕再嫁。可是那戶人家家裡六個兒子，不是鰥夫就是討不到媳婦，他們……他們要拿二十兩買我一個人過去伺候他們一群！他們還……他們還打我女兒的主意！」

聽到季母提起女兒，馮纓立即想到了那天被她緊緊抱在懷裡的小姑娘。

共妻的事，她不是沒遇見過。

河西那樣的地方，家裡一貧如洗的兄弟，討一個女人回家生活也是有的。但那有個前提，是雙方都同意，且是本人點頭。

她遇見過這樣的人家，也認得那戶人家裡的女人。是個潑辣性子，提起共妻，毫不在意，直說家裡兩個男人供自己驅使，不忌諱的時候，連床上兄弟倆誰逞能誰真行都能隨口說出來。

那家的兄弟倆都在軍營裡，疼極了這個媳婦，休沐都是輪著來。

可不是所有這樣的人家都能好好的，也有被折磨得不成樣子的女人，她和大哥撞上了，把人救下來的時候，身上沒有一塊好皮。

馮纓看了看季母，她哭得眼睛都紅了，再聯想那天的情況，分明是不樂意的。

「若是我說想管這樁閒事呢？」

「什麼？」季母愣住，眼淚都忘了再掉，一動不動地望著馮纓，嘴唇發抖，像是終於慢慢的、慢慢的回過神來。

「求姑娘救……」

「好哇，大菊，妳居然有銀子在這地方吃飯，也不肯往娘家送錢！」

有人哇哇亂叫地從旁邊走了過來，也不看周圍的情況，伸手就要去抓季母的手腕，嘴上還在喊：「我們幾個兄弟怕妳沒錢養妳那個沒用的兒子和傻子閨女，好不容易給妳找了人家讓妳改嫁，妳不肯就算了，居然有錢也不給娘家送，自己偷摸找酒樓好吃好喝……」

手伸到一半，「啪」一聲被人打到了肘尖，緊接著是毫不客氣的一腳。

那人被踹翻在地。「誰打我？」

「你姑奶奶我！」

馮纓冷笑一聲，撣了撣褲腿，把拳頭捏得嘎巴作響。

看著地上有過一面之緣的男人臉上終於露出了驚惶，她笑了笑，不客氣道：「勞駕你讓我鬆鬆筋骨。」

馮纓五歲就到了河西，她第一次打架，是跟一個欺負她剛來的小破孩。

她那時候，人小，力氣小，還不會打架，幾拳頭下去連小破孩的衣服都碰不著。

那會兒幾個舅舅們都忙，小舅舅發現了這個情況，於是親自教她打架。等舅舅們得空回過神來，她已經能騎在小破孩身上，把人揍得哇哇大哭。

再大一點，她在軍營裡和那些刺頭兵打架，時間久了，沒人當她是姑娘，一個個都知道，打贏馮纓的那個人當晚能加一道肉菜。

打到十四歲，軍營裡已經很難再找出一個能打得贏她的人。

舅舅們不陪她練拳腳，因為練一次，舅母們就要鬧一次，可這絲毫不妨礙她和小舅舅還有大哥偷偷打。

在這種環境下長大，要她回了平京就老老實實地當個大家閨秀，那是想都不用想就知道是不可能的事情。

只不過在馮府，耍耍花槍已經是極限了。現在跟前來了個能打的，實在是有趣得很。她出門時就做了一身男子打扮，本來是想走動方便，現在看來實在是明智之舉！

馮纓磨拳擦掌，見那男人從地上爬起來，隱隱有後退的意圖，不免有些失望。

「妳、妳、妳怎麼在這？」

馮纓挑了挑眉，男人顯然是認出她了。不過沒關係，打架不分親疏。

「二哥，你在幹麼？」

有人在後頭喊了一聲，男人立馬扭頭，撒腿就要跑。「老三！」

「你們把人照顧好！」

馮纓丟下話，幾步追上。

男人已經跑到了街上，還沒找到地方躲，後腰又被人踹了一腳，立時撲在地上。

馮纓把人踩在腳下，道：「你就是季伯母的二哥？一家兄妹，你怎麼做得出買賣親妹的事情？」

男人疼得啊啊亂叫，旁邊的老三見狀突然從身上抽出一把匕首，二話不說就出手朝馮纓捅去。

馮纓身子一避，一把抓過老三的手腕，手上稍稍用力，直接卸下了匕首。

那老三本就不是什麼強悍的人，匕首大概是用來嚇唬人的，馮纓不過才用了兩分力道，人已經被反手摁在地上。

馮纓一面遺憾這兩人都不夠厲害，一面又噁心他倆這樣欺負季母，手上忍不住多用了幾分力道，只聽見兩人哇哇大叫，哭喊著叫疼。

她動靜不小，酒樓的人都湧上街頭圍觀，正好見她找人要了麻繩，動作乾脆俐落地把兩人綁起來，還有膽子大的湊近看上幾眼。

「原來是這兩個潑皮啊！」

有人一眼認出這兩個人，馮纓好奇地看過去，那人彎腰撿起石子就往兩人頭上丟。

「呸！這兩個潑皮也有今天！也不知道禍害了多少閨女，坑蒙拐騙什麼都有份！」

「我也認出來了！之前有個閨女，被他們騙去賣給一個老頭做了妾，說是去享福的，結果天天挨打！」

「他們有了錢就拿去賭！」

「他們還經常跟城裡的地痞流氓混在一塊兒！」

圍觀的人群你一言我一語，不少平日裡受過欺負的人，這會兒都壯起膽子在旁指控。

「沒人報官抓過他們嗎？」馮纓用腳尖點了點兩個男人。「我看他們在路上走得還挺大方的。」

「誰敢報官？」有個老頭恨恨道：「前腳報官，後腳就有和他們相熟的混混找上門來，大夥都是要過日子的人，只能忍了這口氣。」

還有善心的婆子在旁勸說道：「姑娘，打也打了，把人放了吧，省得被他們的人摸上門欺負了去。」

這些人是出於一片好心，馮纓笑盈盈地抱拳，拱手謝過，腳下卻絲毫沒有鬆開半寸。

「我不怕他們。」

她說完，腰一彎，手一伸，作勢要去提地上的兩個男人。

唔……有些沉。

馮纓咬了咬後牙根。「綠苔。」

「姑娘，我來幫妳！」綠苔應聲，上前一手一個，比自家姑娘更輕鬆地提起了人。「姑娘，送去見官嗎？」

綠苔天生力氣大，從前在河西時，她作夢都想把綠苔塞進軍營裡訓練，可舅母們不肯，說什麼不許她身邊沒個正常伺候的丫鬟，她大嘆可惜，但也只好作罷。

好在綠苔力大如牛不受影響，沒什麼功夫是真的，幫忙提人的本事卻還是有的。

「送去見官。」

馮纓話音剛落，季母跌跌撞撞從人群中擠了出來。「姑娘，好姑娘，妳放了他們吧！」

碧光不像綠苔那樣有力氣，季母瞧著瘦弱，可掙扎起來，她也實在攔不住人，只能眼睜睜看著人撲到了自家姑娘的腳邊。

馮纓低頭，季母抓著她的褲腿，哭得滿臉是淚。

「他們再有不是，那也是我的兄長，我……我不能讓他們被抓去官府哪！」

馮纓不語。

季母繼續哭喊道：「姑娘，妳饒了他們吧，他們不敢了，他們下次一定不敢再欺負人了……別抓他們，求求妳……」

綠苔氣得兩手一撒。「妳這個婦人好沒良心！我家姑娘幾次幫妳，可是為了妳好，妳被他們打、被他們欺負，還差點被賣，現在妳居然想讓我家姑娘放了他們？」

「沒道理啊，方才在酒樓裡，我還瞧見這婦人跟這位姑娘哭訴被家裡兄長欺負了，現在人都幫妳制住了，就要送去見官，這婦人卻突然改了態度，說什麼要饒了他們？這什麼情況？」

「這位姑娘，妳這是好心被當驢肝肺了！」

吃瓜群眾總是容易隨著事情走向改變態度的，方才還一口一句勸馮纓不要送人見官、別惹禍上身的老頭婆子，這會兒又全都改了口。

馮纓感激地拱手，再看季母，正哭得眼眶發紅，滿臉乞求。

「伯母。」馮纓把人扶起來，問：「他們欺負妳，欺負了那麼多人，妳還是要原諒他們？」

「他們、他們是覺得我沒用，我沒錢給家裡，所以才想賣了我換錢。」

「所以，妳還是要原諒他們，因為他們是妳哥哥？」

季母捂臉哭。「姑娘，說什麼都是一家人，哪有把自己家裡人送去見官的道理。」

「妳能原諒他們，那妳問過其他這些人要不要放過嗎？」

馮纓的聲音不輕不重，剛剛好能叫所有人都聽得清清楚楚。

她臉上的神情已沒了笑容，只看著季母，就好像在看一個不會喘息的死物。

「就是！妳讓人踩到頭上使勁欺負沒關係，那別人呢？妳要幫他們原諒嗎？」綠苔氣得直跳腳。

饒是好脾氣的碧光，臉上也寫上了不滿。

「我沒有……我不是……」

季母嘴唇嚅動，往周圍看，越看越發不出聲音。

馮纓心下嘆息。她從一開始就沒打算讓季母難堪，只是她以為，當初季母既然敢帶著一雙兒女到爛腳巷另外住，應當是個極有主見和勇氣的人。

但是她好像料錯了，不是所有人受了欺負都會要對方還回來的。

有的人，習慣了低頭。所以當初選擇順勢被趕走，另外獨居的，可能是男主角自己吧。

「妳不想送他們去見官，因為他們是妳的兄弟，是妳娘家人。我能理解。」馮纓道：「既然妳不打算讓他們好看，那我這就放了他們。」

她鬧了這麼大的動靜，都不見官差，想來是沒人去報信。

也好，放人也是隨手的事。

馮纓說到做到，還真就讓綠苔把繩子解開了。綠苔有些不樂意，嘴裡嘟嘟囔囔地照辦，完事後不忘一人踹上一腳，狠狠道：「滾吧。」

那兩個男人狼狽地從地上爬起來，見季母眼睛紅紅看著自己，惡狠狠地瞪了她一眼，轉身擠進人群。

人群看這熱鬧散了，便也不用馮纓說話，三五成群，自己散了去。一下子，酒樓前的街市又恢復了之前的樣子。

馮纓看了眼碧光，碧光微微頷首，上前輕聲細語地將季母扶到身邊。

「走吧，結算一下該給酒樓的賠償，然後送季伯母回家。」

她方才在酒樓裡動手，雖然沒砸壞什麼桌椅，但碗筷總還是有壞掉的，也驚嚇到了掌櫃和夥計。

馮纓讓綠苔留了錢，並先送季母回爛腳巷。

巷子還是那天的樣子，臭烘烘的，還帶著潮濕的感覺。路邊缺了茅草的屋簷下，坐著個正在摳腳的乞丐，遠遠瞧見她們一行人，揚揚手，打了聲招呼。

「大菊啊，妳回來啦。」

馮纓隨意看了一眼，季母怯弱的聲音就從身後傳了出來。

她只應了一聲，很輕很輕的一聲。

那乞丐嘿嘿一笑。「我瞧見妳兒子啦，身邊跟著一個大戶人家的小姑娘，是妳未過門的兒媳婦吧？真漂亮。妳兒子要發啦，妳以後就不用住這種地方啦。」

季母不敢再應。

馮纓抬頭看看天，舔了舔嘴唇。

漂亮的小姑娘啊。看樣子梅姨娘還是沒看住人，叫馮荔跑出來見情郎了。

馮纓往季家的小破院子去，果真在院子裡見到了馮荔。

季景和蹲在地上，陪小妹在地上寫寫畫畫。他沒穿官服，看著絲毫不像是在翰林院做事的文官，更像是鄉間地頭隨處可見的農戶。

馮荔就站在他身後，仗著他背對著看不見，捏著鼻子說話，一開口，分明是帶著鼻音的怪腔怪調。

「……季大哥，你來我家提親吧，我爹既然看中了你，就一定會幫忙在朝中照拂你的。」

「……你別嫌棄我是庶出。原本我爹就打算讓我嫁給你，現在不過是覺得我那嫡姊年紀很大該嫁了，才想換成她。可她是個粗鄙的，只會舞刀弄槍，嫁了你，你會受苦的……」

這背後說人壞話的事，還真不想打斷了。

可馮纓能忍得住，綠苔忍不住。

而比綠苔更忍不住的，是見了兒女立時慌了神的季母。

「老大，小妹！」

聽到聲音，季景和站了起來，小妹跟著起身，仍舊是呆愣愣的，被季母抱進懷裡了才知道喊一聲。「娘。」

這會兒工夫，馮纓對上未婚小夫妻的眼，彎了彎唇角。

「二姊怎麼在這？」馮荔放下了手，一說話，忍不住就想捂住口鼻。

馮纓沒回她，只對著季景和把酒樓發生的事說了一遍。

「……伯母既然說原諒了，我便將人放了。不過如果公子你覺得不行，我可以幫忙把人再抓回來扭送見官。」

她話音方落，季景和當即開了口。

「這不是馮二姑娘妳該管的事。」

硬邦邦的聲音，像塊石頭。

馮纓覺得，季景和的聲音，並不難聽。但是說的話，實在是讓人聽著心底不舒服。

硬邦邦的臭石頭。

「二姊妳別鬧了！這是季大哥的家事，妳憑什麼插手管？妳在河西待久了，整日裡和軍營裡那些不知輕重的兵丁混在一起，不知道平京城的規矩，妳怎麼能……怎麼能連別人的家事都管？」

馮荔脾氣不大好，一張口，就拔高了聲音。

季景和沈默一瞬，勸了一句。「七姑娘。」

馮荔不高興道：「季大哥，你別攔我，這事根本就是我二姊做得不對。這是你的家事，她怎麼能胡亂插手？」

「因為是一家人，所以無論是打妳罵妳，還是想賣了妳，妳都會原諒？」馮纓突然反問。

馮荔脫口而出。「當然！」喊完又諷刺道：「二姊自小生活在河西，那裡的人估計連個正正經經的家人都沒有，二姊當然不會懂一家人打斷骨頭連著筋的道理。」

馮纓看了旁邊人一眼，見季母抱著季小妹只哭不語，沒來由的心底一陣煩躁，再一看季景和臉上的表情，雖然看著尋常，但眼底的厭惡是藏不住的。

馮纓做事除了軍令，向來全憑心情，她想做什麼事，還從沒有人這麼阻攔過。

這回，管閒事還真的就管到馬蹄上了。

馮纓這麼想著，突然走到季景和身前。

「妳幹麼？」這個距離太近了，馮荔又驚又嚇，趕緊擠到兩人中間，擋住馮纓。

她這一動作，後背難免挨近了季景和的胸膛。男人眉頭一皺，不動聲色地往後退了兩步。

這個動作不算大，馮荔沒注意，卻是叫馮纓看在了眼裡。

「我原是想著你既然和我這妹妹有情意，為著日後她嫁了你不會被你舅家欺負，這閒事我理該管一管。」馮纓當著幾人的面，張口道：「但既然你覺得沒什麼，那就當我多管閒事了。」

她說完去看馮荔，後者鼓著臉，瞪大了眼睛。

「妳別假好心了！妳這樣算什麼幫忙，我讓季大哥入贅，爹一定會護季大哥不受欺負的！」

入贅？

馮纓心裡一突，再看季景和眼底一晃而過的陰鷙，頓時笑了。「挺好，挺好。爹應該不會嫌家裡男丁多的。」

她才不信季景和會入贅呢。畢竟書裡，這位未來的首輔大人迎娶的嬌妻可不姓馮。

「二姊既然這麼空閒，就該聽爹的話多去相看些人家。二姊這個年紀……這個年紀在咱們平京，走出去平白惹人笑話。」

馮荔的態度有些古怪。

明明聽說之前梅姨娘看中季景和，說了無數好話，馮荔都不肯點頭，在家裡又是罵他年紀大，又是怪嫡母不慈，給自己找一個要出身沒出身、要錢財沒錢財的廢物。

怎麼現在卻是接二連三地護著季景和，一副非君不嫁的姿態？

馮纓撓撓下巴，有些好奇地往馮荔臉上看。

後者就像護食的小犬，齜著牙，一轉身同人說話，卻又溫順極了，就好像……突然知道季景和未來能夠位極人臣一般。

馮纓一邊想，一邊往爛腳巷外走，一直到走出爛腳巷，綠苔都還在憤憤不平。

「……七姑娘怎麼能這麼說話！她拿那個季公子當寶貝，我家姑娘還不稀罕呢！」

「伯爺只有虛職，給庶出的姑娘挑季公子這樣的，已經是極好的人家了，畢竟翰林日後說不得就能走到天子跟前。」

「那也不能委屈了咱們姑娘！」

馮纓抬頭。

遠山蒙著一層雲霧，看起來似乎很快就要下雨了。

「姑娘。」

碧光叫了一聲。

馮纓回頭。

「姑娘都不生氣嗎？」碧光問。

馮纓眉眼彎彎，笑了笑。「生什麼氣？最後吃苦頭吃虧的又不是我。」

碧光愣了愣，旋即道：「那婦人……是為了兒子，所以才忍氣吞聲的？」

馮纓笑道：「妳看，妳都懂的道理，那位季公子怎麼會不懂？不過就是看他良心到底過不過得去了。」

畢竟，書裡可沒寫他娘究竟有過什麼遭遇，描述到他娘的時候，已經是簡簡單單的一句

「因家貧體弱，只能在床榻上靠藥食拖著一口氣」。

她雖然有心要幫人，可也得人家願意不是？

第三章

遠山的雲霧到入夜後，徹底籠罩了整個平京城。大雨傾盆而下，雨水如注，砸到瓦片上「啪啪」作響。

平京城內有宵禁，黃昏的鐘鼓聲落下後，街上除巡街兵士外，再不見旁人。於是大雨落下時，皇城的寂靜更是襯托了雨聲如鼓。

這雨，一下就下了三天。

到第四天，雨勢仍舊不見歇。

雨滴從厚厚的雲層中墜落，砸到地上綻開大朵大朵的水花。從長廊走過的丫鬟們，紛紛提著裙子，小心避開被風吹進走廊的雨水。

馮纓坐在屋簷下，手邊是一碟堅果，望著雨幕出神。

「姑娘！」

綠苔撐著傘，從院子外一路踩著水走近屋簷。

馮纓招了招手，等人收傘鑽到身邊，這才道：「去看過了？」

「看過了。這雨這麼大，爛腳巷那果真不太好。」

碧光送來巾帕，綠苔隨意抹了把臉，嘿嘿笑了兩聲，然後一臉嚴肅道：「雨太大了，爛腳巷有好些房子連個完好的屋頂都沒有，裡頭到處漏水。」

「季家呢？」

「聽說季公子連夜爬上屋頂，想要把破漏的地方補上，可偏偏季小妹發了病，季夫人看不住小妹，季公子只好爬下來把小妹捆起來歇了一夜。」

頭一天下雨的當晚，馮纓就忍不住好奇爛腳巷那邊的情況。

她倒是沒打算和馮荔或者未來的女主角搶男人，實在是眼前就是一條活生生的大腿，又加上自己好管閒事的性子，免不了多了些關注。

不過雨實在太大，她也不捨得讓自己人這種時候還去外頭到處跑。所以，直到今早，看雨勢稍小了一點，這才讓綠苔過去看看。

她現在，有些缺人手呢。

「那兩個男人有沒有再去找過他們一家人麻煩？」

「去了。」

綠苔喝了口熱水，滿身舒服。

「我過去的時候，正好撞見那兩個男人上門，他們這回還帶了其他人，提著一堆亂七八糟的東西，說是來送聘禮的，還說黃道吉日都挑好了，只等著把季夫人娶回家，還說、還說……」

「還說什麼？」

綠苔撓了撓後腦勺。「好像還說什麼母女同樂。」

她說完話，就聽見「嚓」一聲，自家姑娘手裡捏著的堅果被捏了個粉碎。

「母女同樂？都上門把話說到這分上了，他們一家人還忍著？」馮纓冷笑，抓了枚堅果搓開殼，丟進嘴裡，咬得嘎吱作響。

「我瞧見季夫人又哭了。」綠苔老老實實。「那位季公子倒是和人動了拳頭，不過一個敵對方好幾個，被揍得挺慘的。」

她低頭，搓了搓手。「姑娘，我一下子沒忍住，把其中一個人打了。」

馮纓哭笑不得。

「二姑娘。」祝氏身邊的婆子突然來了，走到跟前行禮道：「前院有客要見二姑娘。」

馮纓挑眉一笑。「這大雨天，爹又從哪找了客人來？」

婆子尷尬地笑了笑。「二姑娘何必為難老奴。老爺不也是為了姑娘好？畢竟姑娘年紀大了，不好在家裡久住……」

婆子還想說，馮纓已經揮了揮手站起身。

「我看這雨比前幾日小了許多，我出去轉轉，客人我就不見了。」她說著頓了頓。「碧光，給那位客人送份小禮，就當是我賠罪。」

碧光應聲而去。

馮纓這次回京，只帶了三個箱子。一箱裝了她簡單的衣物和生活用品，一箱則裝了點禮物，有承北的，也有一路經過的小城鎮的，還有一箱，裝了她慣用的刀、槍、箭、弩。

碧光去取禮的工夫，馮纓直接帶上綠苔從角門出去了。

雨下得那麼大，要不是為了避開見了禮物可能會衝進不語閣發狂的馮奚言，馮纓還真沒打算這時候上街。

能逛什麼呢？大多的店鋪都關了門，雨這麼大，哪來的生意？

馮纓從通濟巷出來，毫不介意地踩著水窪走在路上。

有酒樓還開著門，一輛馬車從她身邊經過，穩穩地停在酒樓前。趕車的把式跳下車，掀開簾子。

馮纓隨意看了一眼，車廂內，容貌俊逸的男人閉目而坐，便是沒有陽光照在他臉上，他的臉仍舊如同羊脂美玉一般發著惑人的熒光。

光這麼一眼，便叫人挪不開視線。

馮纓忍不住多看了兩眼，那人驀地睜開眼。

四目相對。

那雙眼閉著的時候，便是一張極其俊美的臉。眼睛睜開，如星辰綴滿夜空，頃刻間引得人手腳都不知該往哪裡放。

還是沒忍住，顏狗如她，馮纓偷偷砸吧了下嘴，滿腦子只剩下「真好看」三個字。

「馮二姑娘。」

有人喊她。

馮纓只好回頭，卻是季景和。

男人就站在雨中，手裡撐著一把傘，傘有些破，加上雨大，半邊身子都已經濕透了。

他身上穿的衣裳，比前兩次見他時要乾淨許多，只是看著仍是褪了色，想來洗了不知多少回。

「你……」馮纓才要開口。

男人目光如炬，直直看向她。

「二姑娘。」

馮纓聽得一清二楚，男人說話的時候是咬牙帶上了狠勁。

「請二姑娘幫我！」

季景和會來找自己，完全在馮纓的意料之中。身為男主角，當然有屬於男主角的驕傲，從前沒人能在他勢弱的時候伸出援手，他自然會選擇蟄伏。但有人告訴他可以幫忙，像他這樣的人，又怎麼會狠心看著家人受折磨？

「介意找個地方坐下說嗎？」馮纓指了指酒樓問。

季景和頷首。

馮纓轉身，身後的馬車上已經沒了人。

與因為下雨而顯得沈寂的街道不同，酒樓內意外的熱鬧。馮纓進門後往堂中掃了兩眼，沒見著方才那人，心下有些遺憾。

因著要說事，她讓店小二找了二樓的閣間。有茶有酒，還點上花生果子，瞧著竟是有模有樣地吃喝起來。

季景和在她面前坐下，隔著一張桌子，尚未言語，臉上的神情看起來格外凝重。

馮纓放下手裡的花生，清了清嗓子。「季公子……」

她才喊了一聲，對面季景和開了口。「我很感激馮家。和七姑娘的親事，是我有意求來的。」

馮纓擰眉。

季景和說著，苦笑。「在下不是什麼好人，季家的情況，想來二姑娘已經都打探清楚了，應該知曉在下家境究竟如何。馮家雖只是三等伯，可好歹還是有爵位在身，在下這樣的出身，論理還不值得馮家姑娘下嫁。

「我娘是個性子弱的，儘管我們一家從季家分宗出來，搬到了爛腳巷，可我娘捨不得和舅舅他們脫離關係，舅舅們招呼一聲，她總是會帶著小妹回去。」

提到季母，季景和的心情明顯又低落了許多。「我得功名至今，不過只是個最尋常的御書院待詔，我娘怕舅舅們鬧事壞了我的仕途，所以一直忍氣吞聲，不肯報官……」

「所以，你想到了藉由我三弟，與馮家結親的辦法，想通過這，讓你的舅舅們不敢再欺負你的家人？」馮纓屈指，敲了敲桌案，冷嘲道：「你倒是動了心思。」

季景和皺眉。「二姑娘，在下雖是有自己的心思，可若這門親事成，在下自會好好待七姑娘。」

「你和七妹如何，不是我能管得著的事。」馮纓沈默了會兒，打斷他突然沒頭沒腦的話。「就像你看到的那樣，我從河西回來，馮家立即想讓我……或者是想讓我代替七妹嫁給你，這些你足以看得出來，馮家也不是什麼好人家。」

「是……」

「你想要馮家幫你，遠不如眼下這樣直接找我幫忙。」

季景和顯然沒料到她會這麼說，一時有些不解。

馮纓喝了口茶。「你要知道，我凶名在外，想來平京城百姓應該也聽說過我的名號。」

「是。都說河西盛家軍有個女殺神、女羅剎。」

「所以，你是要娶七妹，還是要等我管完閒事後解除婚約，都是你和馮家的事，我只問你一句話，我動手可能會傷到人，這樣你還敢不敢請我幫忙？」

兩人就著茶說事，絲毫不知隔著一面牆的另一間屋內，他們的聲音清清楚楚地響著。

酒樓為了做生意，各包廂的牆大多只能分隔開空間，阻隔視線，卻是沒有隔音的效果。

他們說的每一句話，都被隔壁的人聽得一清二楚。

才進屋的中年人聞聲皺眉，正要張口喊來店小二換地方，坐在桌案那頭眉目疏朗的男人豎起了手指，壓在唇間向對方作了個噤聲的動作。

中年人很想張口就隔壁的事說上兩句，但看在男人的動作上，只好閉上嘴，扭過頭，皺眉盯著牆。

「妳能怎麼幫我？」季景和問：「妳說妳動手可能會傷到人？」

馮纓坦蕩回道：「對，我出手肯定會傷到人。在河西，官府處理不了的事，或是不願見官的事，通通用拳頭解決。況且在河西，所謂的宗族根本不存在，今日同桌共飲、明日陰陽相隔的環境下，宗族的存在沒有任何意義。在那裡，如果不聽律法、不聽官府的，那就看誰的拳頭硬。」

季景和繃著臉。「那如果拳頭硬的那個人是作惡多端的人呢？」

他話音剛落，就見原本坐在身前看著有些不著調的女人頃刻間坐直了身體，神態嚴肅地看了過來。

「還有我們盛家。在河西，沒有誰的拳頭比盛家更硬。惡人想做惡事，就要想清楚，能抗住我們盛家軍幾下拳頭。」

馮纓絲毫不知自己在說這話時，神情和從骨子裡散發出來的那種自信和沈穩，多麼的光彩奪目。

她就像一塊玉石，在隨意散漫的皮相後，是熒熒光華，奪人目光。

「對了，伯母同我說起過她受的那些委屈，可我總覺得，似乎不光是她說的那些。」馮纓搓了搓花生，有意無意地往季景和臉上瞥。

後者垂眸道：「她說的那些，基本就是了。」

「果真如此嗎？」馮纓不太相信，可季景和明顯不願多言，她抿了抿唇。「行吧。我現在就告訴你解決的辦法，不過這種事，不能一蹴而就，中間你們一家可能還會受到一些委屈，不過這次他們再鬧上門來，就絕不能再由著伯母忍氣吞聲，求兩家和睦了。」

「好。」

馮纓瞇著眼笑了笑，隨後讓綠苔去門外守著，這才壓下聲音道：「你去找……然後讓……再是……」

她後面的聲音幾乎等同於耳語，同屋的人都指不定能聽得清楚，更何況旁屋。

隔壁，中年人挑起了眉，手指沾了點茶水，在桌案上一陣龍飛鳳舞——

「聽得正有趣卻突然壓低了聲音，簡直吊人胃口！」

男人彎唇一笑，同樣以指為筆。「你倒是聽出了興致。」

「公子難道不是？」

「確實有些有趣。」

馮家二姑娘、河西、盛家軍……

男人掩唇咳嗽，本就白皙的病容咳得兩頰微紅。中年人騰地站起身，伸手就要去攙扶，可男人身後的兩個小廝已經一個箭步上前，一人扶著背，一人餵湯藥，這才將男人的咳嗽止住。

「公子，你的病……那家子畜生，你……」中年人再沒忍住，氣惱地開了口。

男人搖頭，順下一口氣，輕笑道：「不必與他們置氣。」

男人忽地側過臉。「長星。」

「公子。」

「去查查隔壁兩人的身分。」

名喚長星的小廝應聲而退。

那頭，旁屋的動靜傳了過來，馮纓倏地閉了嘴。

季景和一愣，旋即笑了一聲。「二姑娘居然也有怕的時候。」

「我怕什麼？這屋隔音不好，若隔壁是與你相熟的人，哪怕是你翰林院的同僚，我說的那些事若是叫他們知曉了，你就不擔心會影響到你調職升遷嗎？」馮纓反問。

「過去怕過。」

「現在呢？」

「現在若繼續怕，就是怕一輩子，也不見得能有什麼改變，倒不如像二姑娘說的那樣，換個方法，好叫他們怕了，悔了，再不敢動了。」

「這才對嘛！」馮纓拍了拍桌子。「陰謀陽謀都是謀，你們讀書人有讀書人的心思算計，我們習武之人就還是喜歡來點別的……」

「可二姑娘方才說的那些，也不像是習武之人會做的事。」行事作風倒像是個混跡街頭的混混。

若不是眼前的女子確確實實是出身勛貴人家，季景和當真要以為她是在街頭長大的。

馮纓眨眨眼，燦然一笑。「成大事者，不拘小節嘛！」

兩天後，平京城外默默無名的小村子裡，一位美嬌娘跟著行腳商來到村子裡住下。

那真是位美人。

眉如遠山，目含秋水，一張櫻桃小口，一咬唇，一張嘴，都讓人心兒跟著發顫。

即便只一身粗布麻衣，也絲毫遮蓋不住她的美貌。

這樣一位美人，一進村，自然就吸引了全村人的注意。女人們說她妖妖嬈嬈，不像正經人家出身，指不定是那行腳商的姘頭。男人則為了能多看她一眼，一日三餐似的往行腳商暫住的院子跟前走。

朱家兄弟也去了。

在這個村子裡，朱家的幾個兄弟是出了名的混不吝和潑皮，唯一的姑娘嫁到了隔壁村季家，沒多少年成了寡婦被趕出村子，他們兄弟幾個都沒想過把妹妹接回家。

這會兒見了美人，兄弟幾個誰都拔不動腳，可又怕自己兄弟有別個想法，便偷摸著溜去看。

朱老大過去，美人在餵雞，玉臂纖長，唇角帶笑。

朱老二過去，美人在晾曬，伸長的手臂帶出前凸後翹的身材。

朱老三過去，美人在洗髮，烏髮如墨，彎下的腰肢顯出挺翹的屁股。

第二日，朱老大在田埂上遇見了正在賞花的美人；朱老二和人插科打諢的時候沒留神和美人撞了個正著；朱老三撿了個漂亮的荷包，翻銀子的時候遇上了來找荷包的美人兒，美人連連感激他撿到東西，還送了他一籃子雞蛋。

到第三日，連隔壁村的都過來看美人了。

朱老三撞見被隔壁村兄弟圍住的美人，他英雄救美，被人揍了一頓，卻得了美人的眼淚和依偎。

朱老二在河邊撈魚，聽到嚶嚶的哭聲，循聲走近發覺居然是那個美人，一問才知，那行腳商原是她的表哥，當初是私奔出來的，如今行腳商外頭有了相好，她心裡難受，恨不得也找個相好，讓人丟臉。

朱老大夜探寡婦屋，出來撞上魂不守舍又在路邊的美人，一時血氣上湧，顧不得回家哄自己婆娘，抱起人滾進田裡，好一半推半就成了好事……

差不多半個月後，美人嬌羞地分別告訴朱家兄弟，自己有身子了。

朱老大歡喜極了，立即準備趕走家裡的黃臉婆。朱老二把自己存的那些銀子都拿出來，說要給美人買養身保胎的藥。朱老三則偷摸著把行腳商騙走，夜裡抱著美人，心猿意馬。

又過半月，朱老大去美人院子裡，人沒見到，倒是撞見了自家兄弟，剛準備問話，外頭吵吵嚷嚷地奔來一群人。

兄弟幾個回頭看，拿著棍棒，凶神惡煞站在院子外的，正是說好了要拿二十兩買大菊的那家兄弟。

「就是他們欺負了嬌娘！」

朱老三愣了愣，還沒來得及張嘴，一棒子迎頭打了下來。

打人的那家兄弟姓牛，六個兄弟雖然不像朱家兄弟那樣混不吝，滿大街耍無賴，可會叫的狗不凶，他們幾個鬧起來，那才是真真正正的凶狠。

那一棒子下去，朱老三直愣愣地仰面倒在了地上，滿頭是血。

朱老大嚇得腿軟，張嘴就喊：「你們要幹麼？要幹麼？」

「你們三個兄弟簡直就是畜生！你們居然聯合起來欺負嬌娘！」

「嬌娘一個弱女子，懷了你們的孽種，被丈夫拋棄，這都是你們的錯！」

循聲趕來的人越來越多，聽到聲音一時間議論紛紛，人群裡嗡聲一片，都在問誰是嬌娘。

哦，是那個行腳商帶來的女人。

朱家三個兄弟居然欺負了那個小妖精？

是睡了吧，不是說有孽種了？

鄉間的熱鬧，就是你一句我一句，甭管真假，先說為敬。

朱老大已經嚇得懵了。朱老三還躺著，生死不知。唯獨醒著的，只剩下一個朱老二。

一陣驚恐過後，朱老二大叫起來。「我沒欺負嬌娘！我沒欺負她！我跟嬌娘是相互喜歡，她是自己願意給我生孩子的！」

「胡說八道！嬌娘是你嫂子，她懷的明明是我的孩子！」朱老大也叫了起來。「我把黃臉婆趕走了，跟嬌娘說好挑個日子就成親的！」

朱老二瞪圓眼睛。

有個粗胖的婆子從人群中擠了出來，衝著朱家兄弟吐了口唾沫。

「呸！那個女人就是被你們幾個兄弟欺負了吧！我姪女嫁給你們家老三，前天哭著回家說老三半夜睡著了還在喊那個女人的名字！」

婆子的話說完，朱家兄弟倆愣住了。

牛家兄弟冷笑，拿著棒子就要去揍朱老大。「你們這幾個畜生！」

「要不是小弟救了嬌娘，她就要帶著孩子自盡了！」

「簡直是畜生！報官，一定要抓你們去見官！」

朱老大被打得毫無還手之力，他年紀本就是兄弟三人當中最大的，家裡孫子都有好幾個了，被牛家兄弟揍倒在地後，只能抱著頭在地上翻滾躲閃。

朱老二趕緊去護大哥，身上被狠狠打了一下，疼得連忙求饒。

「嬌娘在哪裡？我們找嬌娘問問好不好？」

「那孩子明明是我的，我跟嬌娘感情好得很，我還把我的家當都給嬌娘了，我怎麼可能欺負她！」

牛家兄弟不說話，怒氣沖沖只管下手揍人。

還是圍觀的人群在邊上喊了一嗓子。「牛家的，你們就帶他們幾個兄弟去看看唄，那女人肚子裡的娃到底是怎麼來的，是誰的種，問問不就清楚了！」

「對，問問不就清楚了！」

「就是，人都不在這，光打能打出什麼屁來？」

牛家人到底還是聽進去了，兄弟六人停了動作，拉上朱家兄弟，連地上的朱老三都沒落下，直接抬著就去了隔壁村。

一路上，牛家兄弟還在罵罵咧咧，說來說去，都在罵朱家不是人，欺負小女子。

朱家兄弟倆不住解釋，說得越多，心下越覺得有些不對勁。等到了牛家，卻發覺好像出事了——大門半開著，站在門外，能清清楚楚看到院子裡的模樣。

牛家六個兄弟都沒什麼手藝，只能靠爹娘留下的幾畝田地過活，不然也不會這麼多年，六個兄弟只存了二、三十兩銀子。

就算這樣，家裡總該還是能攢下點東西。

可柴門推開，看著空蕩蕩的宅子，別說兄弟六人，就是跟著來看熱鬧的，全都驚呆了。

牛老大最先衝進正房去找嬌娘。朱老二緊跟在他後面，生怕他這時候把人藏起來。進了正房，空無一人。

再去幾個兄弟的房間找，更是什麼都沒有，甚至連他們用來藏錢的瓦罐，都被人在角落裡翻了出來。瓦罐裡，自然已經空了。

看到這情景，還有誰不清楚那個嬌娘是有問題的？

牛家兄弟臉都黑了，朱老大在旁邊捂著心口哎喲哎喲叫喚。

這時候有人探頭打量，嘿嘿笑問道：「那女的分明是個騙子，你們不會都被騙了吧？騙走多少銀子了？」

朱老大說不出話來，朱老二更是不敢說自己偷偷把自己的房子抵了出去，就為了給嬌娘買一只金燦燦的鐲子。

看朱家這樣子，那人又去問牛家的。「你們呢？被偷了，還是另外被騙了錢？」

牛家幾個兄弟誰都不說話。牛老五生得人高馬大，容貌最是凶狠，這會兒知道自己被騙，氣極了抄起棍子就往朱老大身上砸。

朱老大不肯挨揍，吵嚷著互毆起來，一時間，牛家院子裡亂成一團。

朱家牛家鬧成一團的時候，馮纓正坐在茶樓裡和嬌娘坐在一起吃茶。

嬌娘是她特地從外面找來的妓子，容貌、才情都不是尋常妓子可以比的。馮纓答應，只要她完成交代的事情，事成之後就能拿回自己的賣身契，並且拿到一筆銀子，去任何想去的地方。

嬌娘欣然答應，果真很快就在朱家兄弟三人間如魚得水起來，緊接著，又與牛家兄弟有了往來。

馮纓沒讓嬌娘刻意去與那些男人有身體上的接觸，嬌娘卻是毫不在意。至於懷孕，那不過就是找大夫演的一場戲。

馮纓履約給了嬌娘那些東西，嬌娘吃過茶，很快就喜孜孜地坐上了馬車，往她想去的地方去。

「姑娘。」綠苔還在樓下，碧光見馮纓慵懶地趴在桌上，輕聲問道：「姑娘這麼做，會不會惹上什麼麻煩？」

「惡人總要有惡人磨不是嗎？」馮纓笑。

門外腳步聲「噔噔噔」傳來，馮纓頭一扭，就見綠苔小跑著從外頭進來。

「姑娘，朱家報官了！」

「這麼快？」碧光詫異的盯著綠苔。「朱家已經進城了？」

綠苔撓撓頭。「我也是聽說的，朱老三被打得滿頭是血，鄉下的郎中不敢看，朱老大的一條腿被打斷了，朱老二又打傷了牛老大跟牛老四。兩個村的里正見鬧得不像話，就把人往城裡送，那朱老二聽說一進城就嚷嚷著要報官。」

看出碧光的擔心，馮纓安慰的拍了拍她的肩膀。「別擔心，他報官才好呢。」說完，馮纓下樓，樓下果真已經有人開始在議論朱牛兩家的事，聽說朱老二進城的時候一路吵嚷，恨不能叫所有人知道牛家打傷了他們。

茶樓外，季景和正攙著季母走過。

「季公子。」馮纓抱拳拱手。

季母神情尷尬，季景和回禮。「二姑娘。」

誰也沒說要去哪裡、要去做什麼，馮纓就這麼跟著季家人前後腳地到了府衙。

季母想說些什麼，被季景和攔住。

馮纓彎了彎唇角，穿過慢慢圍攏的人群，站在了府衙屋簷下。

知府坐在堂內，頭疼地望著門口越聚越多的人，再看底下被打傷了還能中氣十足與人吵嚷的朱牛兩家兄弟，狠狠地拍了下桌子。

「吵吵吵，你既要報官，不如快將所告之事說個清楚！」

他平日裡哪是管這些芝麻綠豆大小事的。

朱老二能告誰？自然是告那個嬌娘。

知府又問那嬌娘姓甚名誰、籍貫何處、所犯何事，朱老二張了張嘴，被牛老五搶先回答，卻分明是個假的名字、假的籍貫。

一個女人，在兩家男人間吃得這般開，便是知府和圍觀人群都知道是個騙子，也忍不住對著兩家兄弟嘲諷了幾句。

尤其是聽說那女人一邊懷著身子跟朱家幾個兄弟分別癡纏，說是他們的孩子，一邊又和牛家哭訴，說被朱家兄弟幾人欺負，懷上孽種走投無路，唯有一死，更是覺得這兩家的男人實在是蠢到無法言喻。

牛老五脹紅了臉。「我們兄弟六人只是見她一個弱女子可憐兮兮的，所以多照顧她些，沒有……沒有做任何事！」

「那個女人似妖精一樣，誰知道你們六個人有沒有被她迷了心思！枉我還想把妹妹嫁給你們！」朱老二突然義正辭嚴。

知府皺了皺眉。

牛老五猛地跳了起來。「你才不是什麼好東西！為了二十兩銀子願意把親妹妹賣給我們六兄弟當婆娘，誰知道嬌娘是不是受了你的威脅！」

牛老五話音落，人群一陣譁然。

朱老二噎了一瞬，站起來怒道：「你們不想買，我還能強賣嗎？」

「那你還想把你妹妹的傻子女兒也貼給我們！還說傻歸傻，但是年紀小，能給我們生兒子！」

牛老六是個病秧子，從進府衙開始就時不時咳嗽兩聲，誰都沒拿他當回事，可偏偏就這麼個人，突然爆出一句話來。

「朱老三有一回拉我去喝酒喝得爛醉，還跟我說，他那個甥女五、六歲的時候就被他碰過了。」

牛老六聲音不大，圍觀的百姓們自然沒聽清，可知府離得近，聽得一清二楚，當下變了臉色。

「你說的可是真……」

知府張嘴要問，卻見有人猛地從人群裡衝了出來，他來不及喊「當心」，朱老二已經被人一拳打倒在地。

堂下眾人瞠目結舌。

「你剛才說什麼？你，再給我說一遍！」腳踩朱老二，馮纓看著牛老六一字一句道。

「說、說什麼？」

牛老六本能的感覺眼前的女人可能下一瞬就會揮拳頭打過來，說話開始咬起了舌頭，兩股戰戰，不知所措。

馮纓瞇眼。「把你剛才說的事仔仔細細再說一次。」

明明是個漂亮的姑娘，可把人踩在腳底下，神情凶狠，分明是個女土匪的模樣。

知府吃了一驚，回過神來，拍著桌子就喊：「堂下何人？妳這是要造反不成？」

牛老六嚇得不敢說話，朱老二疼得直叫嚷，吵得馮纓心情壞得一塌糊塗。見衙差就要上前，她隨手摘下腰牌，手腕一轉，拋到知府懷中。

這牌子，但凡是大啟的武官人人皆有，正面是統一制樣，背後則刻有擁有者的隸屬陣營及其身分姓名。

馮纓的腰牌上自然刻著承北府河西營；而河西營只有一支隊伍，即是盛家軍；盛家軍中唯有一女，官居校尉……

「馮校尉！」知府臉色一變，忙捧著腰牌繞過桌子走到馮纓面前。

論官階，知府自是比馮纓高上許多，可自河晏三十年，馮纓怒斬害死盛家四爺盛桑的部族族長，將其頭顱斬下高懸城門後，「女羅剎」之名就此傳揚四海。

饒是久居京中的知府，也是聽說過這個名字的。

第一次聽時覺得不過就是盛家為了照拂這個小輩，有意讓出軍功，傳播美名。但次數多了，也就看得出她是真的凶狠，絕不是一般大家閨秀那種溫文爾雅的性子。

漸漸的，傳言跟著變了味道。

什麼身長九尺、三頭六臂，什麼胳膊有水桶這麼粗、力大無窮，還有的說她貌若無鹽，所以能嚇退那些部族蠻夷。

總之說什麼的都有，就是沒人真正見過本人。

「大人，」馮纓踩住試圖掙扎的朱老二。「還請屏退堂外百姓。」

「這是為何？」

知府一時有些不明其意，見馮纓擰眉看著牛老六，旋即回過神來。「是了，方才那事，確實是不好叫太多人知曉。」

說完，馮纓就見知府招了招手，低聲吩咐了手邊的衙差。

衙差們得令，恭敬地去驅散那些圍觀的百姓。

馮纓這時低頭詢問道：「牛老六，你應該知道，今天的事落到你們牛家頭上的，不過就是個聚眾鬥毆的罪名，還不算多嚴重。所以，若有什麼其他的事，你最好現在原原本本的交代清楚，事情才不會影響到你們牛家。」

牛老六嘴唇發白，見跪在身邊的幾個兄弟都著急地看著自己，忙答應了一聲，把朱老三喝醉酒說過的話一五一十都倒了出來。

他一邊說，馮纓一邊叫碧光找了紙筆記下。

知府看了一會兒，只覺得女羅剎身邊的丫鬟也是意外的聰慧，不光寫得一手好字，還能邊聽邊將事情條理清晰的整理出來。

「所以，小妹之所以會成現在的樣子，不是天生癡傻，而是受了朱老三的欺負？」見牛老六說得嘴唇發白，馮纓抬眼望向了跟著衙差走進堂內的季家母子。

小妹懵懂地走在家人身邊，一雙黑白分明的眼睛裡，看不到一絲陰霾。

「是那個畜生害了小妹，你們一個是親娘，一個是親哥，是不是早就知道了？」

馮纓唇角揚起弧度，她在笑，可說話的調子卻變得冰冷刺骨。

「我並不知情。」季景和握緊了拳頭。「我如果知道，怎麼會讓他們活著！」

馮纓冷笑。

他現在不知情，後來也必會知道的。原書當中，季景和的舅舅們聽說是吃了自己採的毒菇，三家人，連大帶小全部毒死，被左鄰右舍發現的時候，身體都已經僵硬了。

現在想想，哪會那麼湊巧？

不過是知道實情後的季景和給予的報復罷了！

「伯母，妳知不知情？」馮纓問。

季母神情恐慌，緊緊摟抱住季小妹。

她的反應，馮纓看在眼裡，氣得腳下用力，直踩得朱老二大聲求饒。

再看季母，鬆開女兒，撲到跟前，哭嚎道：「馮姑娘，馮姑娘！求妳饒了我二哥吧，求妳饒了他！」

衙差們已經把人群都驅散了，大門關上，堂前堂內只有他們幾人。季母的反應被所有人看著，尤其是在清楚朱家兄弟都做了什麼惡事之後，再看季母的反應，誰都說不出一句話來。

馮纓鬆開腳。「所以，妳是知道的？」

她心寒得很。

河西風氣開放，發生什麼事她都還能習以為常，可平京在天子腳下，理該……

理該個屁，愚蠢的從來都不光是環境。有些人，哪怕所處的是最理想的世界，他都能用自己的愚蠢和不爭氣破壞掉所有的好！

「妳懂什麼！」

季母突然爆發。

「妳懂什麼？像妳這樣的大家閨秀，妳什麼都不懂！你們天生就在富貴人家，吃好的，穿好的，你們的爹和兄弟是你們的靠山，你們想要什麼就有什麼！哪像我們，我們不一樣……」

「對不住，我在河西長大，沒體會過妳口中那種富貴人家的生活。」馮纓毫不客氣地打斷季母的話。「妳口口聲聲說我們不一樣，妳覺得妳是為了家人好，可妳也沒問過妳兒子妳女兒的意見。」

馮纓手一橫，指著季景和道：「妳兒子，現在在翰林院，未來但凡努力，就能平步青雲，甚至會位極人臣。妳現在做的每一件事，將來都可能拖累了他。」

「不會的！」季母脫口而出。

馮纓繞過她，牽過季小妹的手。

「將來，妳兒子在朝中有了身分地位，得到天子重用，必會有人為了攻訐他，找到朱家兄弟，翻出那些骯髒的秘密，堂而皇之地攤開在太陽底下。」

馮纓依稀記得書裡有過這樣的情節。

她對這本書並不是很喜歡，所以有很多情節內容也只記了大概，這個大概裡頭，就有男主角被人攻訐，差點被貶官一事。
「小妹的事，要麼妳藏住，要麼就把那個瘤子挖掉。」
季母眼淚流得厲害，搖著頭想否認，可嘴裡的話怎麼都吐不出來。
季景和重重吐出一口氣。
馮纓摸了摸小妹的頭。
小妹生得清秀，再長大一些，不出意外會是個美人。
朱老三就是個畜生，小妹是他的小輩，他居然還敢下手。牛老六說，朱老三不止犯了一次，趁著季母不在的時候，他欺負了小妹好幾次。
小妹之所以會變得癡傻，就是因為朱老三有次把外人帶進她屋裡，想一塊欺負人，小妹又哭又叫，最後直接撞牆昏厥過去。
等醒來，人已經傻了。
「大人。」馮纓回頭。「朱家牛家打架鬥毆，雙方皆有受傷，此事依據大啟律法，該如何判？」
「打架鬥毆並未致死，至多只能各打二十大板，再罰一些銀兩。」
「那姦淫幼女呢？」
「這……」
「諸強姦者，女十歲以下雖和也同，流三千里，遠配惡州。未成，配五百里。折傷者，絞。」

有人聲自堂外傳來。

馮纓循聲看去，是那日在酒樓外的馬車裡見到的男子。

他被人扶著，走進堂內時腳步極慢，臉色蒼白。幾個衙差跟在他身後，面面相覷，誰也不敢這時候上前。

知府一看來人登時睜大了眼，急忙迎上前。「長公子怎麼來了？」

「府裡下人說，三弟惹了禍事，被大人暫時收押。家中長輩心急如焚，特意要我來跑一趟，想請大人賣個面子，放他出來。」

他看了看堂內眾人，咳嗽兩聲，笑道：「一不留神就聽到了這些內容，實在是不好意思。」

知府憨笑。「哪裡哪裡，下官方才一時沒能記起條例，還要多謝長公子的提醒才是。」

馮纓這一回，正大光明地往男人身上看。

他應該是身子弱，雖然身材頎長，可臉色不太好，說話時明顯覺得氣虛。可惜了。

「絞刑嗎？」季景和的聲音在所有人間突兀的響起。「請大人再查查他們身上可還犯過別的什麼事。」

「不要！」季母尖叫。

馮纓看向季景和，絲毫不意外他這個時候會突然作出這個請求。

朱家就是顆毒瘤，不只對季家，對許多人而言都是。

知府果真點了點頭，吩咐底下人去仔細查、認真查。

周圍人的態度讓朱老二明白，這次的事情不像過去那樣能輕而易舉地解決了，一時間從地上爬起來，猛一把將牛老六推開，撲向了最近的一個衙差。

衙差腰間佩刀，他幾乎是紅著眼，帶著滿腔的邪火奪過刀直接劈向季景和。

他的動作太快，快到很多人根本來不及反應，完全就是瘋魔了一般，嘴裡叫嚷著「砍死你個小畜生」！

然而，誰都沒想到的是，馮纓的動作竟比朱老二更快，幾乎是在刀砍來的瞬間，她抬起腳一腳踹在了朱老二的臉上。

在朱老二被踹飛的剎那，有個小個子猛地奪過他手裡的刀，丟回那被奪了佩刀的衙差腳邊。

「砰」一聲！

人落到地上，還沒來得及「哎喲」，在場的衙差們齊齊撲上去，連捆帶綁，把人整個裹了起來，馮纓只往那頭瞥了一眼，便扭過頭去看身邊的人。

方才奪刀的小個子低頭退回男人的身後，默不作聲，安安靜靜，彷彿什麼都沒發生過。

男人這時候忽然看過來，似乎是注意到她的幾次打量，唇角彎了彎，微微頷首。

馮纓眨眨眼睛。

這人長得是真的好，只是面色格外蒼白，嘴唇也透著不健康的淡色，也不知究竟是生了什麼病……

朱老二被押走了，知府很快讓衙差去醫館，把朱老大和朱老三抬回衙門問案。

朱老大的一條腿照大夫說的，得重新接骨，之後就算養好了，也只能瘸著腿走路。而朱老三頭上則破了個大口子，血止住了，人能不能醒還不清楚。

這些事，知府表示無所謂。

朱老三欺淩季小妹的罪名一旦確認後，他的下場只有一個死。所以醒著死，還是昏迷著死，無甚關係。

牛家幾個兄弟，聚眾鬥毆，打傷了人，則是罰些銀錢，再把他們關上一段日子，也就差不多了。

至於兩家人口中說的那個叫「嬌娘」的騙子，知府找人依言畫了拘捕尋人的告示畫像，吩咐衙差張貼在城中各處。

這些都做完後，整件事情就算暫時告一段落了。

看見季母哭累了，伏在季景和肩頭，馮纓朝季小妹招手。「想吃花鏡閣的烤乳鴿嗎？」

季小妹懵懵懂懂，可也聽得懂吃食，反應雖然慢，到底還是點了頭。

「我帶妳去吃烤乳鴿好不好？」馮纓笑吟吟地碰了碰季小妹的臉頰。

「不好再麻煩二姑娘。」季景和格外認真地說。

「只是一頓烤乳鴿罷了。」馮纓直起身。「今次的事，做決斷的是你們，我沒幫什麼忙。」

她是真的喜歡季小妹。

如果不是朱老三那個畜生，季小妹絕對會是十里八鄉出了名的漂亮姑娘。她會很聰明懂事，很乖巧溫柔，她笑起來，一雙眼睛一定滿是春水。

可惜……

馮纓心下感慨，嘴上道：「我帶小妹去吃烤乳鴿，吃完了再送她回爛腳巷……」

「小妹不吃！」

季母突然叫了起來，撲到季小妹身邊推開馮纓，緊緊摟抱住小妹。

馮纓沒有站穩，被推搡了下，稍稍往後退了兩步。

「我不會讓妳帶小妹走的！」季母態度十分堅決。

「季伯母，妳沒必要這麼防備我。」馮纓搖了搖頭。「小妹正是長身子的時候，偶爾吃點好的總是需要的。」

季母嚷聲尖叫。「不需要！我兒子有俸祿，我兒子養得起我們母女倆，不需要妳的同情！」

「娘，二姑娘也是好意……」

季景和忙要勸說，季母揚手就是一巴掌。「她讓你妹妹丟盡了臉！她壞了你妹妹的名聲！」

這當堂鬧成這副模樣，知府趕緊讓邊上的衙差都散了。

「你妹妹是要嫁人的！小妹本來就難嫁了，她還壞了小妹的名聲，你讓小妹以後怎麼嫁人，嫁給誰！小妹名聲壞了，你的名聲也壞了呀！你怎麼那麼糊塗，你怎麼就不能幫著你舅舅們說些話！」

「可妳明明知道害了小妹的人是誰，明明知道朱家兄弟以前可以害小妹，現在可以賣妳，以後就可能會害了妳兒子，妳怎麼能再三縱容他們呢？」馮纓寸步不讓。

她不覺得自己做錯了。哪怕是意外在知府面前得知季小妹癡傻的真相，繼而追究下去，她都不覺得自己是錯了的那方。

真正做錯的人，明明是朱家。

「妳這是害了小妹！」季母油鹽不進，一門心思認準了自己的想法。

馮纓氣笑了。

「行吧，妳繼續妳那可悲的想法。可朱家那幾個，大啟律法該怎麼判就怎麼判！」

馮纓轉身就走，看都不看他們一眼。

「他們季家也太過分了！」離開府衙之後，綠苔氣沖沖的替自家姑娘鳴不平。「姑娘幫了他們家那麼大的忙，不感激也就算了，他們憑什麼……憑什麼怪姑娘！根本就是在糟蹋姑娘的好意！」

聽到綠苔的不滿，馮纓笑了一聲。

「讓他們鬧吧，我懶得管那些事，左右這瘤子我看著礙眼給割了，他們要是後悔了，朱老三死了不還有朱老大、朱老二？那瘤子還能繼續長，能長多大、長多毒，就看他們家要怎麼做了。」

第四章

馮纓回了府。

她順路從花鏡閣帶回了烤乳鴿，一帶就是四、五隻，除了一隻送到梅姨娘處，餘下四隻都留在不語閣。

她吃飽喝足，耍過槍後回屋好好睡了一覺。

絲毫不知，這一覺睡醒，外頭都快變天了。

「外頭那些人，也不知是從哪裡聽來的消息，在那邊東扯西扯、胡說八道！」梅姨娘拍著桌子，氣得不行。「非說什麼二姑娘是母夜叉、母大蟲，什麼都管、凶神惡煞的，說她把無辜的老百姓狠狠打了一頓，還官官相護，送進了府衙！」

「簡直就是胡說八道！」綠苔氣呼呼。「我家姑娘最是和善，什麼母夜叉、母大蟲？他們怎麼能這麼說姑娘！」

碧光也輕聲嘆道：「外頭那些人同姑娘不曾接觸過分毫，不過是以訛傳訛，聽了些許的傳言就信以為真。姑娘好端端的，就這麼成了他人茶餘飯後的談資，這下叫老爺知道了，只怕又要過來訓斥。」

「訓斥什麼！」梅姨娘挑眉。「自己的女兒是什麼秉性難道自己不清楚，非要為著外頭人的話來教訓，這世上哪來這麼不護短的父母！」

她們這頭說著話，馮纓斜躺在榻上，一派輕鬆。

碧光知道裡頭的她醒了，微微猶豫地問：「二姑娘，外面的人這麼說妳，妳心裡不難受嗎？」

「難受什麼，他們其實說的也是對的不是？」馮纓爽快地一揮手笑道：「對他們而言，我是母夜叉、母大蟲，我也的的確確多管閒事了。」

「那是姓季的一家都不是好東西！」梅姨娘已經從碧光、綠苔那兒問來了所有的事。「那樣子的畜生，還護著做什麼！我現在想起來，都覺得自己那時候瞧上那季景和簡直是瞎了眼。」

馮纓忙湊去問梅姨娘當初怎麼就看上了季景和當女婿，梅姨娘連聲哎喲，拍著大腿就把自己當初那瞎眼的事，一五一十的說了。

幾人正說得起興，就見院子外有個人影怒氣沖沖地往這邊走來，院子裡灑掃的小丫鬟最先瞧見人，當即就喊了一聲「老爺」。

碧光才往外頭看，馮纓已經騰地下了地。

「姑娘？」綠苔喊了一聲。

頃刻間，馮纓已經翻過屋子後面的窗戶，衝人眨眨眼。「我先溜出去轉轉，晚些再回來。」

她說完，踩著屋子後頭的磚塊，直接爬到了牆上，等馮奚言怒沖沖進門破口大罵的時候，她已然翻過圍牆，穩穩當當地落到了外面。

馮纓一落地徑直就往那日初進城時，見到的胡姬開的酒壚去。

那條街上，吆喝聲、調笑聲，各種聲音混合一處，是那種最是熱鬧有趣的市井街頭模樣，她走在路上，左顧右盼，終於在心心念念的酒壚前停下了腳步。

賣酒的胡姬穿著短布紅衫，大紅的料子上是金色的花紋。馮纓認不出是什麼花樣，一雙眼直愣愣地被胡姬用束腰勒出的腰身，和擠出的兩團酥胸所吸引。

胡姬豪邁，連帶著胸前那道壕溝都顯得格外深邃。

馮纓嚥了嚥口水，背過手抹了把自己的胸。

沒有對比就沒有傷害。

那胡姬瞧見了馮纓的動作，咯咯笑出聲來，風情萬種地抓了把頭髮，腰身一扭，衝她勾勾眼，逗道：「這位小娘可要來喝奴家釀的酒兒？」

「自然要的。」

馮纓揚唇一笑，走進酒壚。那胡姬大大方方地給她打了酒，順手挑了把她的下巴。「這位小娘生得好看，若是在我們家鄉，定會人人追捧。」說完，還腰一彎，在馮纓臉上親了一口。

酒壚裡吃酒的都是些大漢，胡姬又是個放得開的，那些男人們要玩笑便儘管玩笑，只需把酒錢給上就成。若是玩笑得離譜了，胡姬也不是個性子弱的，迎面給你個巴掌也是時常有的事情。

見她這會兒主動調戲個姑娘，大漢們吃味地怪叫。

馮纓笑笑受了胡姬的調戲，拿著粗糙的酒盞喝了口裡頭的酒。

這酒稱不上好，但勝在口感不錯，比她在河西街頭喝過的滋味要更好一些。

「看小娘的穿著打扮，像是大戶人家出來的。」胡姬騰出手，裙子一撩，坐到了馮纓的身邊。「大戶人家的姑娘，怎麼會來咱們這種地方？」

「這是哪種地方？」馮纓眨眨眼。「普天之下莫非王土，難道還有地方是大啟的子民不能去的？」

胡姬咯咯笑，手一擺，讓人打了一壺酒過來。

「妳這性子，像極了我家鄉的姊妹。我請妳吃酒！」

「老闆娘，也請我們吃酒啊！」

「是啊，也請我們吃呀，我們也像妳家鄉的小姊妹哩！」

大漢們熱鬧的起鬨，馮纓就聽見胡姬哼了一聲回道：「我姊妹要是像你們，簡直要看瞎我的眼睛！」

一邊說，她還一邊翻白眼，湛藍的眼睛翻起白眼來令漢子們哇哇亂叫。

馮纓沒忍住，背過身去笑。

好不容易止了笑，她眼一抬，就瞧見酒壚外有個眼熟的身影從門前走過，湊巧停在對面的鋪子前。

「這位姊姊。」馮纓道：「勞姊姊再打一壺酒，我想讓一位朋友也嚐嚐。」

胡姬一愣，旋即笑道：「好。」

她找了個乾淨的酒葫蘆，親自打滿酒遞到馮纓手裡。

馮纓受禮，拿著酒葫蘆直奔對面的鋪子。

「這位小哥。」

馮纓喊了一聲，鋪子前正和人說話的小個子當下轉過身來。「馮姑娘？」

果真是那位長公子身邊的小哥。

馮纓彎唇一笑。「上回在知府面前，多虧有長公子幫忙，當時來不及感謝，今日正巧見到小哥，喏，這壺酒就請你帶回去，當做在下的謝禮了。」

她把酒一遞，抱拳行禮，落落大方，一身英氣。

那小個子愣了一愣，接過酒，一時只剩下「嗯嗯」兩聲。

馮纓見狀，笑著轉身，幾步又跑回酒壚裡，搖著手臂衝胡姬喊：「美人姊姊，再來一壺酒！」

那小個子辦完事後提著酒葫蘆回了府。

府門匾額上，鎏金的「魏府」二字被擦得能發出光來。

府內東面的院子裡，久病體弱的魏韞靠坐在榻上，手裡拿著剛剛收到的信。

小個子進門，將辦完的事回稟，而後遞上酒葫蘆。

「因為我在知府面前說的那幾句話，所以送我一份謝禮？」魏韞輕笑出聲，笑著笑著，喉間發癢，忍不住別過臉咳嗽兩聲。

「公子。」一直在身邊伺候的渡雲趕緊倒了杯水送到跟前。

魏韞擺手，兀自揭開酒葫蘆的塞子，一股酒香從葫蘆中冒了出來。

不是很濃郁的酒香，一般供應世家的酒品質絕對要比這好上許多。但也許，是因為這是謝禮的關係，魏韞嚐了一口，倒也覺得可以入口。

「這酒是打哪裡來的？聞著尋常得很。」一旁的長星聞了聞酒香，覺得不可思議。「這酒換作平日，連咱們府裡的下人都不一定會打。」

別的不說，就單說魏家在平京城裡的身分，就絕不會讓底下的採買放這樣的劣等酒進門。

魏家簪纓世家，各房在朝中多有身分。

長房老爺是現如今的鴻臚寺卿，掌的是各國使臣朝貢、設宴慰勞、給賜、迎送之事。二房老爺身在司農司，是總管司農司三局的官吏。三房老爺則是監文思院下界，監造銅、鐵、竹、木雜料生活。

三位老爺在京中，不說數一數二，也絕對稱得上是要賣面子的人物。就是長公子，雖體弱多病，可也是太子侍講兼史館修撰。

這個身分擺出去，誰還敢請長公子吃這麼廉價的劣酒？

渡雲老實道：「小的是在米鋪遇上馮二姑娘的。姑娘買的，就是對面酒壚的酒。」

他這麼一說，長星越發覺得不是滋味。「那酒壚我記得是個胡姬開的？也不是什麼正經賣酒的地方，馮二姑娘怎麼好意思買她家的酒當謝禮送長公子！」

「酒是尋常，可心意難得。」

魏韞搖頭，雖然沒再喝，但也沒讓人把酒葫蘆拿下去。

「她在河西長大，又從小跟著盛家那些男人，吃的用的都不比平京城裡的姑娘家們好，自然也就不會覺得這酒有什麼特別差的地方。」

這算是為馮纓說話了，長星立時住了嘴，心下卻仍舊有些不滿。

魏韞看出他心裡所想，乾脆道：「以後馮二姑娘的事，若是遇上了，就幫襯一把。她敢孤身回平京，想來是有她自己想做的事。」

「難道不是陛下要她嫁人嗎？」長星撇嘴。

魏韞咳嗽兩聲，笑笑沒有回答。

那頭的馮纓也回了馮府。她翻牆出來，也翻牆回去，不語閣內馮奚言已經不見蹤影。

碧光端來茶水，馮纓喝了一口沖淡嘴裡的酒味，問道：「我爹什麼時候走的？」

「發現姑娘跑了之後，老爺在院子裡罵了一會兒，就被芳姨娘的丫鬟請走了。梅姨娘又坐了一小會兒，後來還是聽說季公子來了，七姑娘不聽話地湊了過去，氣得不行，也趕緊走了。」

綠苔笑嘻嘻地聞了聞馮纓帶回來的酒葫蘆。

「姑娘，這是哪兒打來的酒？姑娘去吃酒，也不捎上我。」

馮纓笑瞪著綠苔。「這不是特地給妳帶了一壺……」

「二姑娘，」婆子一臉是笑的走了進來。「季公子一直在前廳等候姑娘回來，老爺和夫人讓二姑娘趕緊收拾收拾，去前廳見客呢。」

這院子最是偏僻，馮纓又是翻牆回來的，看這婆子的動作，想來是一早就在外頭蹲候，聽見動靜便趕忙進來說事。

馮纓攔下急惱的綠苔，轉頭對婆子道：「季公子是客，也是七妹的未婚夫，夫人要我過去做什麼？」

「二姑娘說笑了。」婆子想了想，道：「老爺和夫人是為了姑娘好，姑娘快些過去吧。」

「他們玩的什麼把戲……」綠苔嘟囔。

馮纓止了她的話，也沒換什麼衣裳，直接往前廳去。

馮纓一進前廳就聞到了茶香，再一看，馮荔竟坐在廳中，擺出架勢，含羞帶怯地烹茶。

一旁的梅姨娘臉色難看至極，可掐著手憋著沒說話。馮奚言和祝氏的臉色也算不上多好，一人黑著臉，一人假笑著，好生難看。

季景和與馮澈坐在一處，兩人的相貌不分伯仲，不過是一人硬朗，一人偏俊秀，因是摯友，反而是整個前廳裡神情姿態最尋常的兩個。

「咦，七妹這是在烹茶嗎，可有我的一杯？」馮纓進門便道。

「回來了？」祝氏轉頭看她，笑道：「妳這丫頭，如今回了平京，怎的還跟從前在河西時一樣，三不五時地往外頭跑。」

「這不是怕我爹氣壞了身子，主動避一避嗎？」馮纓笑咪咪的應著。

「妳也知道！」馮奚言怒拍桌案。

梅姨娘忍不住就要去護馮纓。「老爺發這脾氣做什麼，二姑娘要被你嚇壞了！」

馮奚言氣得直哆嗦。「這丫頭能嚇壞？我才是要被嚇死的那個！」

「我瞧老爺身體好得很，前兒個蘋花才發現有了身孕，老爺這麼老當益壯，能被嚇死才怪。」

梅姨娘是個嘴上沒把門的，隨口這麼一說，馮纓忍不住哈哈了下。

見馮奚言瞪圓了眼睛，怒不可遏，祝氏趕忙去勸。「纓娘才回平京，哪裡懂得平京城的規矩，老爺何必動怒呢，再說，這兒還有客人在……」

祝氏說這話，就好像現在才想起邊上還坐了季景和。

「季公子，纓娘到底是未出閣的女兒家，孤男寡女不好獨處一室，你若是有什麼事，便當著大夥的面說吧。」

馮纓聞言去看季景和。

後者似乎有一瞬的遲疑，而後起身鄭重行禮。

「馮二姑娘。」季景和遞上一個蓋了塊灰布的籃子。「這是新摘的果子。在下家貧，姑娘幫忙良多，卻拿不出像話的謝禮，只好……只好親手摘了山裡的野果給姑娘送來。」

馮纓大大方方接過籃子，掀開灰布去看，果真是一籃子的山野果子，應該是剛摘的，看色澤分外的新鮮。

祝氏看了籃子一眼，見只是尋常果子，當下沒了意思。「原來是果子。」她掩唇低笑。

「雖不是什麼好東西，可也是一片心意。」

她站起身。「我院裡還有些事，季公子還請自便。」

她說完就走，順便拉走了馮奚言。

梅姨娘想留，又見馮荔一雙眼睛都快黏在了季景和的身上，恨鐵不成鋼地跺了跺腳，生怕她鬧起來，伸手就去拽。

馮荔忍著疼，不肯挪動一步。馮纓見狀，唇角一揚，喊來碧光分出一碗的果子遞給她。

「我瞧這果子新鮮，七妹妹也嚐嚐。」馮纓說完，手一拱，直接道：「謝禮收下了，我送公子出門。」

馮纓直截了當的逐客，叫季景和面上一僵，不過一瞬，又恢復了神色。

一直到站在了門外，馮纓都沒說過一句話，到最後，還是季景和忍不住，開口道：「二姑娘，我娘……」

馮纓不管他想說什麼，只擺手道：「季公子，不管你是想求情還是想替你娘道歉，我都不接受。」

季景和愣神。

「外頭傳的那些話，有多少是你娘放出去的，你我心知肚明。說到底，是我不該多管閒事，可我既然管了，就不怕那些難聽的話，不過就算我不在意，也沒打算接受你的道歉。」馮纓笑了笑。「你會有極好的未來，可小妹不會有，你真正該道歉的人，是小妹，那才是受了一輩子委屈的人。」

馮纓說完話，壓根不管季景和會是什麼反應，哪怕他今天會如鯁在喉，對馮纓來說，也與她無關。

她只可憐小妹，投生在季母的肚子裡，卻也慶幸小妹，頂頭有季景和這個哥哥。起碼有他在，小妹還不至於一輩子都活在痛苦和貧困中。

馮纓不客氣地送客，季景和自然不好多留，只能行禮告辭。可才下臺階沒兩步，卻又突然聽到馮纓叫她。

他回頭，站在門前的女子若有所思地摸了摸下巴，拇指撫過末上胭脂的唇瓣，惹人注目。

「那日在府衙幫著說話的那位公子，季公子可認得？」

季景和沈默下來。

良久，久到馮纓無奈以為他也不認得對方時，終於聽到了回答。

「那位公子，應當是太子侍講魏韞魏大人。」

馮纓目送著季景和走遠，等見不著人了這才轉過身，摸了摸鼻尖問：「他好端端的，怎麼突然給我臉色看？」

她又不是個瞎的，怎麼看不出剛才那一瞬季景和突然黑了臉。

仔細想想，書裡說男主是個心思旁人難以揣測的，她也就覺得剛才的突然變臉也不是多叫人不痛快的事了。

綠苔一臉茫然，半點不知。

碧光吐出一口氣，咳嗽兩聲。「姑娘何必在意這些。」

「也是。」馮纓點點頭，猶豫了下，問：「那位魏韞魏大人，妳可知道他的事？」

「奴婢身分卑微，只聽說過這位長公子，還是跟著姑娘才有幸見到本人。」

「為何稱呼他為長公子？」

碧光道：「長公子是名門世族魏家的長房長孫，因此，平京城裡的人都習慣稱呼他為長公子。據聞這長公子自幼體弱多病，雖有官職在身，但鮮少出入朝廷，陛下和太子殿下對長公子多有照拂，也允他身體好時再進宮做事。」

馮纓頷首。「這麼聽起來，他身子弱倒是件很可惜的事。」

「其實無法在官場大展身手也沒什麼關係，奴婢雖少見長公子，可這些年沒少聽到長公子的事情，覺得唯一可惜的是長公子這般年紀了，卻因身子，始終未能娶妻生子。」

「那豈不是隨時都可能絕後？」綠苔呆呆地叫出聲。

碧光噎住，道：「呃……也是。可聽說不娶妻是長公子的意思，因為長公子覺得自己隨時可能……故不願拖累成為自己妻子的那個人。」

「竟是位這麼善良的好人呢。」

綠苔感慨，馮纓屈指在她腦門上彈了一記。「小舅舅不也怕自己死得太早，死活不肯娶妻嗎？」

「可六爺不是同春風樓的青娘相好嗎？」

馮纓笑了下。「碧光，去把季公子拿來的那些果子都給那位長公子送去。」

「姑娘不吃嗎？」碧光問。

「不吃。」馮纓擺擺手。「那些果子看著便發酸，還是送去給長公子吧。說不定吃上一顆，能叫長公子多吃幾碗飯。」

那人瞧著太瘦了些，應當開開胃，多吃點才能長肉。

他的名字書裡都沒怎麼提，說不定就是因為身子太弱，沒等男主角披荊斬棘地談戀愛加升級成首輔就過世了。
這麼一想，越發覺得這位長公子實在是……美人薄命。
果子送去了魏府，那位魏韞魏長公子有沒有因為那一籃果子多吃一碗飯，馮纓不知道，她也沒那個人手去打探這雞毛蒜皮的消息。
因為季家的事，馮奚言惱了馮纓的不知所謂。
他在家裡當慣了當家人，又有祝氏處處捧著奉承著，他更是覺得家裡沒人敢忤逆自己。偏巧馮纓的性子和其他弟弟妹妹們不同，馮奚言惱她，她絲毫不覺得有什麼難過的地方，自顧自過得好好的。
吃穿用度，無一不是從自己口袋裡出。
就為這，在那之後的一個月裡，馮纓沒少因為各種事被馮奚言追著教訓。
再加上馮凝和馮蔻時不時的撒嬌哭鬧，馮纓幾乎是被馮奚言趕著去見了幾次相親對象。
初時，馮奚言還敢讓對方直接進到不語閣裡和她來個面對面。
結果被馮纓一槍戳破領口，那人屁滾尿流，連帶著馮奚言都被嚇得接連作了幾晚的噩夢，之後再相親，儘管還是會不告而來，馮奚言卻也只敢隔著屏風讓人偷摸著見見馮纓。
只是回回都有各種突發狀況，好叫馮纓笑吟吟地送走了一批又一批來相親的鰥夫。
次數多了，爭吵就難以避免。

鬧得過了，連走街串巷的貨郎都知道，通濟巷的馮伯爺為了盡早把大齡未婚的二姑娘嫁出去，已經只要是個男人，都肯往府裡領了。

這樣的話到底難聽，又有御史一紙御狀告到了慶元帝面前，參馮奚言虧待原配嫡女，試圖胡亂作媒，導致慶元帝當眾呵斥馮奚言，金口玉言地不許他胡亂插手馮纓婚嫁一事。

說起來，兒女婚嫁，憑的就是父母之命媒妁之言。慶元帝這一斥，叫馮奚言丟了好大的臉。

他前腳回府要找馮纓的麻煩，後腳慶元帝的賞賜就如潮水般送進了馮府。

卻不是給馮奚言的。

來送賞賜的是馮纓的老熟人張公公。

當著全府人的面，馮纓如沐春風地接下了慶元帝的賞賜。儘管她那便宜爹的臉拉得比馬還長，她仍是當作沒看到，歡歡喜喜的將抬入府的幾箱子賞賜讓人送回了不語閣。

這些箱子裡裝的都是真金白銀，馮纓自然知曉旁人是怎麼想的，所以除了自己院子裡的丫鬟，和幫著抬箱子的僕役，旁人誰都沒能分得一二賞錢。

祝氏幾次想讓她把賞賜拿出來，馮纓不肯。

她傻了才把這些錢拿出來，天知道最後會進了誰的口袋。

當然，她不肯給錢，祝氏總不會嚥下這口氣的。等到馮奚言為了祝氏氣沖沖跑到不語閣吵鬧，她笑咪咪地當著所有人的面，舉起了院子裡的石凳子。

馮奚言。「……」

別說要錢了，就是其他的事，他也只敢嘴上瞎吼兩聲，比如什麼「妳再不嫁人，就把妳送去家廟」！

馮纓是不怕這種嚇唬的，她還逗弄綠苔，說到時候要帶綠苔一塊去廟裡。綠苔這傻妞，還傻乎乎地問有肉吃嗎？

不過那天之後，馮奚言像是學乖了，再沒動輒往不語閣跑。馮纓讓碧光打聽了下，才知道他最近忙得很——

似乎是馮凝原先說好的人家聽說了外頭的那些傳言，終於忍不下去，想要同馮家解除婚約。

聽說消息的時候，馮纓從外頭買了一盒子的首飾，將梅姨娘和馮荔請到了不語閣。

「二妹妹身上哪來的那麼多銀子，這些簪子當真都要送給我？」馮荔撇撇嘴，伸手把桌上的珠釵簪子都攏到面前。

「妳二姊好心給妳，妳還這麼多話。」梅姨娘作勢去擰她耳朵，略顯激動道：「二姑娘，夫人的那些嫁妝如今都還在老爺他們手裡，妳哪來的那麼多銀子？是上回宮裡來的賞賜？可就是買簪子，這一下買這麼多送給七丫頭……實在是太大方了。」

比如說馮荔手裡正捏著的一支，光是上頭的東珠，就不是她們平日裡能買到的好物。

馮家雖然有爵位，到底沒那麼富裕，就是有銀子給女眷添置首飾，那也得先祝氏和她的女兒們，而後才輪到她們。

梅姨娘用心疼的目光看著馮纓，只覺得她家二姑娘跟著盛家男人們長大，跟著學會了敗家，絲毫不知柴米貴。

「不過就是幾支珠釵簪子。」馮纓取了一枚端莊些的鐲子，親手給梅姨娘戴上。「姨娘從前照拂我，我都記著。只是送些首飾，還不至於窮了我。」

她嘻嘻笑道：「我娘的嫁妝是在我爹手裡沒錯。可我從前在河西，是正正經經領俸祿的，那兒沒什麼能花錢的地方，我又不需要打扮，就攢了許多。」

「而且，」她笑得越發開心。「不算上回宮裡來的賞賜，頭次進宮的時候，陛下和皇后娘娘就私下給了我許多銀錢，姨娘放心，我荷包鼓著呢。」

她本來只想給梅姨娘買些首飾，可梅姨娘是妾，她做嫡女的給妾送那麼多的禮，祝氏曉得了肯定會背後擠對梅姨娘。

於是，轉念想到馮荔，她索性藉送七妹妹首飾為由頭，把那一盒子的首飾送給她們母女。

「妳就是荷包鼓著，也千萬記得省著點花。」梅姨娘說：「咱們府上如今這位夫人，可從不是什麼好相與的人，妳這院子又偏又破，不如拿錢修整修整，這個錢，她是絕捨不得出的。」

馮纓揚眉，看了眼支起來的窗戶。窗外院子裡，幾個年紀尚小的丫鬟吭哧吭哧地掃著落葉。

別說院子，就是她這幾個小丫鬟剛來的時候，身上也沒一件像樣的衣裳，還是她討的銀子，專門找裁縫做了幾身，才叫小丫鬟們都有了個樣子。

「他們夫妻倆的能耐，我倒是不怕的。」

「二姊姊膽大，自然能這麼說。」馮荔摸夠了簪子，哼哼兩聲。「這年頭，最怕的應該是小鬼。」

馮纓自從明確表露出對搶走季景和沒有興趣後，馮荔只自己生了幾天的悶氣，就徹底沒了脾氣。又過幾日，得知是季母在外頭胡說八道，她又覺得自家人的好心成了驢肝肺，氣得摔了自己的一套茶具，又心疼又氣憤地說不要喜歡季景和了。

話是這麼說，可馮纓哪會看不出她有多喜歡季景和，更與其說是喜歡，不如說，是知道什麼，在試圖緊緊抱住一條隱形大腿。

「外頭那些傳言傳得有鼻子有眼的，換作是我，早哭著喊著要拿根繩子把自己吊死算了，也就二姊姊脾氣好，把那些都拋在腦後。」馮荔氣鼓鼓道。

梅姨娘瞪她。

她嘴一撇。「本來就是嘛。人是姨娘看上的，幸好我還沒嫁，不然就要被磋磨死了。」

馮纓笑著說：「這不是被我攪和了嗎。」

兩家的婚約還沒退，無論是她還是馮荔，這門親事怎麼看都不像是能成的樣子。正說著話，院子外傳來小丫鬟的驚呼。

馮纓一扭頭，就見一小孩鋼炮似的衝進院子，撞了人還回頭狠狠往小丫鬟的腿上踹了幾腳。

「是小十。」梅姨娘又急又氣，發狠地拍了桌子。「年紀小小，也不知跟誰學的驕縱脾氣。」

綠苔和碧光這時候已經去到院子裡，一個攔住十公子馮昭，一個去扶被撞倒的小丫鬟。

馮昭氣惱得不行，大聲嚷嚷。「這裡是我家，憑什麼我不能進去！不准扶那個死丫頭！她一個下賤的奴婢撞了本公子，該打！狠狠的打，打死了丟出去！」

追著馮昭進來的是他的奶婆子，聞聲連忙去捂他的嘴。「小祖宗！」

「捂什麼？讓他說。」

馮纓幾步走到屋簷下。「妳讓他說，我倒想聽聽，他這麼橫衝直撞地進我不語閣是為了什麼？為了彰顯身分，告訴我這裡是他的地盤？」

奶婆子嚇了一跳，張嘴想說話，又瞧見梅姨娘也跟著走了出來，趕忙低頭縮著脖子不敢吭聲了。

馮纓往馮昭臉上掃了幾眼。

這個弟弟，一貫被衛姨娘護得緊緊的，聽說是因為身子骨不算強，時不時就會病上一場，因此不輕易見人。

她自回府，只見過幾次，瞧不出身子哪裡弱，脾氣倒不小。

「你想說什麼？我現在給你機會，你可好好說了。」

馮昭脖子一梗，甕聲甕氣地喊：「外面說了那麼多難聽的話，二姊姊因為妳都要被人退親了，這都是妳的錯！」

馮纓招招手，讓碧光斟了杯茶過來。綠苔主動搬了張椅子，馮纓往上頭一坐，蹺起腿，端著茶，一口接一口悠閒地喝茶。

其實她也嚐不出茶的好壞，可這種時候吃瓜喝茶，總是最有趣的事。

院子裡，鴉雀無聲，疼哭了的小丫鬟咬著嘴唇不肯哭出聲，餘下幾個小的，縮著脖子，大氣不敢出。

不知道為什麼，馮昭有些害怕眼前這個二姊。她會舞刀弄槍，聽說還殺人如麻，他憑著一口怒氣衝過來，現下被人這麼一晾，氣消了大半，慢慢生出了畏懼。

一杯茶喝到了底，馮纓終於開了口。「原來是因為這事。不過，你是不是記錯了數？」

她挑眉。「論齒序，家裡的老大是如今還在河西的大哥，其次是我，你嘴裡的二姊姊，明明行四，你則是家裡的老十。」

馮昭年紀小。

他是衛姨娘所出的三子，如果沒有芳姨娘前兩年生的馮凌，他該是整個馮府最小的主子，任誰也不能比他更得寵。

可惜，多了個馮淩。

馮昭臉上騰地一下漲得通紅。

「你是衛姨娘生的，不認得我也正常，可母親和衛姨娘應該告訴過你，咱們府裡原先還有位原配夫人，論身分，全府的人都比不過她。」

馮纓看著馮昭，一字一句道──

「這個府裡的原配夫人，姓盛，是皇室姻親，將門盛家的女兒，是先帝親封的郡主。她是我娘，你該恭恭敬敬地稱呼她一聲母親，或是郡主。」

馮昭雙手握拳，牙齒咬得咯咯響。「她才不是我母親，妳也不是我姊姊！妳是壞人，妳害得二姊姊要被退親了，妳怎麼不死在河西！」

馮纓個子高，坐在圈椅上，修長的腿微微蹺著，鞋尖從裙底微微露出。她不愛穿裙裝，因為覺得過於累贅，不方便動作。但真穿上了，她也不覺得自己難看。

她的裙襬是月白色的，上頭勾了幾朵金蓮，裙襬一動，就能瞧見燦燦的金色。鞋子是湖綠色緞面，繡了葡萄紋，鞋尖還綴著小小的東珠，腳微動，東珠輕顫，引人注目。

她低頭喝茶，青絲微垂，拂過茶盞。她撩了把頭髮，露出白玉似的耳垂，而後抬起頭，嘴唇微抿。

從前在原先的不語閣裡伺候的丫鬟們，不是早就成了祝氏的人，就是到了年紀配了家中僕從。現如今聖旨召她回京，雖有馮奚言求來的原因，但祝氏壓根沒有特地留人出來伺候她。

現在不語閣裡的丫鬟們年紀最大的，也不過才十一、二歲，再小一些的，與馮昭一般年紀，甚至還有更小的。

馮纓從來不對她們發脾氣。

所以，她們看著馮纓，一開始還沒察覺出什麼，只當一貫愛欺負人的十公子終於吃到了癟，站在院子一角你看我我看你癡癡的笑，很快有聰明的人制止了她們。

馮纓神情嚴肅，眸光凌厲。

她還沒說話，馮昭已經渾身發顫，兩個拳頭緊緊握著，硬著頭皮喊：「看什麼看！」

馮纓掃他一眼。「你說錯了話，我沒打你沒罵你，怎麼還不能看你了？」

馮昭雖然是衛姨娘所出，但從小養在祝氏的膝下，在有馮凌前，他是家裡最受寵的。祝氏疼愛他比疼愛馮澈更甚，他從來沒受過什麼委屈。

「就是不能！母親說了，家裡以後得聽我和哥哥的，誰也越不過我們！我不喜歡妳，妳就不能看我！」

馮纓眼簾微抬。

院子裡的小丫鬟們已經聽話地被碧光帶到了院子外，那個奶婆子想說話，也被綠苔拉了出去。

馮纓站起身，唇角含笑走到馮昭面前。「馮昭。」她連名帶姓的喊。「我可以死在河西，也不怕死在那裡。但如果要死，死之前有些事，我總是要討回來的。」

馮昭僵了片刻，哼一聲道：「妳要討回什麼？妳現在就離開家，等我長大了，我把妳要的東西給妳送去！」

馮纓搖頭。「你送不了。」

「妳這人怎麼這麼不知好歹！」

「你送不了的。你知不知道這個家是靠誰發達的？」

馮昭張嘴想說「是我爹」，馮纓直接堵住了他的話。「不是爹，是天子和盛家。」

「妳騙人！」

「我騙你做什麼？」

馮纓比馮昭高上許多，必須低頭才能看見他。

馮昭到底年紀小，氣弱，沒說兩句話，臉上已經露出了難堪。「我爹是伯爺，他才不需要靠別人！」

「爹從前只是一個普普通通的推官，如果不是因為湊巧救了陛下，得了一個爵位，如何娶得了我娘？我娘是將門之女，本可以嫁給世族勛貴，出嫁那日，十里紅妝，靠著我娘的嫁妝，馮家的日子一日好過一日，爹也慢慢官至知府。很可惜，我娘沒了，爹的官也沒了。」

馮昭怒目圓睜。「才不是！爹丟了官，是因為……是因為……」

「是因為爹看上了外頭一個良家女，人家姑娘不肯給人做妾，一心只想嫁給心上人。母親賢良地去了人家家裡，花錢逼人家退親，然後大搖大擺地要把人家姑娘抬進家裡。結果進門那天轎子在側門磕著，人直接滾到地上，大夥兒這才發現，那姑娘早就在上轎的時候就用把剪子把自己捅死了！」馮荔從梅姨娘身後探出頭來，說完話，又趕忙躲了回去。

馮纓笑了。「原來這裡頭還有這麼一樁人命官司，逼死一個本可以不死，還能嫁給兩情相悅的心上人的姑娘，難怪馮家如今只剩下一個爵位。」

「明明還有大哥！大哥是翰林圖畫院待詔！」

「我說過了。」馮纓幽幽道：「你大哥叫馮澤，馮澈是你三哥。」

「反正、反正……」馮昭眼圈發紅，拳頭捏得緊緊的。

馮纓攤手。「反正什麼？爹沒了官職，身上只剩下一個伯爺的虛銜。等你長大，爹興許……嗯，這個爵位不會承襲給你們，所以那時候你能還我什麼？」

馮昭呆了一呆，愣了半天後，梗著脖子吼道：「反正都是妳的錯！」

到底還是個孩子呢。

馮纓氣極反笑。「我有什麼錯？我不肯隨隨便便嫁人是錯了？我幫了長年受欺負的人也是錯了？」

馮昭啞口無言。

他年紀雖然小，可也曉得道理。祝氏是不會教他那麼多的，爹也不教，鄉下的祖父祖母更不懂什麼道理，他知道的很多事，都是三哥教的。

三哥說過，歸根究柢做錯的人是爹，這麼怕四姊、五姊婚事生變，就該早些記起遠在河西的大哥、二姊。

「可是四姊要被人退親了。」馮昭扁著嘴。「外面都在說妳，還說咱們家的姊姊們都……都不好，四姊要被人退親了，五姊也開始害怕……」

「昭兒！」

馮昭的話被院子外傳來的尖叫打斷。

馮纓循聲去看，馮奚言和祝氏一前一後快步走進院子，祝氏尖叫著撲過來抱住馮昭。

「昭兒，你有沒有挨打？疼不疼？哪裡不舒服，快告訴母親！」

馮奚言揚手就要打。「他是妳弟弟，妳就這麼欺負弟弟？」

馮纓避開，聲音越來越冷。「我欺負他了？我是打他，還是罵他了？爹老當益壯，還能給我生弟弟，怎麼現在就老眼昏花看不清人了。」

馮昭也喊：「二姊沒欺負我！」

祝氏咳嗽一聲，摟住馮昭。「昭兒，好孩子，你不需要撒謊的。你二姊姊性子急，又用慣了刀槍，可能哪裡碰著你了，你可別生她的氣。」

馮昭古怪地看她。「可是，二姊真沒欺負我……」

馮纓不由失笑，挑眉看向急惱的夫妻倆。

馮奚言臉色難看，一時也說不出個所以然來。

祝氏卻是個聰明的，反應極快。「那、那許是奶婆子太心急了，誤會了你二姊姊。」她說著，扭過頭呵斥奶婆子，奶婆子低頭不敢吭聲。

祝氏作的這一場戲，瞧著是給了馮奚言一個臺階下，馮奚言咳嗽兩聲。「既然是誤會，那最好不過，妳做姊姊的，哪怕弟弟說錯了話，也不能欺負他。」

馮纓「哦」了一聲。

馮奚言皺眉。「妳這什麼態度？」

祝氏忙伸手攔了一下，笑道：「纓娘，妳也別怪妳爹，咱們家如今被人指指點點的，妳爹心裡也不痛快。」

馮纓輕輕嗯一聲。「所以，四妹被退親了？」

「妳想要她被退親不成！」馮奚言吼道：「妳自己不肯嫁，這麼大年紀了也不嫌丟人，還害得妹妹要被人退親，妳怎麼一點都不覺得丟臉！」

馮纓喝了一口茶，道：「我有什麼好丟臉的，我這麼大年紀了還沒嫁人，難道爹從前不知道？似乎對爹而言，只有家裡弟弟妹妹們這些兒女？」

馮奚言聽她這樣說，不樂意地皺了皺眉。「妳胡說什麼？你們兄妹倆遠在河西，又只聽你們舅舅的話，難道我還管得了你們倆不成？」說完，他搖了搖頭，道：「妳不是無知小兒，怎麼就不明白，妳的名聲壞了，家裡的妹妹們也會跟著受到影響。」

馮纓沒有任何反應。

馮奚言有些惱怒。「我說了這麼多，妳連個關心的話都不會說了嗎？」

馮纓從善如流。「爹想要我做什麼？」

這語氣，風輕雲淡到好像只是問馮奚言「想要喝什麼茶」。

「宮裡送了信來，過幾日陛下要去西郊狩獵，皇后特意邀妳一同過去。」馮奚言道：「妳記得到時候帶妳四妹妹和五妹妹一塊去。」

馮纓嗤笑。「行啊。」

馮纓隨口答應，馮奚言和祝氏見她不問原由，只當她是心知肚明的，當下就心滿意足地帶著馮昭走了。

他們哪裡像是為了給馮昭撐腰來的，分明是得知了陛下要秋獵的消息，想找個藉口讓她帶馮凝和馮蔻一道去。

大約也是想順便讓姊妹倆能結識哪家的公子，免得親事被退之後找不到更好的人家。

夫妻倆前腳才走，馮荔又從梅姨娘身後跳了出來。「二姊姊真要帶她們去秋獵？」

「想去嗎？」馮纓笑問。

「能去嗎？我不會騎馬，也不會射箭。」

「帶兩個是帶，帶三個就不是帶了？」

她說這話，已然是願意帶上馮荔的。

梅姨娘滿臉歡喜。「二姑娘，我也不求七丫頭能嫁什麼高門大戶，讓她能跟著妳出去見見世面也是好的。」

母女倆又歡歡喜喜地在不語閣坐了一會兒，等差不多到了用膳的時辰，這才要回自家院子。

馮纓送她們到院外，梅姨娘忽然轉過身來，低聲道：「秋獵這種事，刀劍無眼，二姑娘可千萬要小心。」

說完她看看左右，小聲說：「到時候還得當心四姑娘和五姑娘。」

馮纓眨眨眼，就聽梅姨娘「呸」了一聲。

「祝素婉養的兩個女兒是什麼脾氣，我清楚得很，外頭想退這門親不會只是因為妳做的那些事，這平京城裡又不都是瞎子聾子分不出好歹，妳且當心些，別叫那兩個害人精害了妳自個兒。」

平京西郊有片圍場，原就是前朝留下的皇家狩獵場，裡頭動物種類繁多，數量也不少。到大啟開國，圍場一度被閒置，經過幾代帝王的「忽視」，到先帝重拾秋獵，圍場裡的動物已經繁衍生息了一代又一代。

慶元帝好武。但身為帝王，他只能把好武的樂趣投放到每年的秋獵上。

皇帝秋獵，隨行的隊伍自然龐大，好在圍場不過就在西郊，倒不妨礙他玩夠了能立即回宮處理政務。

「朕聽說，太子妃又有身孕了，等回去你且多陪陪她，好叫她安心養胎。」慶元帝騎在馬上，望著廣袤的圍場，扭頭對跟隨在身邊的太子道：「還有你宮裡的那些女人，若是有不安分的，早些揪出來，別禍害了妻兒。」

太子含笑點頭。「父皇放心，兒臣明白。」

慶元帝見太子如此，當下也點了點頭。「你明白就好。身為太子，你有開枝散葉的任務，可也不能為了這，叫宮裡的女人們亂了規矩。」

一轉頭，慶元帝又關心起身側的另一人。「含光，青雀和你年紀相當，如今都有三子一女了，你什麼時候考慮娶妻生子？」

左右都不過是近前伺候的宦官，慶元帝一開口，便是連連叫了太子和魏韞的小名與字，這樣的稱呼顯得格外親暱，身邊的人聽著也絲毫不覺得驚異。

「陛下，臣這樣的身子，何必拖累了人家姑娘。」魏韞驅馬往前幾步，只稍稍落後於太子。

「你身子雖弱，可也不是不良於行。」慶元帝搖頭，有些不滿他常年不變的回答。「若是城中那些世家不願把嫡女嫁給你，便是庶女也不差，總歸你成家後留下子嗣，於你、於魏家，都是件好事。」

「陛下，臣不能。」

同樣的話，慶元帝也不是只說過這一回。君臣二人已經接連好幾年，就這個問題上產生過一模一樣的對話。

魏韞能聽到慶元帝的嘆息聲，他的眼神黯了黯。

他並不是自小身子不好，相反的在他的記憶中，很小的時候，他是能讓人頭疼的潑猴。可是潑猴有一天突然病倒，撿回一條命後，就成了病懨懨的藥罐子，慢慢的也就習慣了將苦澀難嚥的藥汁，當做湯水天天服用。

這樣的身體，叫他去娶妻生子，分明就是禍害別人。

當然，平京城裡的世家們不是不知事的——沒人敢把女兒嫁給他，哪怕是庶女，也沒人肯冒險。

其實也不算冒險，畢竟滿城的人都認定了，魏長公子是個短命的，今天沒死，明天沒死，後天一定會死。

「你們這些小孩，一個兩個，不是不肯娶，就是不肯嫁。」慶元帝到底心裡不滿，聽太子在旁勸慰了幾句，忍不住抱怨道：「你這身子骨……算了，有個強健如牛的還說什麼都不肯嫁人呢。」

太子哭笑不得。「父皇，表妹不是不肯嫁。」

恰好就在此時，有眼尖的宦官瞧見忠義伯府的人到了。

太子遠遠看了眼那頭走過的人。「是忠義伯府的兩位姑娘。」

忠義伯就是馮奚言。

因為只是三等伯，所以儘管有了爵位，也不過是個得依靠慶元帝的恩賜和妻子家世才能在平京城裡站穩腳跟的普通男人。馮家自稱世家，更是成了人人嘲笑的事情。

儘管馮奚言後來成了知府，可自從原配夫人和靜郡主過世後，忠義伯府在平京城的地位又跟著一落千丈，很快，馮奚言因犯事被貶官，身上只剩下一個忠義伯的爵位。

這幾年，眾人一邊冷眼看著馮家打腫臉充胖子，跳著腳要把後妻所生的兩個女兒嫁進侯府高門，一邊一次次聽見從承北府傳來的大小戰事消息。

那些消息裡頭，被馮家遺忘的一對兄妹，名聲總是最為響亮。

太子說「兩位姑娘」，顯然指的是馮家如今的兩位嫡出姑娘。

「怎麼是她們？」慶元帝不滿。「纓娘呢？」

慶元帝話音落，就聽見「噠噠噠」，一陣馬蹄聲從稍遠處傳來。

魏韞低頭咳嗽兩下，這才循聲去看。

一匹通體烏黑的駿馬馱著一身大紅錦袍的女子，從遠處朝這邊飛馳而來，日影在她身上灑下了金色的光暈，奪目得叫人不願放過她的每一個動作。

隨著馬蹄踏近，魏韞認出了馬背上的人。

馮纓。

忠義伯府的那位二姑娘。

或者說，是河西盛家軍的馮校尉。

她是那種十分明豔的長相，眸含春水，眉眼如畫。如果不是消息確鑿，很難想像這樣一位美人，會是殺得關外部族聞風喪膽的女羅剎。

瓊鼻櫻唇，黛眉桃腮，這些放在美人身上的形容詞，無一不能在她臉上找到。

如果她在平京長大，只怕是多少人少年時心裡期盼的那個妻子人選。

魏韞在打量馮纓的同時，那頭的馮纓也在初發現皇帝表舅和太子表哥後，發覺了與他們同行的魏長公子。

他似乎……身子仍舊不大好？

「長公子。」她輕輕喊了一聲。

魏韞頷首。「馮姑娘。」

「纓娘可算來了。」慶元帝望見馮纓，面上的笑頓時濃了幾分。「這馬不錯，是匹好馬，纓娘從哪裡尋來的？」

馮纓勒馬停在慶元帝面前，翻身下馬，拱手行禮。「臣女見過陛下。」

她說完起身，笑嘻嘻道：「前幾日去集市上轉了一圈，正好開了馬市就瞧見牠了。表舅，你也覺得牠不錯吧。」

她前頭還稱呼的陛下，一轉頭就喊起了「表舅」。

魏韞下意識抬頭看了她一眼。

黑馬紅衣，氣定神閒，還透著與傳言不符的小女兒的神態。

到底……還是個年輕鮮活的女孩。

「妳這丫頭倒是打小眼光不錯，像妳小舅舅。」慶元帝看著眼前的馮纓，臉上笑得不行。「妳小舅舅最會挑馬，他第一匹馬，就是妳大舅舅把他帶到馬市讓他自己挑出來的，可不是陪著他衝鋒陷陣了許多年！」

「表舅說的是踏雲吧。牠的確是匹好馬，可惜為了救小舅舅，被毒蛇咬死在沙漠裡，甚至無法帶回河西。」

一提起舅舅們、提起河西，馮纓就有說不完的話。

慶元帝也十分樂意聽她說那些舊人舊事，聽著聽著不知不覺時間便過去了許久，直到皇后命人來催，才發覺到了時辰。

圍獵開始前的祭祀，人人鄭而重之，不敢馬虎對待。馮纓好奇地在底下看著，看了一會兒，便又覺得無趣得很，遂低下了頭，把玩起腰側的佩刀。

魏韞站在前頭，他的位置正好可以清楚地望見女眷群中的馮纓。

目光落在她嫩白的側臉上，隨後移開視線，垂下了眼簾。

祭祀結束，男人們很快追隨慶元帝開始了狩獵。女眷們閒來無事，三五成群圍在一處談笑。

馮纓坐在邊上，拿著一柄匕首無所事事地在地上寫寫畫畫，實在坐不住了，騰地站起身召來碧光說了幾句話。

碧光面露驚異，轉身走開，不多會兒又走了回來，低聲回話。

全平京城的人都知道，忠義伯的二姑娘最近是個什麼名聲，各家女兒大多得了家中長輩的叮囑，要她們遠著些，是以女眷們都離得遠遠的，誰也聽不見那頭的主僕倆說了啥。

等她們再注意到那頭的動靜，馮纓已經騎上馬，跟在男人們身後往陛下狩獵的林子去了。

「四姊，妳看她！她哪點像我們馮家的姑娘，成日裡跟著男人，簡直……簡直傷風敗俗！」馮蔻見女眷們都看著馮纓追著男人們進林子，便覺得心裡嘔得很，轉頭對馮凝道：「盛家簡直不知所謂，怎麼能這麼養女兒？」

馮凝冷笑。「盛家就是一家子粗人，除了打仗殺人，他們懂什麼！養出一個姑娘，還沒個姑娘的樣子。」

旁邊有女眷詫異地看著馮家姊妹。都是官宦人家的姑娘，大多都互相認識，馮家姊妹素來喜歡追著世家女眷跑，伏低做小最是順手，突然這麼說話，有同樣是將門出身的女眷當下皺了眉頭。

馮凝也察覺到自己的失態，拈著帕子掩了掩唇。「是我說錯了話。只是我那二姊……實在有些不像話。」

女眷們面面相覷，有的人不發一言，有的臉上露出了顯眼的不屑一顧。她們自然也知道這傳聞，都說馮二姑娘行事乖張，旁人家裡事，非要摻一腳，還同那家的兒子來往頻繁，似乎還差點壞了自己妹妹的親事……

魏韞因著身體不適，就近從女眷身後繞過，馮家姊妹的話湊巧被他聽在耳裡，他下意識停下腳步，身邊的長星想開口詢問，被他制止。

「那位季大人，想必姊姊妹妹們也都認得，我家庶出妹妹雖說還沒正式定下婚約，可也是交換過庚帖的。二姊姊這麼做，惹得爹娘丟臉，我們都不知該怎麼安慰妹妹。」

這是馮家如今行四的姑娘。

「妳那嫡姊一看就知是個不安於室的，正經姑娘該做的事，她看著似乎一樁都不做。」

說話的這位好像是崔御史的女兒。

「她這般年紀還未出閣，還不如死了算了，分明就是故意拖累妳們姊妹嘛，她不嫁人沒事，妳們總是有人要的。」

這是宮中某位妃嬪的妹妹。

魏韞又聽了幾句，多是些女兒家尖酸刻薄的嘲諷，也有姑娘勸說她們少胡亂說話的。

他稍稍站了一會兒，想到那張明豔動人的臉，搖了搖頭。

她是鴻雁，是鷹，與這些家雀如何相提並論。

魏韞走得悄無聲息，女眷們的話題在馮纓上頭繞了一圈又一圈，大多都在表露對她的不喜，馮凝聽得高興，馮蔻卻突然大喊了起來。

「四姊，快看！那不是申家哥哥嗎？」

馮凝猛地去看，稍遠處的林子裡，有個熟悉的身影騎著馬湊到了馮纓的身邊，再眨眼的工夫，兩個人已經一塊隱沒在林海中。

那個人……那個人……

分明就是她還未退親的未婚夫！

第五章

慶元帝是個好武的皇帝，年少時就愛上山打獵下河摸魚，只是他畢竟是皇族，許多事也只能偷閒玩玩。面對邊關的戰事，他更是幾次表露過想要御駕親征的想法。

可惜，盛家軍在河西一帶為他擋下了許多戰火，以至於每每他有這類想法，滿朝官員都會拚命上書，給他找別的什麼事做，千萬別想為了邊關那點盛家完全搞得定的戰事，親自奔赴戰場。

馮纓進林子時，慶元帝正一箭射中了鹿眼，太子親自與人一塊下馬綁起鹿的四蹄。

這箭之後，狩獵才算真真正正地開始，被激起血氣的青年們吆喝著在山林間追逐起獵物來。

瞧見馮纓過來，慶元帝笑著指了前頭奔過的兔子，道：「纓娘，來，射一箭給朕瞧瞧！」

馮纓應和一聲，彎弓拉弦，直接射中了草叢中灰撲撲的兔子。

有護衛打馬過去，撿起兔子拎到慶元帝面前，只見箭橫穿過喉嚨，沒湧出什麼血來。

「妳這箭術果真不錯。」慶元帝頷首。「有妳大舅的影子。」

「遠不如大舅舅的厲害。」馮纓遺憾地搖頭。「這皮子有些傷到了，只能帶回去吃肉。」

「怎麼，缺皮子？」

「想給大舅母做副手套。」

她說著話，又一頭獐子被人驅趕著，慌不擇路跑到了跟前。那身皮毛，油光發亮，看得馮纓一雙眼睛跟著亮了起來，有護衛想射下獐子獻給慶元帝，慶元帝擺手，就見馮纓笑著衝自己拱手，揚鞭策馬，追著獐子就跑了。

「是個性子活潑的。」慶元帝笑。

太子低頭。「表妹無愧是盛家養大的女兒。」

「是啊。她是盛家養大的。」

馮纓追著獐子進了密林，很快就瞧不見獐子的蹤影。

隨行的小太監喘著氣吃力地跟在後頭。「馮二……」

「噓。」

馮纓突然勒緊韁繩，瞇著眼觀察周圍。

她七歲那年，曾被粗心的小舅舅忘在了河西鎮附近的一座山上過了一夜。

沒有食物，她拿草葉充飢，月黑風高的時候，費力爬上樹，在山裡此起彼伏的狼嚎中睡著。

等到第二天，她才被二舅舅和三舅舅找到帶回家。

那時候小舅舅被大舅舅打得趴在床上七天下不了床。等小舅舅傷好了，活蹦亂跳了，她又求小舅舅教她怎麼在山上活下去。

她是學體育出身的，可她的專業裡沒有告訴她要怎麼野外求生，現在來到一個下一刻完全無法預料、沒有現代文明的世界裡，她總是想多學一點實際的東西，以防將來的某一天，她需要依靠自己活下去。

因為有這樣的經驗，不管是沙漠還是密林，對如今的她來說，都宛如一片空地。

大自然的風和氣味，能告訴她周圍的所有事情。

果不其然，右前方一處半人高的矮樹叢中，有一對柔軟的耳朵彈了彈。

馮纓抿著笑，抬手一箭射了過去，與此同時，從她的身後傳來了嘈雜的聲音，當箭頭沒入被驚動後跳出樹叢的獐子，馮纓才回過頭。

「馮二姑娘。」是方才那個進林子前湊過來自報家門的青年。

「申公子。」馮纓頷首。

申時行驅馬上前，揚手讓身後跟著的護衛趕緊上前幫忙收拾地上的獵物。

「二姑娘好箭法！」

「多謝公子誇獎。」馮纓注意到他往身前湊，便微微後退兩步，胯下的黑馬衝著他的黃馬噴了個響鼻。

申時行的目光癡癡呆呆，就這麼黏在了馮纓的身上。

馮纓嫌惡地皺了皺眉。「申公子若是不擅行獵，就早些回營地休息吧。四妹妹今日也來了，想必你們未婚夫婦也有許多話要說。」

他跟他身邊護衛的馬背上什麼獵物都沒有，想來不是心思不在行獵上，就是騎射功夫極差。

「沒有沒有，二姑娘不知道我與府上四姑娘的婚事已經退了嗎？」

「對不住。」她還真就不知道。

申時行嘿嘿笑。「我與四姑娘，本就只是雙方父母一廂情願結的親，若是問過我，我要娶的姑娘，定是要像二姑娘這樣能文能武、英姿颯爽。」

這話已經是極其直白了，馮纓簡直要氣笑。

馮凝、馮蔻的兩門親事，她讓碧光都去打探過了。馮奚言為了他的兩個寶貝嫡女，選的都是城中的大家族，不是侯門就是世家，自然，以馮家的地位，即便能嫁進那樣的家庭，也只是嫁給其中不甚受重視的嫡子或是庶出。

馮凝與申時行有婚約，這婚約已定下許多年了，兩人聽說原先也是極為情投意合的。不過申時行家中早有通房，私下也愛流連花街柳巷，雖是嫡子，卻不受重視。

他現在說什麼退婚，又朝自己跟前湊，傻子才不知道安的是什麼心思。

「是嗎？」馮纓對他笑道：「那就祝公子能早日娶到這麼一位美嬌娘了。」

她說罷，雙腿一夾，奪過獐子，驅馬就跑。

她力氣不小，那原本扛著獐子的護衛被她一拽，整個人跌坐在地上。

申時行一鞭子甩在護衛身上。「沒用的東西！」他又去看馮纓，舔了舔牙尖，露出垂涎的神色。

「馮二姑娘這樣的女人，撕了衣裳扔在床上，一定別有滋味。」

林子裡的狩獵一直進行到午時，方才有皇后跟前的宦官敲響了鑼，又有侍衛擂鼓，宣佈狩獵暫停。

女眷們已然聊得差不多了，紛紛望著林子的方向，盼著能見到自家夫君或兄長從林子裡獵出些什麼。

馮凝自然也不例外，自看見申時行同馮纓說話後，她就好似百爪撓心，急躁得不行，連馮蔻都被無辜遷怒了幾次，姊妹倆差點不歡而散。

雖然祝氏在送她們出門前千叮嚀萬囑咐，讓她們千萬要在圍場上好好表現，最好是能叫那些世家子弟瞧上她們。

可姊妹倆顯然有不同的選擇，馮蔻已經與一個出身世家的年輕侍衛眉來眼去，馮凝卻還在等著申時行。

好不容易有人從林子裡出來，有女眷一眼就瞧見了慢吞吞走在中間的馮纓。

她穿了紅色的錦袍，本就最顯眼，偏生她的馬背上還掛了許多的獵物，更有眼尖的人瞧見她的周圍聚著一群同樣鮮衣怒馬的少年。

女眷們一時無言，面面相覷。

再往後看，還能清楚地看到申時行有意識地在往她身邊靠近，只是每次靠近，總有少年不動聲色地把人隔開。

馮蔻正巧回來，瞧見這畫面當即愣住，半晌才回過神來，扭頭擔憂地看向馮凝。果然，馮凝的臉色十分難看。

「她怎麼能這麼做，申家哥哥一向與姊姊妳交好，怎麼會……怎麼會突然和她這麼親近了，一定是她在林子裡使了什麼手段！」馮蔻抓住馮凝的手。「四姊姊，妳可千萬不能被她比過去，她娘……她娘奪了娘的親事，她現在又來奪妳的，她真不要臉！」

馮凝連一絲笑容都擠不出來了。

臨近營地，馮纓才發覺營地間已經擺起了果木架，原來是皇后奉了慶元帝的命要設烤肉宴，已有女眷們找好了位置，只等著把肉烤上。

她一下馬，準備先回自己的營帳換身衣裳，可還沒走上幾步，身後傳來疾跑的聲音。她立即轉身避讓，就見一身綠衣的馮凝擦身而過，「砰」一聲撲倒在地上。

一時間，周圍的聲音都安靜了下來。

馮纓挑眉，蹲下身。「四妹妹，妳這是做什麼？」

「妳是故意的？」

馮凝狼狽地從地上爬起來。馮蔻急匆匆地奔過來，扶著馮凝張嘴就嚷。「二姊姊妳怎麼能這麼做！」

「我做什麼了？我狩獵回來，正打算回營帳，四妹妹急匆匆地跑過來，我還以為是誰想偷襲我。」馮纓淡淡道，而後目光一閃，狡黠一笑。「畢竟，我在河西長大，學會了不管在哪裡，任何時候都不能不去提防背後的人和事。」

敵襲可從來不會管是正面還是背面。

「二姊姊明明知道我們說的是什麼！」馮凝恨聲道：「中公子是我的未婚夫，二姊姊……二姊姊怎麼能搶走他！」

「就是！二姊姊明明已經搶走了七妹妹的未婚夫。」

這個控訴來得有些意外。

馮纓愣了一瞬，忽然就變了臉色。

馮蔻有些害怕地往後退了退，馮凝強撐道：「難道我說錯了？妳就是搶……妳要做什麼？」

馮凝突然尖叫，一下子吸引了所有人的目光。

馮纓不知為何拉開了弓弦，神色凝重，箭頭……箭頭好像直指著馮凝。

「馮二姑娘！」

「二姑娘千萬別衝動！」

「阿凝妳快躲開！」

女眷們亂成一團，有宮女太監驚慌失措地跑過來作勢勸阻，馮纓卻充耳不聞，把箭搭在弓上，不過眨眼，拉弦射出。

「嗖！」

箭出——

馮凝閉眼尖叫，馮蔻大叫著往馮纓身上撲，狠狠推了她一把。

馮纓沒有防備馮蔻的動作，腳下壓根來不及穩住，整個人直接往後倒。

「小心背後有火！」

循聲趕來的太子妃尖叫出聲，馮纓的後方不遠處正是剛剛才架起的預備烤肉用的火堆。

馮纓清清楚楚地看到箭擦過馮凝的鬢髮和耳尖，射進了她背後的木柱，這才使力想往另一側翻轉閃過火堆，可下一刻，有人突然從後面伸出手攬住她的腰，把她往旁邊一帶。

那雙手很涼，哪怕隔著衣服，她也能清清楚楚地感覺到那分屬於病態的涼意。

那人似乎沒多大的力氣，摟住她後很快就摔在了地上，但儘管如此，她始終被人牢牢護在懷裡，鼻尖滿滿都是草藥味。

等馮纓回過神，這才發覺伸出援手的竟然是魏韞。

「長公子？」

男人仰面躺在地上，臉色慘白，聽到馮纓的聲音，費力地睜開了眼。「馮、二姑娘……」

他連說話都如此費勁了，馮纓趕緊從他懷裡爬出來，腰一彎，把魏韞整個人抱了起來。

太子妃愣在原地。「這……」

「找太醫！」馮纓吼了一嗓子，什麼話也不多說，直接抱著人往男人的營帳衝。

而那頭，馮凝後怕地跌坐在地上，眼淚直往下淌。

馮蔻抱著她一邊哭一邊安慰。「姊姊！她就是個瘋子，她想殺了妳！」

「閉嘴吧！」

有膽大的夫人走到了柱子邊，看清上面的情況後，冷笑道：「妳們罵得厲害的人，剛才一箭救了妳們一命！剛剛只要再多廢話兩句，妳們姊妹倆就得陰陽相隔了！」

姊妹倆愣怔住，那夫人指了指柱子，一甩衣袖，冷哼一聲離開了。

眾人圍攏過去，就見那箭，赫然將一條通體發烏的蛇釘死在柱子上。

馮凝和馮蔻後來怎麼被人輕視，怎麼被排擠，都不是馮纓關心的事。她現在更著急的，是魏韞的情況。

雖然沒出血，可魏韞的臉色實在難看，怎麼都不像沒事的樣子。

馮纓急急忙忙地衝進營帳，放下人的動作卻又小心謹慎。

魏韞的兩個小廝明顯急躁起來，見馮纓竟然伸手就要去解自家公子的衣裳，當下叫道：

「馮二姑娘！」

馮纓沒停手。「現在還顧忌什麼？太醫還沒來，難道就不能先看看你家公子身上有沒有傷到哪裡？」

魏韞膚白如雪，身形高大頎長，他站著的時候，如松柏挺立，身上自有那股林間白雪般亙古深遠的清冷。不過現在病懨懨的樣子，看起來也不討厭。

馮纓動作乾淨俐落，等太醫被人拉進營帳的時候，她已經在長星、渡雲不甘不願地幫助下，把魏韞的上身扒了個乾淨。

「這……馮二姑娘怎麼還在這？」太醫強抑尷尬，上前躬身抬臂。「姑娘讓讓，讓老夫給魏大人瞧瞧。」

馮纓聽到「瞧瞧」，當下就讓出了床邊的位置。「長公子剛才護著我摔在了地上，估計是後背或者後腦勺磕到地了，韓太醫您瞧個仔細。」

韓太醫最是熟悉魏韞，一聽這話，口氣鄭重起來。「姑娘放心，老夫這就看看。」

馮纓不再說話，安靜地站在邊上看著。

韓太醫讓長星、渡雲在旁搭手，把魏韞翻了個身，這一翻身，渡雲先叫了起來。「公子，你背上都擦破皮了！」

馮纓一愣，旋即上前要去看。

長星反應過來，作勢要攔，可她已經幾步走到了床邊。只見男人的背後，有大片的擦痕，分明是方才抱著她摔在地上的時候受的傷，血珠滲出，還沒凝結。

馮纓頓住了腳步。

韓太醫很應景的叫了起來。「哎呀，這傷可不算輕了。姑娘先回去，等老夫給大人敷好藥，再來探望。」

馮纓默默轉過身，卻絲毫沒有走人的意思。

韓太醫沒法，只好就這麼開始著手治療。畢竟誰都曉得，馮家這位二姑娘那是真正上過戰場，見過同袍們光胳膊光腿的，魏長公子赤個上身實在也算不得什麼。

傷口需要清洗，馮纓站在邊上，能清楚聽到渡雲給魏韞擦傷口的時候，嘶嘶的吸氣聲。她以為是魏韞疼了，剛要讓人動作溫柔點，就瞧見渡雲齜牙咧嘴地倒吸氣。而真正受傷的那個人，趴在床上，反而輕聲細語地安撫著自己的兩個小廝。

馮纓耳朵一抖，低頭看了眼被她扒掉然後隨手扔在床腳的衣裳。

碧光這時候在營帳外輕聲喊她，馮纓慢慢走過去，隔著帳簾。「去幫我……找些針線來。」

那邊韓太醫在全神貫注地給魏韞清洗傷口，然後上藥包紮。這邊馮纓拿了針線，蹲坐在角落裡，皺著眉頭忙碌了一會兒。

她雖然沒再盯著床上那頭看，可韓太醫說的那些叮囑，她一字不落地都聽進耳朵裡。

畢竟他是好心救自己才受的傷，她多少也得報這個恩。

這麼一想，等魏韞略帶低啞的回了一句「好」，馮纓站起身，抖了抖手裡的衣裳，重新走回到床邊。

「馮二姑娘居然還在？」韓太醫詫異道。

馮纓尷尬一笑，遞過衣裳。「我縫了下，就是……不知道還能不能穿。」

她說完，抱拳。「長公子因我而受傷，馮纓十分感激，日後長公子有什麼用得上我的地方，只管來找，我必赴湯蹈火！」

她說得不假思索，令人一時間有些愣怔。

長星撇了撇嘴。「說得好聽。」

魏韞沒有理他，定睛看向馮纓。那身著紅衣的女孩站在那裡，兩手抱拳，手背上有些髒，但她好像壓根沒有發現，一雙眼炯炯有神，寫滿了感激。

他看馮纓的時間有些長了，韓太醫咳嗽兩聲。「既然沒什麼事了，馮二姑娘不妨隨老夫一道去回稟陛下？」

馮纓忙道：「是呢，該去同陛下說道說道。」

她絲毫沒有打算幫著馮凝、馮蔻瞞事的打算，而且就算她不說，慶元帝和太子也一定會想方設法查清楚事情的原由。

她這一想，便施禮離開，大大方方的，絲毫沒有拖沓。

簾子一放下，長星當即不滿道：「長公子為了救馮二姑娘受了傷，她輕飄飄幾句話就算完了嗎？幸好是傷到皮肉，沒磕著頭，不然我……」

魏韞沒有開口，只一個眼神，長星當下低頭認錯。

渡雲在一旁捧著衣裳，猶豫再三，還是展開看了下。

針腳密集，卻不是很規整，一看就是平日裡不怎麼動針線的人，雖然是把衣裳上擦破的口子都縫了起來，但終歸不成樣。

「她不是那些閨閣女子，刀槍在她手裡，比針線更順手。」魏韞咳嗽兩聲，低低道：「而且，她是盛家養大的，她的一個承諾，必然重值千金。」

馮纓果斷地去了慶元帝的營帳。

帝后已然聽說了前面女眷們發生的爭執，一直等著韓太醫回來說明，太子與太子妃也在一處，聽到馮纓與韓太醫一塊回來了，忙讓兩人進帳。

一番見禮後，慶元帝開門見山，問起前面爭執的事。

「不過就是女兒家的爭執。」馮纓拱手道：「我與家中幾個妹妹有些誤會，再加上外頭的那些流言蜚語，多少讓她們生出不喜，而我那一箭，也的的確確是有意嚇唬她們。」

馮纓毫不隱瞞地表露自己的小心思。

「在家中，有爹和夫人護著，我不好動她們，只能藉著陛下的圍場教訓教訓她們，最好是能嚇得她們不敢再胡亂招惹我。」

慶元帝喜歡的就是她這直來直往的性子，笑道：「妳倒是坦白。」

疚。」

「沒法，畢竟是我的小私心，而且還累得魏長公子為了救我受傷，我這心底有些內疚。」

慶元帝沈默一瞬。

還是皇后出了聲。「這不過是場意外，纓娘又何必一直掛念著？不若這樣，陛下和太子賞賜些東西給他，也算代纓娘謝過救命之恩？」

「也可……」

慶元帝正要點頭，馮纓瞪大眼。「既是謝禮，自然要由我親自出了才算誠心誠意！」

慶元帝愣了一下。「妳能送什麼？」

她從河西來平京，他們可都聽說一開始是帶了些東西，可也很快就送得差不多了，只怕現在院子裡有的也都是之前宮裡賜下的金銀珍寶。

馮纓笑了。「方才狩獵，承蒙大家謙讓，讓我獵到不少好物，回頭我讓碧光送過去一些。」

她說完，湊上前道：「表舅，我呢，過幾日會有些得用的人到平京。那個……能讓她們、都進城不？」

「什麼人？」

「我在河西的一些小姊妹。」

太子最先反應過來。「可是傳聞中，追隨妳的那些女兵？」

「正是她們！」

盛家軍從前和大啟其他軍營一樣不招女子，差不多是在十餘年前，馮纓已經能騎著馬跟人一起在沙漠上奔殺，盛家六子突發奇想，要為這個外甥女挑選出一支只聽命於她的隊伍。

為此，他們還聯手給慶元帝上了一份奏摺。

彼時滿朝文武皆道盛家行事毫無章法，為著一個小丫頭片子目無法紀，甚至連慶元帝那時候都覺得，盛家是不是太偏疼馮纓了，不過想著左右成不了氣候，說不定只能挑出一些小丫頭們陪著馮纓玩耍，便也隨口答應了下來。

哪知幾年後，從河西傳回的一次捷報中提到，馮纓帶著一支由女子組成的騎兵隊，斬殺侵擾邊民的游牧部族，活捉了當時的部族族長及其妻兒。

這是第一次傳來有關這支騎兵隊的捷報，之後就一發不可收拾，她和她身邊的那些姑娘成了河西營中最濃豔的一抹顏色。

「妳捨得把她們帶來平京？」在河西總還是能掙到軍功，來平京，那和當大戶人家的丫鬟、護衛有什麼區別？

「我走之前與她們交代過，往後要繼續從軍的，可以留在河西跟著我哥哥嫂子，不想留著的，可以各自嫁人去，也可以來找我。」馮纓道：「所以這些要來找我的，多是些家中無父無母，也還未成親的女孩，她們有的是因傷在身有了殘缺，有的只是單純地想要追隨我，我讓她們來，日後也算是我的護衛，我在這裡多少還能護著她們。」

從她開始，那些姑娘們也能開始為自己掙下軍功，有願意拚的，自然是留在河西更好。若不願或已經不能的，不如跟著她。

「也好。」慶元帝點頭。「那就允她們進城，日後照舊跟隨妳，也可刀劍隨身，無人阻撓。」

「謝表舅！」

慶元帝哈哈大笑，特意將自己的獵物撥了一些作為賞賜，分給馮纓。馮纓歡喜謝恩，留下還要回話的韓太醫便退了出來。

她沒去別的地方，也不急著去烤肉，帶上自己捆好的獐子肉，徑直又去了魏韞處。

長星站在營帳外，見她回來，瞪圓了眼睛。

「長公子，」馮纓繞過他，直接掀了帳簾進門。「我給你送肉來了！」

她說著，示意要起身的魏韞趴下別起了。「這是我獵的獐子，回頭讓人送去烤了，或是帶回去也能吃上一段時日。」

看著已經被剝皮的獐子，魏韞讓渡雲接過，笑道：「二姑娘客氣了，正好我身子不適，不能打獵，有姑娘的獐子肉，我也能享個口福。」

「長公子才是客氣了。」馮纓大方地擺了擺手。

她來得快，去得也快。等人一走，長星趕忙鑽進營帳。「長公子，她……」

魏韞坐起身。「等會兒去前頭烤肉。」

「公子的身子……」

「不礙事。」魏韞笑。「總覺得晚些還會有有意思的事發生。」

馮纓從營帳出來，營地裡已經飄起了烤肉香。

綠苔守著一處果木架，正眼巴巴地望著上頭架著烤的兔子，聽到腳步聲，回頭瞧見自家姑娘來了，忍不住嚥了嚥口水。「姑娘，這兔子看著真肥，我都能聞到肉香了。」

她最是貪吃，打從很小的時候就是最能吃的那一個。馮纓拿她當妹妹疼，從沒在吃食上短過她什麼，可也架不住綠苔能吃會吃還吃不飽。

「這隻兔子都給妳了。陛下另外賞了別的給我。」馮纓讓專門伺候烤肉的小太監把慶元帝賞賜的鹿肉，也給收拾好了放上去烤。「妳姑娘我這次獵了許多的肉，不怕餵不飽妳。」

綠苔聞言頓時亮了眼睛。「姑娘真好！」

「妳可留點給我。」碧光在旁湊趣道。

綠苔猶豫了下，比了比手。「給妳這麼多成不？」

「小氣鬼，等下只准吃肉，不給妳酒喝了。」馮纓一個眼刀飛過去。

綠苔哼哼唧唧。「我這不是怕碧光姊姊吃不完嘛。」

有宮女端來酒水，又有宮女端來了清水和帕子，一副要在左右侍立的姿態。馮纓朝周圍的女眷們看了看，不見宮女侍奉，詫異地望向她們。

為首的宮女施禮道：「是皇后娘娘囑咐奴婢們過來服侍姑娘的。」

「不愧是馮伯爺與和靜郡主的女兒，連咱們皇后娘娘身邊的宮女都能隨意差遣。」

有個姑娘突然開了腔，馮纓聞聲看過去，一時認不出是誰家姑娘。

圍獵本就是天子和王公大臣們健康玩樂的活動之一，有太監宮女在旁伺候，也實屬再正常不過的事情，像是每個果木架旁侍立的小太監們，就是宮裡早已安排好的。

烤肉宴說是隨意，但也是照著身分排了位置，幾位皇子王爺，就離慶元帝近一些，如太子，直接就在慶元帝的下首。

馮家的忠義伯無實權，身為郡主的髮妻又去世多年，因此位置就會離得稍稍遠些，不過事實上馮奚言未收到邀請，自然慶元帝那處不見他的身影。

因而，女眷這頭，馮纓的位置便是照著他的位置擺的。

這麼看起來，分明是在告訴旁人，馮家在平京城眾勛爵中的地位一如既往地低。

可像馮纓身邊的這幾個宮女，一身著裝打扮，分明不是尋常的小宮女，一時間難免有人不滿。

碧光認出了那姑娘的身分，對馮纓附耳道：「這是御史臺崔御史家的六姑娘，與府上四姑娘是好友。」

馮纓若有所思，見崔六姑娘一副妳憑什麼的模樣，微微揚起唇。

「妳笑什麼？」崔六姑娘怒目。「難道我說得不對？論品級，馮二姑娘妳如何能用皇后身邊的宮女？」

馮纓把烤好的一串兔肉遞給綠苔，衝著崔六姑娘眨了眨眼。「妳牙齒上有辣椒。」

崔六姑娘愣怔一瞬，旋即捂住嘴，扭過頭去氣急敗壞地拉扯身邊的丫鬟。

「妳不必遷怒丫鬟，她能伺候妳吃喝，還能伺候妳咀嚼食物不成？舔掉不就行了。」馮纓看了眼周圍偷笑的小姑娘，又看向崔六姑娘。「其實崔姑娘妳說得對，論品級，我的確用不得皇后娘娘身邊的宮女。」

她頭一抬，對身邊的宮女笑道：「幾位妹妹們，不如坐下來一起吃肉？」

「姑娘，我的肉！」

「哎呀，吃不夠回去再帶妳上酒樓吃一頓。」

「那我還想喝酒。」

「行行行，酒也給妳喝個夠。」

「姑娘妳真好！」

馮纓和綠苔主僕倆嘰嘰喳喳，還順帶著把幾個宮女當真拉下坐到身邊，崔六姑娘的臉都青了。

「二姊姊，」馮凝不見蹤影，方才還不見人的馮蔻不知從哪裡冒了出來。「二姊姊寧可與宮女們吃肉喝酒，也不願分點神來看看四姊姊與我。」

馮纓看著自己手裡的肉，半晌道：「大概是因為看妳們，不如吃肉能讓我覺得高興？」

「噗哧！」

有笑聲從四面傳來，因為之前蛇的事情，瞧不上馮家姊妹做派的人便多了一些，嘲笑的聲音絲毫不見遮掩。

馮蔻臉色發青。「二姊姊這話實在是……實在是難聽死了！」說完以袖擦眼，發出嚶嚶的哭聲。「妳我都是姊妹，妳怎麼能說這種話？這叫人聽見了豈不是讓人覺得，二姊姊這些年在河西都沒受過教嘛。」

她不如馮凝，能輕易作出一副委屈姿態，是以眼簾一垂，鼻子一抽，想要擺出可憐兮兮的面容，卻顯得格外惹人發笑。

有不喜她的人，自然也有如崔六姑娘這般，將她們姊妹視作至交好友的。

一見馮蔻哭，崔六姑娘立即道：「妳別為了這等人哭，叫端哥哥知道了，只怕要心疼得厲害。」

馮蔻要嫁的是慶元帝的異母弟弟邕王的八子，邕王府妾出子。這個妾，還就是從崔家出來的，換句話說，崔六姑娘與那位端哥哥還是表兄妹關係。

邕王府還未提出過退親，不過馮纓猜測，能叫那對夫妻讓一雙女兒都往圍場這邊來，只怕是連邕王府的親事都可能要丟了。

「對呀，妳可為了我這等人哭，畢竟我是有娘生沒爹養的，哪裡像妹妹受過教，知道什麼話該說，什麼話不該說，知道什麼時候該扭著身子掐著嗓子掉兩滴淚珠子。」

馮纓打了個哈欠，托著腮看跟前的兩個小姑娘。

「馮二姑娘說得對，皇后娘娘早有叮囑，這圍場也不是誰家姑娘都能來的地方。」與馮纓坐在一處的宮女，領頭一位聞言笑道：「娘娘還說，既然有的人不請自來了，咱們也不好把人趕出去，怕傷了二姑娘的面子，可也得看牢了，萬不能叫不懂事的壞了大夥兒的興致。」

宮女這幾句傳的是皇后的意思，輕飄飄的，卻好像是一個巴掌甩在了馮家姊妹的臉上，馮蔻臉都白了，就連崔六姑娘這時候也不由地鬆開了扶著她的手。

馮蔻再大的脾氣，這會兒也終究是意識到不能得罪了眼前的幾個宮女，咬著唇行禮。「臣女……不敢。」

她這麼一動作，宮女們站起身來回禮。「哪裡，這都是娘娘的教誨。」

馮蔻低著頭去了與她交好的幾個姑娘處，馮纓自然不想去聽小姑娘說什麼抱怨的話，歡歡喜喜地招呼著宮女一道吃肉喝酒。

烤肉宴上的酒大多是從城裡帶出來的，到了女眷處，為了照顧不擅飲酒的女眷，用的又是度數不高的果酒。

馮纓吃了兩杯，滿臉惋惜，再看慶元帝那頭男人們杯觥交錯，好幾人喝得滿臉通紅，她羨慕得恨不能過去討一杯嚐嚐滋味。

再看女眷，同樣有幾位女眷已經喝得臉蛋紅撲撲的。

「這酒……」馮纓晃了晃酒盞，瞅瞅左邊，瞅瞅右邊，碧光和幾個宮女都已經醉了，臉頰緋紅，靠坐在一起發笑。

「下回不帶妳們喝酒了。」馮纓哭笑不得，伸長手臂高呼。「想喝酒啊，要烈酒！」

先前懟走了馮蔻的宮女名叫時拂，是皇后身邊僅次於幾位女官的大宮女之一。馮家姊妹沒多少進宮的機會，自然認不得這位皇后身前的紅人，就是崔六姑娘也只依稀見過幾次。

這會兒，往日裡冷靜自持的時拂已經醉得開始胡亂說話了。

「陛下與皇后娘娘先前一道為姑娘挑了幾位才俊，想趁著今日圍獵，讓姑娘能遠遠的見上一見。」

她說著，醉醺醺地站起身，指著那頭的男人們就開始搖搖晃晃的點人。

「那位穿棗紅色長衫的是國子監祭酒曹大人家的公子……白衣的是戶部侍郎公子，如今在翰林院任職……其實陛下更看中武將家的公子們……那位穿胡服的如今在殿前司任職，其父是前殿前司都點檢蔡大人，還有正與邕王說話的那位……」

時拂顯然已經醉得不成樣子了，一個兩個這麼直接地點了過去，聲音正好叫周圍的女眷們全都聽了個清楚。

這裡頭，自然也有有意與那些公子結親的人家，一時間倒是不敢提出什麼異議來。

「姑娘，陛下的意思是，如果姑娘有看上的，這門親事就能立即成了。」時拂重新坐下來，瞇著眼傻笑。「姑娘，可有瞧得上的？」

馮纓有些頭疼，又忍不住發笑。「瞧過了，不過看著不成。」

「是模樣不成還是哪裡不成？」

「我還想著有朝一日能回河西呢。」馮纓歪頭。「他們瞧著，怕是不會願意讓自己的妻子再回戰場。」

大約是跟著喝了不少酒，馮蔻和崔六姑娘攙著我我扶著妳，竟搖搖晃晃走到了馮纓的面前。

「二姊姊。」馮蔻傻愣愣地開了口。「二姊姊又想回河西，又想嫁對人，那不如嫁了那個人。」

到底是喝醉了，連聲音都不帶壓一壓的。

馮蔻抬手一指，馮纓順著她手指的方向看過去，正好對上了正由長星扶著，與太子並肩而立的魏韞的眼睛。

後者頷首問，馮蔻滿是惡意的聲音絲毫不帶遮掩的，在營地的哄鬧聲中傳開。

「魏長公子自幼體弱，太醫早說過他容易英年早逝，二姊姊嫁了長公子，豈不是能早日以寡婦之身回河西去？」

「還不快些把人扶下去！」

太子妃最先反應過來，當下皺了眉頭。

馮纓看著在宮女間掙扎、不肯乖乖聽話的馮蔻，不輕不重地叫了一聲。「五妹妹。」

馮蔻不高興地哼了一聲。

馮纓笑。「我瞧著，平京城裡願意屈尊娶兩位妹妹的人也不多，不如這樣，等我哪日回了河西，帶妳們一塊過去，畢竟河西常年戰事，寡婦多，鰥夫也不少，總有配得上妳們的。」

這話其實並不比馮蔻剛才的好聽多少，可一報還一報，誰也沒站出來指責馮纓，便是皇后，聞言也只是搖頭笑了笑，更何況底下那些女眷們。

偏馮纓說完這話，似乎是那點果酒上了頭，居然還回頭衝魏韞笑了笑。

她一笑，雙眸如春水漾開波光，令人挪不開視線。

「魏長公子，」她問：「還不知長公子可有婚配？」

人就是這麼有趣，即便再怎麼看不上病弱的魏韞，和沒有女兒家姿態的馮纓，面子上總還留了幾分餘地。畢竟，一個是慶元帝身前的紅人，另一個，又是實打實的同皇室有血緣關係。

是以，醉酒吵鬧的馮蔻很快和馮凝一起被人送回了馮府，烤肉宴也恢復了先前的熱鬧，甚至有過之而無不及。

那頭的慶元帝著人問過女眷處究竟發生了什麼事後，落在馮纓身上的目光就多帶了點看胡鬧小輩的寵溺，轉念再看魏韞那張俊俏的臉，他又覺得馮纓這一把調戲，倒也沒調戲錯人。

至於原是打算來看熱鬧的魏長公子，平白無故被馮纓調戲了一把，一時間竟也只能哭笑不得。

馮纓不過是隨口一問，擺明了是開玩笑，說完後回頭就重新沈浸在酒肉香中。

她這邊藉著酒意調戲魏韞，可渾然不知與此同時，馮府門前，季景和沈默地站著，直到聽見門房一聲「請」，這才邁出了他略顯沈重的步子，緩慢離去。

第六章

圍獵進行了三日後，馮纓這才帶著滿滿當當的獵物回了馮府。

時近傍晚，兩名小廝在門內掃地，遠遠地看見她，忙丟下掃帚，迎上前。

「二姑娘。」

「二姑娘回來了。」

兩名小廝拱袖行禮，馮纓道：「回來了，怎麼這個時候還要灑掃？有客人要來？」

她一邊說，一邊朝裡走，一個丫鬟急匆匆捧著一碗東西跑了出來，跑得近了，忙低頭從碗裡抓了一把東西朝前方撒。

那丫鬟離得太近，也不知道撒的是什麼，碧光不敢鬆懈，忙上前一步，擋在馮纓身前，那東西當即就落到了她的臉上、身上。

小廝臉色一變，說：「瞎了妳的狗眼！二姑娘回來了，妳朝哪撒呢！」說著又朝馮纓笑道：「她是個憨傻的，不是有意……」

「是鹽。」馮纓沾了點白色的顆粒，放在舌尖嚐了嚐。「朝我撒鹽，是拿我當不乾淨的東西了？」

丫鬟瑟瑟發抖，小廝衝著她直使眼色，可她咬著唇，什麼話也說不出來。

馮纓也不為難她，道：「我不在的時候，家裡出事了？」說著指指後面帶回來的那些獵物，說：「讓人把這些都送去廚房，除了不語閣，不准給別人用。」

小廝惴惴點頭，趕忙帶著人把那些獵物全都往廚房送過去。

進了後院，幾個正嬉鬧的丫鬟看見了馮纓，當下都止住了聲音，雖低著頭不說話，視線卻都跟著她走了一會兒。

馮纓若無其事地往不語閣的方向去，還沒到呢，她便瞧見了馮澈。

「二姊。」馮澈似乎是聽說她回來了匆忙趕過來的，一向白皙的臉頰上浮著紅暈，才站定，說話都免不了帶上喘息。

他身上的書卷氣極濃，和與他交好的季景和比起來，他更像是個一心只讀聖賢書的老學究。一件素白圓領袍穿在身上，顯得空落落的。

馮澈不算高，與馮纓站在一處，將將齊頭。他們姊弟回回在一處說話，馮纓都隱約有種本該是姊妹一處的感覺。

「禮山來退過親了。」馮澈道。

馮纓眉毛一揚，還未出聲，馮澈又道：「爹娘同意了。」

「這是好事。」馮纓緩緩道：「小七的脾氣，你該知道，她與季公子不合適。而且，你那位好友是抱著什麼心思接近馮家，你現在也應該清楚了，季家那樣的境況，你捨得讓小七嫁過去？」

馮澈嘆氣。「我知道，只是爹心裡不痛快。」
便宜爹痛不痛快，還真不被她放在心裡。
「圍場的事，四妹和五妹回來後，爹娘也都知道了。」馮纓看過去，馮澈眼眸微垂，嘴角噙著一絲苦笑。「也不知添油加醋了多少內容，爹娘發了好大一通脾氣，她們倆……怕是又給妳添麻煩。」
馮纓拿不準他到底是為了什麼來的，眉眼彎彎，回了一個客氣的笑容。
「三兒。」
她一喊三兒，馮澈就輕輕咳了一聲。
「其實，你們只要把我當過客就好。」
因為是過客，所以她寧願插手去管別人家的家長裡短，也懶得在馮家人身上下功夫。
他們之間最好的關係，莫過於平平淡淡的相處。
你好我好大家都好。可如果有人先撩撥，她也不會傻站著挨揍。
馮澈臉色驟變。馮纓笑笑，輕聲道：「回去吧。你能來告訴我這些，已經很足夠了。」
祝氏畢竟是他親娘，馮凝、馮蔻又是和他同一個肚皮出來的妹妹，他能為她這個從沒見過的姊姊通風報信，已經很好了。
馮澈的性子簡直不像那對夫妻，話都已經說到這裡了，他還非要親自把馮纓送進不語閣才肯回去。

一踏進不語閣的院子，只覺得院子裡靜悄悄的，竟是連往日裡應該在外頭灑掃的幾個小丫鬟都不見了身影。

馮纓覺得古怪，眉頭皺起。

「怎……」

馮澈剛要說話，被她攔住，而後「錚」的一聲，就見她從腰側拔出了佩刀。

「滾出來！」

有什麼聲音從正屋傳了出來。

馮澈臉色一變，問：「什麼聲音？」

馮纓冷笑。「天還沒黑，我這不語閣裡竟也鑽進了一隻大耗子。」

馮澈道：「這聲音聽起來不像是耗子……」

自然不是真耗子，耗子哪裡能鑽進她的房間，還能讓院子裡的丫鬟們都不見了蹤影？

馮纓緊緊盯著房門，手握兵刃，一步一步，走到門前。

「我數三下，從裡頭給我滾出來，不然，貓抓老鼠，我一定會玩死你。」

她說這話，馮澈顯然被嚇到了，可見一院子只有幾個女孩，只好硬著頭皮擋在了院門口。

「一──二──三……」

「我、我出來！我出來了！」

門「砰」一聲被人從裡頭打開，一個瘦高的身影從屋子裡抱頭跑了出來。

那影子動作極快，眼瞧著要撞上馮纓，馮澈的心都快跳到了嗓子眼。

下一刻，馮纓手起刀落，直接把人堵在了門柱上，刀刃離那人喉間，不過幾下喘息的距離。

這是一個男人。

馮纓和馮澈都清楚地看到了這人的長相。

這是一個長得十分普通，甚至可以說有些難看的男人。很高很瘦，身上穿紅掛綠，臉上塗抹了厚厚的脂粉，另外還有濃重的香膏氣味。

馮纓不認得這人，可馮澈認得。

「曲公子為何會在我二姊的屋子裡？」馮澈一張臉黑了下來。

女兒家的閨閣，即便是自家兄弟，也鮮少會往裡鑽的，更何況姓曲的不僅是個外人，還是平京城裡出了名的浪蕩子，曲家是米商，他花著家裡的銀錢，當了花街柳巷十幾年的常客。

馮纓回頭看了馮澈一眼，那人乘機想躲，她手上一動，刀刃直接貼上肉。

「是、是忠義伯讓我待在二姑娘屋裡的！是忠義伯的主意！」

「不可能。」馮澈說。

「你想娶我？」馮纓壓了壓刀，笑著問。

她雖有「女羅剎」的凶名，外頭傳聞中的她形若怪物，可實際上馮纓的容貌放在平京城裡，即便不能數一數二，也是難得一見的美人。

那曲公子一時間看癡了，竟也不怕了，癡癡地笑了起來。「對對對，我想娶妳。我就喜歡美人，忠義伯說妳是個美人，妳身邊伺候的幾個丫鬟，也都是美人，只要娶了妳，那些丫鬟以後也歸我，所以……」

馮纓臉上笑容倏然消失。「作你的春秋大夢！」

她驀地收刀，不等曲公子有什麼反應，直接拽著人的領口，把人丟出了院門。

那曲公子就是個只會吃喝玩樂的紈袴公子，哪裡受得住她這一下，躺在地上就哎喲哎喲疼得直叫喚。

馮纓卻是不管他的死活，只冷冷看著他，道：「我不管你要娶誰，今日我把話撂下了，娶我的那個人，可以無官無爵，可以身無長物，只一點，老實巴交守著我過日子，不許生出任何別的心思，更不准動我身邊的人。

「你做不到的。所以，從哪裡來就滾回哪裡去，別叫我真下了刀子，送你去和死在我刀下的那些亡魂作伴。」

曲公子怕得不行，再顧不上喊疼，趕緊連滾帶爬地從地上起來，滿臉驚恐地逃走。

碧光和綠苔衝到院子各處搜查一番，終於從角落裡找到了被綁了手腳、塞住嘴的幾個小丫鬟。

馮澈看著這情景，臉上火辣辣一片。

「二姊，爹他……」

馮纓止了他的話，道：「你又想道歉？這事難不成還是你做的？」

馮澈搖頭。

馮纓道：「既然不是，你道什麼歉？廚房裡有我帶回來的獸肉，另外還有處理好的皮毛，回頭分你一些。」

她頓了頓，眨眨眼。「就分給你，連七妹都沒有。」

馮澈原本還皺著眉頭一臉懊惱，聞言忍不住笑了起來，可偏偏有人前後腳的工夫，怒不可遏地衝了過來。

「妳當馮家稀罕妳這點東西不成！」馮奚言的怒吼老遠就傳了過來。

馮纓忍不住心裡翻了個白眼。

她這便宜爹一定是爆竹投胎，回回出現，不是因為雞毛蒜皮的小事炸了，就是明眼人都看得出來的憋了一肚子的火。

「爹是在外頭又受了什麼委屈，怎麼上來就衝女兒發火？」馮纓絲毫沒有半分客氣，明知故問。

「妳做了什麼自己不知道？妳是我女兒，我就是打死妳，也沒人敢說什麼！」

「爹，女兒我真是怕極了！所以打死我之前，你不打算把事情說個明白嗎？不明不白死了，我可不覺得到了地府能乖乖聽話。」
馮纓朝馮奚言笑了笑，順便手指勾著腰側的佩刀刀柄，動作意味深長。
馮奚言氣得眼睛赤紅。「妳自己不肯嫁人，還非要攪和妳幾個妹妹的婚事！我給妳挑了那麼多人家，好不容易有人看上妳，妳居然還敢對人家公子動手？妳是要逼得全家去死才能安心是不是！」
「那可不敢。」
「妳跟妳娘一樣，都是……」
「都是什麼？」馮纓打斷他的話。「差點忘了，我這次回來，舅舅和大哥讓我帶一句話給爹，他們想問問你，他們的妹妹、我們兄妹的娘親，究竟是怎麼死的。」
馮奚言的臉都白了。「難、難產！妳娘是為了生妳，所以才死的！」
馮纓冷下臉。「那爹可要好好記住你的這句話，別叫我們，也別叫皇帝表舅發現別的什麼原因，不然皇家和盛家的刀就都會落在爹的脖子上。」
她說完就走，馮奚言怒極，生怕她跑出去胡說什麼。「妳做什麼去？」
馮纓揚起手隨意地擺了擺手。「泡湯，去去晦氣！」
平京城東郊有溫湯，據說是九天神女愛上凡人後落下的淚。
又有說法，說那一座座溫湯，是神仙鬥法時留下的坑洞，蓄上池水後冒出了熱氣。

種種說法，分不出真假。不過說到底，東郊的溫湯的確不少，其中有一大半，握在王公大臣手中。

馮家自然是沒有那個資格擁有自己的溫湯，不過盛家有。

馮纓騎馬從橋上過，恰能瞧見稍遠處的山莊門前，幾個還沒馬蹄高的小兒正蹲坐在那摸狗。

大傍晚的，不光有沒回家，或許是已經吃了飯還在外頭玩的小孩，還有沒回屋的老頭。有個老頭就坐在門邊，抽著旱煙，時不時掂一掂煙桿，衝小兒們叮囑幾句，一隻大狗百無聊賴地趴在地上，任由膽大的小兒往牠後背上騎，再遠點的有棵大柳樹，也不知在此地生長了多少年，主幹粗壯，柳葉纖長，半側葉子直直地往邊上的河道裡垂，風一吹，飄飄晃晃，給樹底下臥著的狸奴散散熱。

馮纓望著眼前的一切，微微瞇起了眼。

馬兒甩著尾巴，嗒嗒往前，悠然自得地把她送到了山莊門前。

那老頭循聲望了過來，瞇了瞇眼，半晌沒有反應，倒是大狗從地上爬了起來，走到跟前，繞著馬打轉。

「是……表姑娘？」老頭站起身。「真的是表姑娘來了！」

老頭上前，衝著狗斥道：「回來，這是咱們家裡的表姑娘，回邊上玩去。」

那狗甩了甩尾巴，果真回到剛才的位置，重新趴好。幾個小兒咯咯一笑，又撲上去玩鬧，一邊玩，一邊還朝馮纓看。

馮纓翻身下馬，老頭滿是意外。「早前就聽說表姑娘回京了，家裡事多走不開，沒能去見姑娘。姑娘，老爺們在河西可都好？」

「都好，舅舅們身體健朗。」馮纓說完側身看著山莊大門。「這裡，還是從前的樣子。」又對老頭謝道：「曾伯，辛苦你了。」

曾伯急忙擺手。「不辛苦，不辛苦。我這腿壞了，一隻眼睛還瞎了，要不是大老爺好心收留，我還不知道該怎麼活下去呢。」

馮纓小時候曾經來過這個山莊。

盛家的這個山莊，是早年先帝在世時賞賜下來的，裡頭有處極大的溫湯，被分隔成兩座池子，專門供盛家人用。

她很小的時候也被馮奚言帶來過，因為盛家的舅舅們叮囑了要馮奚言好生關照他們盛家的外甥和外甥女，五歲前，馮奚言和祝氏每每想要泡溫湯，都會藉口她要養身子，帶著她進山莊住上兩三日。

在馮纓的記憶裡，曾伯就一直守在這裡，主人家不來時，便粗茶淡飯過活，來了則請附近村子的婦人過來煮幾天好菜，日子可以說過得十分簡單隨意。

馮纓同曾伯簡單的聊了幾句，便由曾伯的媳婦曹婆子帶著去了山莊裡的湯池。

被分開的溫湯，一半是給男主人們用，一半自然就留給了家中女眷。盛家倒不是一直都像這二十年來，全家都在河西，早年也是一半子孫留在平京，一半駐守邊關。

因此山莊裡的溫湯，從秋日起一直到春寒料峭，都會有人使用，有時他們還會呼朋喚友，帶上三五好友一塊來泡湯，暖暖身子。

女眷們用的湯池被用石頭疊成的半面臺基，與另一半湯池分隔開。臺基上是長年不腐的竹料做的隔扇，繪著梅蘭竹菊，十分清雅。再旁邊是廊屋，可供女眷更衣、進出。

馮纓解開身上的衣裳，整整齊齊地疊放在湯池旁，然後赤著腳走進湯池，靠著石壁慢慢坐下。

溫湯浮動，等到身體盡數沒入溫暖的湯泉水，馮纓快慰地舒了口氣。

她在平京這些日子，遠比在河西那二十年更累。

這麼一對比，她越發想念在河西的日子了。上輩子的親人、這輩子的舅舅和大哥，大概會是她這一世最大的牽掛。

哪怕她真要在這裡嫁人，那個人也一定比不過他們。

嗯，一定。

馮纓靠上石壁，仰著頭，舒服得索性閉上了眼。

她趁著城門關閉前出了城，這會兒到山莊，天已經黑了，湯池旁留了一盞昏暗的小燈，不會很亮，配上瑩白的月光，叫她漸漸泛起睡意。

曾伯和曹婆子的聲音遠遠的從廊屋那頭傳來，她睏得迷糊，聽不大清楚，再後面，好像又多了別的聲音，有些耳熟。

馮纓在湯池裡舒舒服服地睡了一覺，等她睜開眼，就聽見耳邊傳來淺淺的呼吸聲，她回頭看，是先前在山莊門外看見的大狗。

牠乖巧地趴在湯池邊，偶爾動動耳朵，轉頭看了眼飛過的蟲子，又回過頭來看著她。

馮纓轉了個身，伸手去摸牠的下巴。

牠乖巧地抬起頭，被摸得舒服了，還眯起眼哼哼。

馮纓忍不住笑。「你怎麼這麼乖呀。」

大狗甩甩尾巴。

馮纓感嘆。「可惜了，這般好月色，忘了帶酒過來，要是能一邊泡湯一邊喝酒，那就更舒服了。」

她在水中伸了個腰，發覺皮膚都有些泡皺了，趕忙從水裡爬出來，裹著身子就進了廊屋，大狗跟進屋裡，寸步不離。

「是誰派你來的呀？」馮纓穿好衣裳，擦著髮從廊屋往外走，一邊走一邊衝著大狗說話。

大狗自然是回答不了，只緊緊貼著她走動，毛髮擦過小腿，馮纓癢得忍不住想笑，正打算喊牠別鬧，一個轉身，看見廊道那頭，衣袂翩翩的男人。

「魏長公子？」

魏韞只穿了一身中衣，外頭半披著青碧色的長衫，身邊的長星和渡雲，一人打著燈籠，一人提著盒子，腳步略顯得有些匆忙。

「馮二姑娘。」魏韞站定，神情略顯出幾分窘態。

馮纓詫異問：「長公子怎麼在這？」

都是一塊隨行回京的，沒想到會在山莊裡又遇上。

大狗親暱地「汪汪」吠叫起來，還走到魏韞跟前瘋狂地搖著尾巴，分明是十分熟悉的樣子。

魏韞眉眼彎彎，笑道：「因太醫說盛家的溫湯能調理我的身子，承蒙盛將軍照拂，允我進出山莊，隨意使用溫湯。」

他說完，臉頰微微浮起紅暈，咳嗽道：「只是沒料到二姑娘竟也會來泡溫湯，方才聽到隔壁……有二姑娘的聲音，就想著早一步離開，免得姑娘見了我等覺得尷尬。」

馮纓愣了一瞬，旋即笑了起來。「不尷尬，不尷尬。可能是曾伯夫婦倆年紀大了，一時忘了提醒我。」

她低頭拍了拍大狗的腦袋。「去，同曾伯說一聲，就說我請長公子吃酒。」

大狗就像是當真聽懂了一般，「汪汪」叫了兩聲，撒腿就跑。馮纓身子一轉，笑道：「長公子這邊請，剛泡完溫湯就急著趕路，恐怕要被夜風吹得受寒，倒不如吃點酒暖暖身子，再留山莊裡睡上一晚，天亮了再走。」

其實，這原本也是魏鰮的打算。

他這些年不時往來山莊，早得了盛家的允許在山莊內留宿，只是剛才泡湯時突然聽到隔扇那頭傳來了女子的聲音，當下就想避一避。

他看了看坦蕩自然，似乎並不覺得有什麼不妥的馮纓，心下莞爾。

曾伯夫婦倆在廊屋裡說話的時候，就是一個想要提醒隔壁有男客，一個擔心吵醒了正泡在溫湯裡睡覺的姑娘。

見兩人一道出現，夫婦倆趕忙把中堂又收拾了遍，擺上點熱呼呼的吃食，也很快遵照馮纓的意思，端了一罈酒上來。

酒是曾伯自己釀的，夫婦倆在山莊後頭種了幾塊地，能自給自足，有多餘的糧食，也不必去城裡買賣，全被曾伯拿來釀了酒。

屋內點上了幾盞燭燈，馮纓倒酒，一杯全滿，一杯將將只有一半，然後騰出一隻手來將這半杯酒遞給魏鰮。

魏鰮伸手接過，細長的胳膊能看到漂亮的肌肉。

馮纓下意識多看了幾眼，收回視線，仰頭將酒飲盡。

「沒想到曾伯不光手腳功夫好，還釀得一手好酒。」馮纓舔了舔嘴唇，聞著空酒杯餘下的香味，一雙眼亮晶晶的。

興許是因為這杯酒，兩人之間的關係似乎更親近了一些，面對面坐著，馮纓臉上的表情，魏韞看得一清二楚，她那張漂亮的臉上只差刻上「想要」、「全拿走」幾個字。

「馮二姑娘真的很喜歡喝酒。」一見馮纓又倒了一杯，還在小酌那半杯酒的魏韞，忍不住跟著多喝了兩口。

和那日送來的胡姬的酒一樣，談不上多好，只能勉強下嚥。可她的樣子就好像面前的這罈酒是瓊漿玉液，喝一杯，就少一杯。

「因為河西很冷。」馮纓舉著酒杯，輕輕晃了晃，酒水泛著一層波光。「春天冷，秋天冷，冬天更冷，夏天……河西就幾乎沒有夏天，對生活在那裡的人來說，酒能暖身子，所以在河西，男女老少都喜歡喝酒，我也不是一開始就會喝的。頭一回喝，一杯倒，栽進大舅母釀酒的酒缸裡，大舅追打著帶我去偷酒喝的五舅、六舅，整整跑了一條街。後來慢慢就學會了，也練出了酒量。」

馮纓衝魏韞笑，一臉自豪。「我現在，能喝倒一營地的男人。」

她笑得燦爛，如山花綻放，叫人隨之一笑。

「妳很厲害。」

魏韞笑聲低了一些，望著面前因為飲過酒後美得越發張揚的女人，道：「這世上大概沒有誰，能看到妳喝醉的那一天。」

馮纓是個很能喝的。她能不能真把一個軍營的人都喝倒，魏韞不知道，但起碼他是快要撐不住了。

他杯子裡的酒不多，面前的女人一次只肯給他倒上半杯，那半杯還是她瞇著眼掂量著倒的，也不知是生怕被他分走太多的酒，還是顧忌到他的身子。

長星、渡雲在外虎視眈眈，面前的女人還在仰頭喝酒，酒水順著她纖細的脖頸往下流，沾濕了身上的衣袍，沒入領口……

魏韞總算回過神，目光在馮纓臉上稍許停留，而後轉過頭去。

「時辰不早了，我也該回城了。」魏韞說著站起身來。

馮纓趴坐在桌邊，仰頭看他。「不是已經讓曾伯去收拾屋子了嗎？這麼晚了，城門已關，你還能進城？」

魏韞搖頭。「二姑娘在這，我不好留下。」

馮纓愣了愣，噗哧笑出聲，略帶了醉意的眼角眉梢微微上挑。「讀書人。」

那笑聲停了一瞬，而後捲土重來。

魏韞拱手行禮，一直走到中堂外，聽得身後還不時傳來酒杯觸碰桌案的聲音，忍不住回了下頭。

那個趴坐在桌邊的纖長身影還在一杯杯的喝酒，就好像對她來說，酒就是這個世界上最好的東西。

魏韞回了城。

他有通行令，城門關閉後仍能正常進出。這是慶元帝許多年前的賞賜，整個平京城裡，能像他這樣自由進出的人，不超過一隻手的數。

即便是魏家，也不過只他手裡有。

他一回府，就有伺候的老奴上前打燈。「大老爺傍晚回來，與老夫人又吵了一架，臨了打發人送了幾樣東西，現下都擱在長公子的院子裡。」

「是什麼東西？」魏韞輕輕咳嗽兩聲問。

「是底下人送來的果子，還有一些文房四寶。老夫人的意思是把果子都給府上的公子們分一分，長公子……長公子的身子不好多吃，多了也是浪費。」

「只是為了果子？」

老奴張了張嘴，到底還是沒藏住話。「還有一位漂亮的姑娘，說是給老爺做妾的，只是老爺……老爺說長公子已經這個年紀了，他再納一個比公子還小上許多的妾，傳出去會叫長公子沒法做人。」

說話間進了屋，長星掌起燈。

魏韞低笑一聲，道：「你看，父親他這麼看來倒的確是待我極好……」他話沒說完，喉頭發癢，忍不住用力咳嗽起來。

渡雲忙倒水遞過去。「公子今晚實在不該陪馮二姑娘喝那些酒。」

「不過是些酒水而已，壞不了事。」

魏韞說著，打算漱洗一番這就睡下，不過片刻的工夫，外頭就來了個丫鬟，隔著門說老夫人要見他。

魏家這一代共三房，魏老夫人一子二女，唯一的這個兒子，就是如今的長房老爺，魏韞的父親魏陽。後頭的二房、三房，都是老太爺的妾出子。

魏陽娶妻康氏，夫妻二人成親多年，只有魏韞這一個孩子。魏韞出生後有一年突然大病，之後身子就頹敗了下來，這些年都將養著，太醫的說法也是得好生養著，不然恐有損性命。

魏老夫人不是不疼魏韞，可這個嫡孫身子不好，嫡子又為了妻子和唯一的兒子，咬定了不肯納妾蓄婢，更不用說生幾個庶出子了，是以老夫人對魏韞到後來也沒了從前的疼愛。

偏偏魏韞這樣的身子，卻又資質出色，任職太子侍講，還是慶元帝跟前的紅人，即便是魏老夫人，也不敢太冷待了他。

所有人都盯著他，生怕他一時身體不適就這麼沒了，到時叫陛下責怪下來，他們誰也不敢擔這個責。

魏韞一回府，不一會兒工夫，全府的人都聽說了。

魏老太太把魏韞叫到跟前。「你隨陛下圍獵，可有遇到什麼事？你是陛下面前的紅人、太子的伴讀，可你更是咱們魏家的長公子，陛下他們但凡有什麼事，你不能忘了告訴自己家裡人。

「還有，那些果子，那些果子都是底下人好不容易才得來的，你身子不好，少吃一些，多分點給你的弟弟妹妹們，你是咱們魏家的長公子，是哥哥，要知道照顧弟弟妹妹。」

魏轀沈默，良久道：「陛下與太子的事，身為臣子，孫兒不能隨意往外說。那些果子既然弟弟妹妹們喜歡，我這就讓長星送過來，祖母命人分下去就是。」

魏老太太有些不喜。「你這性子太過一本正經了，祖母也不是要你把那些私密事說出來，不過就是說說圍獵的時候，都聽到過什麼事。」

魏轀道：「祖母，祖父在世時曾經說過，魏家人不插手天家事。」

「魏轀！」魏老太太惱怒道：「你非要這麼執拗嗎？」她咬咬牙，話鋒一轉。「行吧，你有你的主意。我聽說你最近時常外出，你娘為了你吃了二十幾年的齋，連你爹都不肯顧了，你要是亂跑出了什麼事，你爹娘要怎麼辦？」

魏轀低頭淺笑一聲。「祖母不是已經為父親找了位溫婉漂亮的侍妾嗎？」

房裡陡然安靜下來，伺候的丫鬟屏氣凝神，悄悄退了出去。

魏老夫人臉色難看。

她這麼多年來過的都是養尊處優的生活，老太爺還活著的時候，她就是被捧在手心上的那個，儘管還有個谷姨娘和她一道伺候老太爺，而且還生了兩個兒子、兩個女兒，可她絲毫不覺得自己有被慢待過。

等嫡子娶妻生子，庶子也逐個成家，儘管老太爺去了，她還是魏家的主子，幾個媳婦和家裡的僕役奴婢，個個對她言聽計從。

直到魏韞長大……

「這是你同長輩說話的態度？」

魏韞沈默，吃力地咳嗽幾聲，笑了笑。「祖母，父親想要納妾，做兒子的怎麼也不敢阻攔。母親這些年吃齋念佛，委屈了父親，想來也不會攔著，不讓別人在父親身邊伺候的。」

魏老夫人皺眉道：「那你是同意了？」

魏韞咳嗽。「自然是同意的。」

魏老夫人高興地點頭。「那就好，那就好。」

她高興極了，連連拍手。

「你也知道的，你身體不好，寺廟裡的高僧都說你壽數不長，你就算成了親，也不容易讓妻子懷上，可你看看咱們魏家，你爹是嫡長子，在朝中也有不低的身分，你爹總是要有個後的。」

魏韞雙眼微瞇，一瞬後，他低下頭咳嗽幾聲，笑道：「是，祖母說得對。」

他陪著老夫人又說了一會兒話，直到咳嗽越發厲害，明眼人都瞧得出他精神不大好，魏老夫人這才擺手讓他趕緊回屋休息。

魏韞費力地走出中堂，長星、渡雲連忙幾步上前一左一右將他扶住。

「長公子……」長星有些著急。

魏韞擺手，不許他說話。
渡雲低聲道：「長公子，二房、三房的人都在附近盯著。」
魏韞咳嗽，吃力地往他身上靠，緩緩道：「讓他們看，看清楚一些，省得覺得我背地裡做了什麼，叫他們風聲鶴唳，草木皆兵。」
兩人應喏，見他臉色不對，不敢再慢，忙扶著人走。
魏韞回了院子，當下便睡了過去，半夜起了一身冷汗，叫渡雲發現，忙擦過身子，換過衣裳，這才重新倒下去睡。
這一覺主僕二人都睡到了天明，只不過魏韞的情況看起來有些不好。
他連床也起不來了，躺在床上，渾身痠疼，喉頭發澀發乾，說不出話，也睜不開眼。
長星和渡雲到底在他身邊伺候了好幾年，一下便知自家公子這是又病倒了。
餵過水，也餵過平日裡服用的藥，又過了一會兒，魏韞似乎稍稍好了一些，勉強能開口說話了。
「公子昨夜不該陪馮姑娘吃酒的。」長星絞乾帕子，擦了擦他的額頭。
魏韞吃力道：「不是她的錯。」
渡雲碰了碰他的額頭，又碰了碰手，皺起眉頭。「好像發燒了。公子，還是請大夫過來看看吧。」
魏韞閉眼。「不用了……熬一熬就過了。」

「不成！必須去請大夫過來看看！」

有人急匆匆進門，緊接著傳來女人的腳步聲，長星、渡雲回頭瞧見來人，忙起身行禮。

魏陽擺了擺手，走到魏韞床邊。他昨夜與母親大吵一架，被氣得不輕，在房裡喝了不少悶酒才堪堪睡下，早上醒來，瞧見原先伺候自己的那些丫鬟被人趕到院子裡，只一個陌生女人進屋，當即明白是母親又做了什麼。

他正打算去理論，就聽說了昨夜母親拉住魏韞說了很長時間的話，臨了一院子的人都瞧見魏韞的臉色十分難看，似乎是身子又有不適了。

他聞言趕來，還沒進門先遇上了長年禮佛的妻子，再接著，果真撞見兒子又想硬撐著不肯見大夫。

魏陽趕長星去請大夫，回頭便對身邊的康氏道：「含光的身子不好，妳既然出來了，就多照顧照顧他，難道佛堂裡的泥塑，比咱們唯一的兒子還重要？」

康氏原本神色淒婉，聞言變了臉色，眼簾一垂，手上又捻起佛珠。「有菩薩保佑，我兒的身子又怎麼會好不起來？」

她就這麼遠遠的看了一眼，轉身就走。

魏陽愣怔一瞬，咬牙。「妳……」他回頭，對渡雲道：「你家公子這模樣，你們可要照看好了，實在不行就拿我名帖，私下去……私下去找韓太醫。」

他說完看著兒子，有些遲疑，良久，道：「儘量瞞著些，別驚動了陛下。」

魏陽終究沒有在屋裡久留。

渡雲急忙去送，回來的時候，就見長公子半睜著眼，分明是將他們夫妻二人的話聽得清清楚楚。

「長公子……」他有些猶豫。

魏韞卻發出低啞的笑聲，笑到後面，忍不住撕心裂肺地咳嗽起來。

魏韞這場病來勢洶洶。

白日裡見過了大夫，開的還是平日的那些藥，怕不起作用，還多添了一些藥材。可到了晚上，燒不光沒退，反而是越發厲害了，到下半夜，甚至還咳了血。

整個魏府一下子醒了過來，每座院子都亮起了燈，跟著忙碌了起來。

康氏站在門口看著魏家人進進出出，看著二房、三房那一張張臉上藏著歡喜，她只覺得渾身發冷。

望著這些人群，康氏疼得捂住了心口。「嬤嬤，我兒……我兒這是真的要不行了嗎？」

身邊的嬤嬤扶住人，勸道：「夫人，長公子的身子妳也是清楚的，時好時壞，這次也不知是怎麼了，瞧著實在凶險。要不，夫人，咱們去廟裡拜一拜，興許菩薩能保佑長公子這次也太太平平地熬過來。」

「能有什麼用……」康氏搖頭。「韓太醫都來了，想必已經驚動了宮裡，可妳看看這全府的人，真正盼著我兒能好的，我竟一個也找不到。我想去求他，可求人不如求己，我兒……該如何是好。」

嬤嬤不好說話，只低聲又勸了幾句，望著進進出出的人群，嬤嬤忽然想起件事。

「魏家是大戶，所以咱們先前從來沒想過那些小老百姓們常做的事，我聽說，那些百姓家裡要是有病得快……有病重的，有時候會特意辦個喜事沖一沖。」

「嬤嬤的意思是？」

「不如，給咱們長公子討一房媳婦，說不定就真能沖去了長公子身上的病氣，這病氣一去，長公子可不就好了嗎？」

康氏隱隱心動，然而再看從房裡出來，與韓太醫在一處說話的魏陽，康氏苦笑，她兒的婚事，要是真能由他們做主就好了。

康氏到底還是把沖喜的主意告訴了魏陽。

他們夫妻倆從前的感情極好，直到有了魏轀，這才出了問題。可歸根究底，兒子終究是從她肚子裡出來的，再怎麼吃齋念佛，再怎麼不聞不問，她都沒法真的狠下心來不管不顧。

她對沖喜的事還有猶豫，魏陽直接拍了板。

「既然是沖喜，就不要挑什麼門第了，就去找個出身簡單的、聽話些的接回來就是。」

「可那樣，實在是太過委屈兒子了。」

「委屈什麼？難道還想找個門當戶對的大家小姐？誰會願意把養大的女兒嫁給別人沖

喜，萬一……萬一出點事，不就成了寡婦？這不是結親，是結仇了。」

魏陽在朝為官多年，做事素來有自己的主見和本事。

他太清楚自己兒子的身體了，就算今次能熬過去，也的確是沒幾年好活了，任誰都不想讓女兒嫁過來等著守寡的。唯一的辦法，大約就是花銀錢買一個自願的了。

魏陽嘆氣。「我讓人去問問，有誰家的姑娘願意嫁過來沖喜的，不求出身，溫柔體貼的最好，要是願意留後，更好。」

等日後魏韞去了，那姑娘是留是走，都隨意，他甚至願意幫著找一戶好人家讓她改嫁。

魏陽的動作很快，在魏韞還在病中、魏家人各懷心思的時候，他已經把城中那些願意嫁女沖喜的人家都摸排了遍。

因為是沖喜，願意的還真大多數都是不怎樣的人家。

要麼是爹娘不慈的，要麼是無父無母跟著兄嫂過活的，甚至還有家中困苦不堪，為求活路盼望著賣女的。

那些姑娘也大多性子柔弱、容貌尋常，魏陽甚至覺得這樣的兒媳討回家來，壓根就只是在魏韞身邊放一個會喘息的物件。

這麼一來，他難免有些猶豫。

「這都不成。」康氏手裡攥著佛珠，眉頭皺得緊緊的。「咱們是想找個安分守己的，可也要八字合適才行，這一個，還有那個，八字都太輕了，這還有個太重的，剋父剋母，怎麼能行？」

魏陽捏了捏眉心。「我都知道，再找找吧。」

康氏紅了眼眶。「再找找、再找找，兒子還病著，韓太醫都被陛下叫去問了多少次，我現在怕的就是他撐不住了。」

「不然怎麼辦？隨便找一個，妳我都不願意；好好找，妳又怕兒子撐不住。」

「魏陽！那是我兒子，是從我肚子裡出來的，你從那些小門小戶裡找給他，萬一他病好了呢？真要和一個沒見識的女人過一輩子……」

「他也是我兒子！」

魏陽一句話堵住了康氏。

他抓了抓領口，深呼吸。「妳想要門第不低的，我找給妳，找到後，妳什麼都不許管，也不准再挑剔。」

「誰？你有人選了？」

「忠義伯府的二姑娘。」魏陽吐出一口氣。「家世門第在平京城裡，妳還能找出比她更合適的人選嗎？」

康氏猶豫。「她……不是不好，只是忠義伯會答應？」

「會的。」

出身、年紀都相當，忠義伯只會愁怎麼讓女兒聽話出嫁。那樣性子的兒媳，他不怕日後家宅不寧，只是可能守寡，忠義伯願意，盛家和陛下興許會惱怒，這也是他一開始不敢選定的原因。

魏陽是想過馮家會答應，但就是怎麼也沒想到會這麼迫切地答應，馮奚言和祝氏二話不說就將馮纓的八字拿了出來，還說什麼八字隨便合，要是合適就立即成親！

他進一步問盛家那頭該怎麼說？那對夫妻笑開了花，直言等成了親再給河西送一封信去，同盛家三房說一聲就成。

這是擺明了打算先瞞著盛家。他又問陛下的意思，忠義伯總算生出一絲懼意，可那祝氏卻是個狠心的，說兒女婚嫁，陛下總不能插手這麼多吧？況且馮纓那般年紀，想要找個頭婚的丈夫也已經極難了，與魏長公子倒是相配極了。

魏陽自己是個不納妾的，自然多有看不上這對夫妻，都說有了後娘，就有了後爹。忠義伯這些年的作為，全平京城的人都看在眼裡，只是苦了和靜郡主生的這一雙兒女。

等合過兩個孩子的八字，發現是極好的姻緣，他更是決意日後要好好照拂這個兒媳。

魏陽的這些決定，魏韞不知，馮纓更是毫不知情。

她自那日從山莊回來後，便等來了她那些從河西投奔而來的女衛。

慶元帝好奇這些在河西令人聞風喪膽的女衛，特地讓馮纓把人帶進宮裡瞧瞧。

從來風塵僕僕的女孩們頭一次認認真真打扮，又連夜把各自的甲冑擦得鋥光瓦亮，生怕進宮丟了自家校尉的臉。

慶元帝見過女衛，又想試試她們的身手，於是與太子一道，把她們一行人帶去與十六衛們切磋了一番。

這一切磋，連打了五天。

馮纓白日就帶著人跟著張公公往各衛去，勝負結果由張公公親自回稟慶元帝。

到鐘鼓聲落，她就帶人回去，好一番休整，等第二日又是一番車輪戰。五天下來，河西女衛的名聲在平京城裡就徹底打了出來。

十六衛中，以左右翊衛被揍得最慘。這一衛，一向是由高官子弟充當，女孩們原本擔心這群人身分特殊，日後會回擊報復，可慶元帝親自旁觀，又有馮纓擔保，女衛們動起手來絲毫不見客氣。

等看到那些高官子弟一個個被揍倒在地，慶元帝更是大手一揮，給女孩們不少的賞賜。

「馮二姑娘練兵有術，看來果真承襲自盛家。」翊衛上將軍遠遠瞧見馮纓走過來，立馬眼睛不是眼睛，鼻子不是鼻子，哼了兩聲道：「只可惜，二姑娘這樣的身手，到底是個女人。女人就該安分守己地待在家裡，相夫教子才是本分，這戰場上打打殺殺的事情，還是交給男人更好。」

馮纓眯眼笑。「上將軍這話說笑了，畢竟被揍得在地上嗷嗷哭的，可不是女人。」

上將軍冷哼。「馮二姑娘儘管說笑，妳的好日子也快到頭了，這幾日就玩得高興吧，免得嫁了人成了寡婦被送去家廟的時候，心裡頭沒個念想。」

「上將軍這話是什麼意思？」

「字面上的意思。馮校尉，馮二姑娘，妳該好好回家問問妳爹忠義伯，妳和魏家那個病秧子的親事，是明日還是後日。」

上將軍說完話甩手就走，馮纓皺起眉頭，正要邁腿，後頭張公公急匆匆跑來了。

「二姑娘，可算找著妳了！快，快，陛下要見妳！」

慶元帝急著見馮纓，為的不是別的，正是翊衛上將軍剛才嘴裡說的那件事。

馮纓望著坐在上首的帝后，又去看同樣滿臉不悅的太子，最後才把目光落在了跪在地上、神情狼狽的馮奚言夫婦和一個陌生男人的身上。

和馮奚言夫婦倆不同，男人是站著的，神情卻也不大好，分明是挨了罵。

「所以，我就要嫁給魏長公子了？」馮纓詫異問道：「他已經病重到需要你們給他沖喜的地步了？」

馮奚言在家脾氣火爆，可當著慶元帝的面，卻是半句話不敢說。而那個據說是魏長公子的父親，鴻臚寺卿魏陽魏大人張了張嘴，似乎是想要解釋。

「纓娘，魏長公子現下雖然病重，可也不是無藥可醫，興許等妳嫁過去了，他病就好了呢。」

祝氏膽大，生怕壞了好事，急急忙忙開了口。

「而且，那位長公子生得極好，至今還未娶妻，房中也沒別的伺候的人，與妳正好相配！」

祝氏睜大了眼，滿臉認真，彷彿這門親事從頭到尾，她都是真心實意地在為馮纓做考慮。

可惜，誰都不是傻子。

祝氏向來不喜馮纓兄妹倆，大的累贅，小的更是禍害！何況她兩個寶貝女兒的婚事都被禍害弄沒了，要她說，魏家這樣的人家，憑什麼也不能說給馮纓，可這門親事談的不是魏家其他公子，偏生是那個病秧子？這就有好戲看了。

魏家尋人沖喜尋到了他們頭上，尋的還是馮纓，馮奚言原本是不願意的，就怕女兒嫁人之後成了寡婦，遭人在背後指指點點，還是祝氏花言巧語糊弄了馮奚言，這就拿出了生辰八字。

他們夫妻倆一直瞞著全府的人，尤其是和馮纓關係極好的梅姨娘，更是被他們瞞得死死的。要不是魏家那頭出了岔子，這事怎麼也得到成親前一天才會叫馮纓知曉。

換作別的事，被發現了死不承認也就罷，這件事……

祝氏捏緊了拳頭，嘴裡繼續勸著。「纓娘，妳看，咱們馮家雖說再怎樣也是伯府，可妳年紀大了，想要找個門當戶對的頭婚實在太難，換作平常，魏家這樣的門第、魏長公子這樣的人，咱們是怎麼也趕不上的……」

祝氏已經亂了，馮纓沒有再留神去聽她說什麼，祝氏的話說到後面，其實已經亂成一團，她拚了命的自圓其說，卻不知出的錯越多。

「爹也想我嫁過去給魏長公子沖喜？」馮纓問。

她不看祝氏，就這麼牢牢盯著便宜爹看。

馮奚言和祝氏其實是青梅竹馬，一個窮書生與地主家的小姐互相喜歡，卻無奈分開。書生拚著一口氣進京科考，得了功名，又因緣際會有了爵位，迎娶世家嫡女為妻。

初時的纏綿很快在恐於妻子身分，不能學著同僚的樣子左擁右抱、納妾蓄婢後煙消雲散。再等到有了長子，書生懇求妻子容許他納妾，那是夫妻倆第一次發生厲害的衝突，他甚至動手打了妻子。

打完之後，他又驚又怕，逃出家門，偶遇了初戀，之後便一發不可收拾。

不能納妾，他就流連花樓，或者與初戀互相傾訴，慢慢的，他在外面安置了宅子，與初戀過起了甜蜜的日子，要不是怕妻子的兄長們聽說消息，他連家都不願回去。

再後來，書生讓妻子又懷了身孕。

再到後來，妻子難產而去，生下一女。不到一年，書生迫不及待地迎娶了初戀，美其名曰孩子需要照顧。

之後，長子離家出走，初戀有了身孕，妻子難產生下的女兒徹底被拋在腦後。

初戀是個溫婉賢良的，有了身孕後主動將身邊的丫鬟塞到他的懷裡。

書生享受了那些柔軟的身軀，越發覺得娶了初戀是正確的選擇，而這個時候，女兒被虐待的事，他開始全然不管不顧，滿心期盼著初戀能為他生一個合心合意的兒子。

馮纓一直問自己，如果她從一開始就是馮纓，她會不會恨馮奚言和祝氏？

會的。

她穿書後，正是馮纓開始記事的年紀。

吃不飽、穿不暖，是她遇見大哥馮澤前的生活體驗。現在，這對狗男女，為了一己之私，仍舊在竭盡所能地算計別人。

「爹也想我嫁過去給魏長公子沖喜？」馮纓又重複了一遍。

馮奚言抬頭對上她的眼，又趕緊低下，嘴裡咕噥。「我、我覺得挺好的……」

「放屁！」

上首，慶元帝怒不可遏，絲毫顧不上什麼帝王儀態，砸了手邊的茶盞，站起身來指著馮奚言怒喝。

「含光的身子能撐到幾時，便是太醫也說不準，忠義伯，你這不是在嫁女，你這是在推和靜的女兒進火坑！當年你求娶和靜時說過的話，都被你吞了嗎？」

慶元帝早已厭棄了馮奚言，更是厭惡祝氏。「朕當年就說過，你要娶這個女人可以，但是和靜的一雙兒女也是你的兒女，你萬不能慢待了他們。結果呢？」

馮奚言哆哆嗦嗦，慌張磕頭，祝氏想爭辯一二，便被皇后身邊的宮女架住胳膊，狠狠搧了幾巴掌。

當年和靜郡主在宮中如何得寵，如今他們就有多厭惡馮奚言夫婦。

馮纓感激地望向帝后，皇后向她招了招手，等人走到身邊，輕輕拉住了她的手。「別怕，妳皇帝表舅會幫妳的。」

馮纓頷首，忍下眼睛深處的酸澀。

「魏大人。」太子問：「含光的身體一直有太醫在調理，父皇與我都十分好奇，究竟為什麼這一次會病得如此凶險，五、六日了，仍不見清醒？」

馮纓下意識去看魏陽。

魏陽低頭。「是臣之錯。」他不願言明，神色晦澀，顯然是藏了事情。「陛下、皇后娘娘、太子殿下，臣也是沒有辦法了，民間一直都有沖喜的說法，臣與臣妻左思右想才出此下策，馮二姑娘與我兒……」

「唯獨纓娘不行。」慶元帝出聲打斷。「你們夫婦二人既然想到了沖喜，就一定還有別的人選。平民，或者哪家不得寵的庶女皆可，朕可以為他們指婚。」

「陛下——」

「魏陽，朕知道你們夫妻倆的意思。」慶元帝突然連名帶姓道：「朕很早以前就說過，以含光的身體，如果你們希望他娶妻，就該在他清醒的時候挑一個合適的人家，不求出身，只求品行。否則，含光不會願意在不知情的情況下，叫你們連累一個無辜的人陪著吃苦受累。」

魏陽很想說，嫁進魏家怎麼能說是吃苦受累？可看著慶元帝的神情，他明白，陛下當真是這麼想的……

眼見著魏陽似乎是要改主意了，才被搧了巴掌的祝氏又掙扎起來。

「陛下，念在我家老爺當年曾經救過陛下的分上，可憐可憐我們一家老小吧！纓娘大了，再不出嫁，家裡的孩子們可如何是好！」祝氏哭嚎，馮奚言嚇得連連磕頭。

「這門親事，也不是不能嫁。」馮纓突然開口。

她的聲音一出，整個大殿都安靜了下來──

第七章

馮纓的聲音一出，整個大殿都安靜了下來。

祝氏啞然，睜大了乾澀的眼睛。馮奚言也不磕頭了，呆愣愣地望著，魏陽面上更是帶了喜色。

「纓娘！」慶元帝搖頭。「不許胡鬧。」

馮纓笑。「我沒有胡鬧。」

她笑吟吟地掰起手指。「我與魏長公子認識，他模樣生得好，聲音也好聽，聽說博聞強識，定然是個很會講故事的人，最主要的是，長公子他身子不好。」

前頭的什麼會講故事，一聽就知道是鬼扯，可什麼時候身子不好，也成了一個值得同意的理由？

馮纓問：「魏大人，如果我嫁了長公子，長公子幾年後過世，我是說如果過世，魏家可會同意我離開？」

「自然是會的。」

「不管我是改嫁還是遠行？」

「不管。」

馮纓得到了答案，這才看向慶元帝。「表舅，你看，這就是我的理由。我與長公子吃過酒，還算投緣，既然回京左右都是為了嫁人，不如嫁去魏家，又能給長公子沖沖喜。」

慶元帝問：「不怕守寡？」

「不怕。」馮纓笑。「我與長公子投緣，他活著，我就陪著他；他若是去了，我就回河西。天高地闊，無牽無掛。」

「可如果他病好了呢？」皇后問。

馮纓想了想，道：「那就看他的意願。」

她把選擇權放在魏韞的身上，她總有種感覺，這人興許不會真的那麼短壽。

可既然魏家把主意都打到了沖喜上，只怕情況也的確不容樂觀。

想到魏韞那張臉，馮纓就覺得，這個計劃可行。

她想著，遂往馮奚言夫婦倆看了一眼。比起雖然歡喜但仍稍顯鎮定的魏陽，這對夫婦只差在臉上刻上「狂喜」。

「我要嫁人了，有件東西總是要拿回來的。」馮纓說著，衝夫婦倆微微一笑。「我別的不要，爹允許我出嫁時帶上我娘的嫁妝就行。」

「不行！」

祝氏脫口而出，馮奚言想要去捂她的嘴已然來不及。

馮纓歪頭。「我娘的嫁妝，為什麼我不能帶走？」她頭一扭，嘆氣道：「表舅，大哥跟我說過，我娘活著的時候說了，她的嫁妝日後是要留給我們兄妹倆的。我還寫信給大哥，打算等成親時拿回娘的嫁妝，分一半出來給他送去。」

她搖頭。「河西的日子太苦了，舅舅們把銀錢都貼在了營中，還幫著養了幾個遺孤，花錢如流水，我娘的嫁妝送去，總能幫著貼補一二。」

大啟自先帝起，從未在軍費上苦過將士，可如河西，很多軍費只能維持軍營上下的生活，舅舅們長年與將士們為伴，最常做的事，就是用自己的銀錢貼補將士們的生活開支，其中教養遺孤更是一筆不小的開銷。

她打從一開始就沒想過要拿那些嫁妝，她占著這具身體，受了盛家人這麼多年的疼愛和照顧，她理當幫他們拿回盛家的東西，把那些嫁妝送回盛家人手裡。

馮纓從不賣慘，過去就是在和慶元帝說起河西那些年的生活時，也都是歡歡喜喜的，現下突然這麼說，倒是叫人心底泛出苦澀來。

「朕也想知道，」慶元帝沈下臉。「和靜出嫁時，朕還記得那些抬出去的嫁妝。什麼時候，已經過世妻子的嫁妝不歸女兒帶走了？和靜的那些嫁妝，去了哪裡？」

嫁妝去了哪裡？

自然是都落進了祝氏的荷包裡。

盛家就只有一個女兒，封作和靜郡主。郡主出嫁，不光是盛家，就連慶元帝都添了不少嫁妝。當時全平京城的人都看到，和靜郡主出嫁，無數的嫁妝箱籠抬進了他忠義伯的府內。

民間確有破落人家的婆婆和兒子聯合起來，算計媳婦嫁妝的事，什麼拿兒媳婦的嫁妝吃山珍海味，填補自家虧空，甚至還有拿著媳婦的嫁妝在外頭安置宅子養外室，或是養著家裡大大小小的妾室通房、庶子庶女。

慶元帝是個愛聽故事的，閒時也會叫太子將外頭的事說來給自己聽聽，聽得多了，自然知道這類事，再看馮奚言夫婦倆的反應，哪還有什麼不明白的地方？

「和靜的嫁妝都去了哪裡？」慶元帝問。

「自、自然是在的、在的……」

馮奚言結結巴巴，拚命往馮纓身上看。

馮纓不動。從慶元帝開口後，她就突然乖巧起來，安靜地站在一旁，時不時瞅瞅帝后，像極了受了委屈的小孩。

「大啟歷來允許兒女在母親過世後分走母親的嫁妝。當初阿澤和纓娘年紀還小，你們夫婦倆幫他們兄妹守著嫁妝，情理之中，但現在，該還給他們了。」皇后不動聲色地看著祝氏。

「可是家裡還有其他孩子！」祝氏被搧得雙頰發紅，她一尖叫，臉頰就疼得厲害。「娘娘，家裡可不光只有阿澤和纓娘兩個孩子啊，家裡那些孩子哪一個不是要娶妻嫁漢的！」

她的兩隻眼睛都瞪大了。「還有，既然都已經抬進馮家了，那當然就算馮家的東西，怎麼能……怎麼能又抬出去，這是要逼死我們夫妻倆嘛！」

「怎麼就成了要逼死你們？」太子皺了眉頭，問道：「父皇方才還說，大啟歷來是允許兒女在母親過世後分走母親嫁妝的，阿澤在河西成親，未得姑母的嫁妝，尚且可以說是因為路途遙遠，纓娘又為什麼不能帶走？」

馮纓意料之中地看到了祝氏慌亂的神情。

馮家往上數十代都不曾出過讀書人，全族聽說只有早年一個遠房在朝廷裡當過差，馮奚言入仕為官後，日子也過得極其清貧，哪怕成了忠義伯，得了不少賞賜，也盡數送到了鄉下爹娘手裡。

馮家能有現在的日子，靠的就是她那薄命的娘帶來的那些嫁妝，田產、莊子，甚至還有奴婢，不少都留著和靜郡主盛蟬音的名字。

祝氏不會願意把那些嫁妝吐出來的，她也吐不出來。

馮纓從很久以前就佩服過祝氏，她和馮奚言這對夫婦之間，真正聰明的人，是祝氏。這個女人懂得以退為進，為自己謀取最大的利益，也懂得恰當時候伸手，攏住面前的所有。

不過她也有愚蠢的地方，比如像方才那樣，在帝后面前大聲說不行，一次一次挑戰帝后的耐心。

但她聰明就聰明在發覺不對後，立即就能收斂。

馮纓原本還想看看祝氏會不會當著慶元帝的面發瘋，甚至，她都準備好適時阻攔一下，不過，祝氏忍下了。

慶元帝一拍桌案，冷哼道：「不管是沖喜還是名正言順地結秦晉之好，魏陽，你們一家都不可慢待纓娘，朕會讓纓娘帶著和靜當年的嫁妝入你魏府！哼，至於你們夫婦倆，」他看向馮奚言和祝氏。「朕會派人親自盯著，和靜的嫁妝要是少了銀子或是別的什麼東西，朕要你們一一成倍填補！」

馮奚言似乎是想壯著膽子說兩句話，可話還沒說出口，已經被慶元帝給堵住了，梗得脖子又紅又粗，面目僵硬。

慶元帝實在不耐煩看著他倆，先把夫婦倆趕走後，又朝魏陽點了點，狠狠道：「你也給朕滾下去！」

魏陽順從地滾了。

馮纓一直看著他的身影漸漸從視野內消失，這才回頭看了眼太子，又看了眼慶元帝，最後笑嘻嘻地走到中間，乖巧地跪了下來。

「表舅……」

「朕再問妳一遍，妳真要嫁給含光？」

馮纓聽著，微微點了下頭。

慶元帝往後靠，閉上眼，抬手捏了捏眉心。他的臉色明顯有些不好，那種不好，是發自內心的複雜和沈重。

馮纓覺得有些古怪，忍不住問：「表舅……」

「你們倆都是我十分喜歡的小輩。如果含光沒有病，或者，他是身體不好，但太醫說他的壽命和常人無異，妳嫁給他，會是我十分高興的一件事。」

慶元帝睜開眼，搖了搖頭。

「纓娘，妳是和靜的女兒，是朕的錯，害妳娘嫁給了一個糟糕的男人。所以，朕雖然是以要妳嫁人為藉口把妳召回平京，但嫁不嫁人，還是應該以妳的主意為主，妳如果不想嫁，朕立馬讓魏家另外選人……」

馮纓揉了揉眉心。「表舅放心，我是真心實意覺得嫁給魏長公子是個不錯的選擇。」她瞇眼笑。「我上回不是說要嫁一個長得好的男人嘛！我瞧過了，全平京城，就數他長得最好。」

邊上的太子不禁發笑，慶元帝橫他一眼，板著臉道：「真要嫁？」

「嫁。」

馮纓確實不是一時衝動，也不是為了嫁人才想嫁。

她和馮奚言夫婦有怨，可和家裡的那些弟弟妹妹們沒有。那對死腦筋的夫婦認定了只有大的成家了，才能依次輪到小的，她要是咬牙不嫁，說不定弟弟妹妹們還真得當一輩子的單身狗。

這個世界，大齡未婚是件足以叫人在背後指指點點的事。原書裡的馮纓就是如此，哪怕筆墨不多，哪怕身有赫赫軍功，照舊逃脫不了被人在背後議論的命運。
除此之外，她還是為了魏韞這個人。
這個世界的男人，允許女人擁有自己事業的，只怕少之又少。她好不容易發現一個，自然是要抓住。
他們會是最合適的夫妻，抑或是，最合適的工作夥伴。
馮纓最後是懶洋洋地出宮的。
她慢慢走在平京城內。
街上是熱鬧的人流，酒館、茶樓人聲鼎沸，官宦人家的馬車從正中走過，馬蹄噠噠，伴著車內依稀能聽見的人聲。
街邊有挑擔叫賣的小販，麥芽糖散發著香甜的氣息，引得身後綴了長長一串小尾巴。看穿著，似乎是窮人家的小孩，衣服上打了好些個補丁，就連腳下穿的鞋子，瞧著都快破了。
一雙雙眼睛，羨慕地盯著那些能讓小販停下腳步做生意的人，一塊塊麥芽糖被遞出去，小孩們的口水都要淌下來了。
馮纓抬起頭看了看湛藍的天，低頭朝那幾個孩子招手。
小孩們起初有些膽怯，你拉著我，我拉著你，不敢上前，馮纓索性掏錢買下一大袋的麥芽糖，蹲下身一個一個遞過去。
「謝謝姊姊！」

「謝謝！」

小孩們操著一口帶著濃重口音的官話，得了麥芽糖，立馬開心地跑走。

馮纓看著他們，就想起河西的那群小孩，這樣想著，唇邊漾開一抹淺笑。

季景和就是在這個時候看見了馮纓。

他是聽說了事後從翰林院跑出來的，找不到理由直接求見陛下，他只能一路打聽一路問，一直追著走，直追到了街上。

然後，就看見他想見的人蹲在街邊，笑著給一群孩子分糖。

她似乎絲毫不介意他們的穿著打扮，即便裡頭有幾個模樣髒兮兮的小孩，她也都一視同仁地給予善意。

他走上前，與馮纓打了聲招呼。

馮纓回頭。「季公子。」

他們有段日子沒見過面了，先前季景和來家裡退親，具體和馮奚言說了什麼，她不清楚，只知道除了和馮荔解除婚約外似乎還說了別的什麼事，這才使得她一回來就被遷怒。

其實被遷怒她倒是無所謂，季景和願意主動退親才是最重要的，女主還沒出現，現在男主身邊的任何女人都只能在未來淪為炮灰，這不好，很不好。

「二姑娘要嫁人了，真的是要嫁給魏長公子嗎？」季景和本來想問是不是忠義伯夫婦逼的，可看著馮纓的神情，他就覺得似乎並不存在逼迫這樣的事。

馮纓笑，「嗯」了下。

「魏長公子一表人才，可身體到底不好，二姑娘當真……要將自己交託給他嗎？」

馮纓還是「嗯」。

季景和噎了一下，握了握拳。「如果，我是說如果，如果二姑娘不願意，能不能考慮……」

他很想說能不能考慮他，可話到嘴邊，卻怎麼也吐不出來。

他娘……不會喜歡她的。

「你想說什麼？」

「沒什麼。」季景和垂下眼簾。「小妹很喜歡姑娘，如果她知道姑娘嫁了好人家，一定會為姑娘感到高興的。」

見他提起小妹，馮纓揚起了唇角。「替我向小妹說聲謝謝。」

她說完，手裡的大袋麥芽糖還剩一半，抓了抓袋口，直接塞進季景和懷裡。

「給小妹甜甜嘴，讓她也高興高興。」

小妹一定會高興的。

季景和拿著手裡的麥芽糖，望見馮纓笑吟吟地走遠，沈默地低下了頭。

他想到那日去馮府退親，在親手送回了七姑娘的庚帖，開口求娶二姑娘失敗後，梅姨娘偷偷找到他跟他說的幾句話。

那位性情潑辣的梅姨娘說他和馮纓不適合，說當初相中他和馮荔，是因為她自知是妾，不求門第，只想給女兒找一個可靠的人家，但馮纓不一樣。

她生在馮家，卻是盛家人養大，她是烈馬，是飛鷹，是蒼狼，她不會嫁給一個必須低著頭才能看得到的男人。

可那魏含光又是什麼？

十一月二十四，勉強算是個好日子。

忠義伯嫁女。

嫁的還是那魏家的長公子，聽說已經躺在床上昏迷了很久，這分明是嫁過去給人沖喜的。

像馮纓這樣二十五歲的年紀還沒出嫁，在平京城內難免會傳出一些流言蜚語，加上季母先前到處說的那些胡話，更是讓人對她充滿了好奇。

尋常百姓沒見過她，只當是個不肯嫁人的老姑娘，又在河西軍營裡和男人混了二十年，還不知是不是黃花大閨女。

世家們卻是覺得，除卻婚嫁一事不說，敢和男人一起沙場拚殺，就絕對對得起她羅剎、殺神的名號，要不是家中年紀相當的男人大多已經成家立業，娶她回來鎮宅倒也是不錯的事。

更何況她背後是盛家、是慶元帝，娶回家若是性情不和，就好生供養著，大不了多納幾房妾叫男人寬寬心。

是以，先前馮奚言到處在給女兒相看人家的時候，不少世家都在觀望，想著他們挑過一輪後，沒挑到心儀的，他們再去求娶，說不定就能成。

哪知一個晃眼的工夫，先是魏家傳出要娶馮纓過門給長公子沖喜，緊接著，有人看見魏家大老爺親自去見忠義伯，再然後，就是宮裡下聖旨了。

魏馮兩家的六禮早就走了大半的流程，宮裡下的聖旨將沖喜的事，直接變作了賜婚。賜婚詔書後，帝后又立即為馮纓添妝，只等著跟和靜郡主留下的嫁妝一起抬進魏家。

那一天，人人都看見一輛輛鋪著錦緞、紮著彩綢的馬車從宮門口出發，一路延伸至通濟巷。

一眨眼就到了日子，外頭那一雙雙對魏馮兩家親事好奇的眼睛，馮纓眼下自然看不到。今天是出嫁的日子，怕耽誤了平時操練的時辰，她特地起得很早，先去院子裡照例耍過槍、練過箭，這才在一群丫鬟們的驚呼聲中回房洗了個澡，老老實實坐下由著她們擺弄。

「姑娘閉會兒眼就成，可別這時候睡著了。」

碧光從前院回來，見馮纓坐在妝檯前昏昏欲睡，一旁的綠苔呆呆地蹲坐在腳邊，兩隻手擋在一邊，生怕姑娘晃過來摔倒沒人墊著。

馮纓仰頭打了個哈欠。

綠苔嘿嘿笑。「姑娘昨晚摸黑瞧姑爺去了吧？」

「姑娘，妳……」

馮纓不好意思地摸了摸鼻頭。「啊，我就是、就是去看看。畢竟那是我要嫁的人，是死是活總要先確認一下，萬一嫁過去的時候人早就沒了怎麼辦？」

碧光如今也算是熟悉了自家姑娘的脾氣，當下就吁了口氣。

「其實姑娘只是想看看姑爺吧。」

說什麼確認死活，實際上只是為了提前去看兩眼姑爺。她是信自家姑娘還沒對未來姑爺放感情的，但是耐不住姑娘喜歡長得好的人。

從前在河西，聽說姑娘對著六爺的相好青娘，能比平日多吃兩碗飯。

現如今在不語閣伺候的大多是從河西來的女衛，女孩們擠在自家校尉身邊，聽著碧光的話，都哈哈大笑起來。

「姑娘昨晚偷偷翻了姑爺的院子！」

「姑娘還爬了姑爺的窗！」

「姑娘蹲在姑爺床邊偷看姑爺！」

「姑娘差點還伸手去摸了……」

一個兩個嘰嘰喳喳的，把馮纓昨晚做的那些事全都翻了出來，末了還是其中年紀稍長的一個女衛咳嗽兩聲，她們這才笑嘻嘻地互相推搡打鬧，止住了話。

再看馮纓，抬手撓了撓臉頰，咳嗽。「啊，就是去看看，嗯，去看看而已。」

大概是因為喝了酒的關係，她昨晚抱著賊膽爬了魏韞的窗。魏家宅子的安防委實普通，她輕易就能翻牆進去，到了魏韞的院子裡這才顯得有些艱難，不過有女衛們的幫助，倒是讓她順利地進了屋。

不能點蠟燭，她只好藉著那點月光去看躺在床上的魏韞。

太白了。

是那種病態的慘白。

他閉著眼，能看出雙目輪廓狹長，想到睜開時的樣子，馮纓都忍不住替他覺得惋惜。這麼好的模樣，這麼好的家世，結果卻身體不好……可惜了。

怕碧光生氣，馮纓回過神來，趕忙轉開話題。「前面賓客很多？」

「很多，賓客還在陸陸續續上門。」

她一一數起登門的賓客，馮纓點著頭聽，聽著聽著，忍不住又泛起睏來。

和不語閣的閒適比起來，前頭招待賓客的馮澈、馮瑞就顯得十分忙碌。

賓客還在上門中，他們兄弟倆在外迎接賓客，在內，自是有馮奚言和祝氏夫婦倆招待客人，只是望著越來越多的賓客，祝氏心裡憋得慌。

外頭鑼鼓喧天，簡直是要她把一肚子的委屈憋得不能發洩，想起那些帶著賀禮登門拜訪的人，她更是慜得心慌……馮家已經很久沒那麼多的賓客登門了。

是什麼時候開始的呢？

好像是從盛蟬音撒手人寰後。

明明在那之前，她躲在府外看的時候，總會有許多馬車在門前停下，那些衣著華貴的夫人太太們，從馬車下來，殷勤地向當時還只是個陪嫁丫鬟的梅姨娘打聽那位的事。

可等盛蟬音死後，等她坐著轎子光明正大進了馮府大門，被下人們尊稱一聲「夫人」的時候，門庭卻就這麼冷落了下來。

祝氏總覺得是這平京城裡的人太過勢利，他們看不起平民出身的自己，連帶著看不起自己的丈夫，所以她拚了命地想要把幾個女兒嫁進侯門世家。

盛家三房上門的時候，祝氏的面色很不好看，馮奚言尷尬地咳嗽兩聲，忙與盛家人寒暄兩句。

盛家三房來的是如今任殿前司虞侯的三公子，論關係，馮纓還要稱他一聲表哥才是。

盛三攜夫人同來，盛三夫人是女眷，又沾親帶故，自然要往不語閣去。她這一去，便有不少夫人們妳一言我一語，竟也跟著往那頭走。

祝氏慌張起來，忙讓兩個女兒照看好賓客，自己提著裙子，連儀態也顧不得了，匆匆追上去。

到了不語閣，各家夫人們哪還不懂祝氏的慌張。

越往裡走，越是能看得清楚，這偏僻得不能再偏僻的院子，分明不該是嫡女住的地方，這繼母呀，當來當去，還不是把前頭夫人生的女兒當做了累贅？

盛三夫人冷哼一聲，斜睨了祝氏一眼，領頭進門，碧光和綠苔在門內迎候幾位夫人。

畢竟是大喜日子，夫人們也都曉得不好在這時候說些難聽的話，於是乎，一個個都將祝氏拋在腦後，一進門便圍著馮纓一個勁兒誇她天生麗質，生得好、皮膚好、從頭到腳哪都好，嫁衣的顏色，總是世上所有衣裳裡最好的那一件。

馮纓原本就生得好。她原來在河西，穿的永遠是最方便行動的衣裳，舅母們追著她要給她打扮，她也只肯穿上簡單的裙子。

反倒是回了平京後，穿女裝的日子一天天的多了，等到今次穿上嫁衣，馮纓自己都覺得自己好看極了。

嫁衣是宮裡制衣局做的。繡娘們手藝非凡，連夜趕工，才在婚期臨近的時候趕製出了這身嫁衣，再看上頭的那些繡紋，足以看出帝后是如何重視這門親事的。

盛三夫人雖已經是遠房親戚了，這會兒也忍不住跟著驕傲起來。

「咱們盛家的女兒就是生得好，外頭那些人，只道十一、二歲的小姑娘好模樣，一點也不曉得，二十來歲的姑娘才是最漂亮的時候。」

瞧原本的少女髮髻綰成了婦人髮髻，又在眼角染上胭脂，眉心貼上花鈿，颯爽英姿的模樣一時間化作天香國色，張揚美豔。

馮纓聽著身邊的恭維，看向鏡子裡的自己，眉眼一挑，笑道：「十一、二歲有十一、二歲的好，二十來歲自然也有二十來歲的美。」

她站起身，身子一扭。「各位姊姊們，不也都是千姿百態，各有其美？」

誰不喜歡誇讚的話？各家夫人們當下笑得滿臉花開，要不是馮纓臉上才上了妝，恨不能一人掐她一下，以示歡喜。

一屋子的人都是歡歡喜喜的模樣，唯獨祝氏看著臉色不大好。

盛三夫人是代表盛家來的，可不願被人壞了興致，當下就問：「魏家迎親的隊伍可來了？」

「還沒呢……」祝氏尷尬笑。

話沒說完，前頭就傳來了一陣鞭炮聲。

盛三夫人不再看她，回頭就喊：「來了來了，快些準備！」

馮纓頓時老實了，乖乖坐在屋裡，等著人上門。

前頭馮澈、馮瑞和盛三是怎麼攔魏家人的，她全然不知道，等魏家人終於到了不語閣前，她手底下的女衛們倒是把人攔了個結實。

比文，姑娘們不行，那就比武。

還是盛三夫人瞧著時辰差不多了，讓馮纓管了管，這才讓魏家人進門。

按規矩，新嫁娘該是由兄弟揹著出嫁的，可婚事太趕，馮澤來不及回京，馮澈和馮瑞雖有心要揹，卻被祝氏的人偷偷在後頭攔著。

那點手段雖不甚顯眼，可在場的哪一個不是人精，怎麼可能會錯過兄弟倆的情況？盛三在旁氣笑，直接走到馮纓面前，彎下腰。「表妹，表哥送妳出嫁。」

馮纓戴著蓋頭，聽動靜也知恐怕是祝氏又使了什麼么蛾子，聽見盛三的聲音，也不扭捏，當下就趴在了他的肩頭。

前些日子嫁妝的事，祝氏離了宮就不想認，還是三房的大舅舅親自帶人登門，連恐帶嚇地照著早年的嫁妝單，把所有東西都拉了出來。被馮家虧空掉的鋪子，叫他們盯著讓祝氏拿別的鋪子頂上，不見的金銀珠寶，也全都換算成現銀填補上來。

馮纓為了感激三房的幫助，還特地帶著女衛上門去指點小輩們的拳腳功夫。

鞭炮聲響個不停，從不語閣到大門口，馮纓一路上都能聽到各種吉祥話。

盛三走得極穩，魏家人似乎催促了兩下，他這才稍稍加快腳步，把馮纓送上轎子。

魏韞還在昏迷中，代替他來迎親的，是魏家二房行三的公子，起轎的時候聽到外面魏三和人說話時的語氣，脾氣似乎有些不大好，馮纓心下如是想。

花轎照著帝后的意思，在平京城內有頭有尾地轉了一整圈，這才到了魏家。

進門，跨火盆。

然後，馮纓就聽到了魏三不滿的叫聲。「憑什麼還要我幫他拜堂？」

喲，敢情魏家這邊壓根還沒商量好要怎麼把婚事辦下去？馮纓蓋著紅蓋頭，差點沒忍住吹出一聲口哨來。

兩家來往密切，加上又有慶元帝和盛家三房插手，她還以為事情都已經談妥了，卻原來，不光祝氏自己藏了心思，魏家這頭也不見得是平順的。

離拜堂的地方還有幾步之遙，魏三還在叫。「我已經幫他去迎親了，怎麼拜堂還要我上？是他成親還是我成親？」

「你堂兄還昏迷不醒，你不幫，誰幫？」

說話的聽不出是誰。

「你們就知道差使我，要拜堂，不是還有準備好的公雞嗎，拿公雞上呀！」

「臭小子，你嗓門再大點聲，叫客人們都聽見！」

「誰不知道是沖喜……就你們事多，哎喲，別打別打，打壞了還是得用公雞！」

魏三的脾氣原本還以為不大好，這番聽下來，卻有些有趣，馮纓正要笑，就聽見了雞鳴聲。

她抬起眼，悄悄撩起蓋頭一角，果真瞅見一隻雄糾糾、氣昂昂的大公雞被人抱著，從邊上走了過來。

大公雞高高蓬起的胸脯上還綁了大紅花，一股淳樸氣息，撲面而來。

「……」好像有點好吃的樣子。

馮纓放下蓋頭，舔了舔嘴角，然後，又聽到了未來公公的聲音。

「怎麼把雞拿出來了？」魏陽看著公雞，再看看被丫鬟攙著站在一邊的新娘，臉色有些不大好。

「不拿出來怎麼辦？難不成人都接過來了，就讓人這麼站著？」康氏臉色同樣難看，可她到底是婦人，說不出什麼難聽的話，咬唇道：「今天沖的是我兒子的喜，你要是想讓我兒子一輩子躺著不能動，我就和你拚命！」

「妳胡說八道些什麼，難道含光就不是我兒子嗎？」魏陽一甩衣袖，低聲道：「這種時候，妳就別跟著鬧。」

他看了魏三一眼。「算了，公雞就公雞吧！快些，免得過了時辰。」

如果娶的是普通人家，早在打定主意的當天他們就花銀子把人抬進門了，之前只覺得馮纓的身分合適，若成了，日後對魏韞、對整個魏家說不定都是助力，不過現在看來，卻也是麻煩。

「快些，別讓客人久等了。」

康氏跟著應了一聲，看了馮纓一眼。

她沒見過馮家二姑娘，只聽說生得極好，像極了當年盛名一時的和靜郡主，想來定是位美人。

可即便如此，這人都是個手上沾了血的人。她殺過人，很多人，佛祖……佛祖會不會厭惡她……

康氏越想臉色越難看，魏陽見她久久不動，眉頭一擰，道：「妳想做什麼？現在想反對了？」

他看了看周圍，一把拽住康氏的胳膊，壓低聲音道：「我和妳說過，這一位不是那些小門小戶可以由著妳挑三揀四。」

他說完，又揉了揉康氏的手腕，嘆息。「秋月，我知道妳委屈，妳心疼含光，含光是我們的兒子，我不光想要他能活下去，我更想他未來能過得好。」

他們夫妻倆的話，幾次輕了又輕，可馮纓的耳力實在太好，一字不落地全都聽了個清楚。

魏家這對夫妻，總覺得有些古怪。

她輕輕搖了搖頭，就聽見有人喊了聲「拜堂」，緊接著，手腕被人輕輕一托，引導著往前面走。

身後，魏三嘰喳叫著。「欸，欸，真用公雞啊？我就隨便說說，真用公雞啊？我哥……那公雞有我哥英俊瀟灑嗎？」

「魏捷你閉嘴！」

「不是，你們這就是趁我哥身體不好，委屈人家姑娘……唔！」

魏三的話戛然而止，似乎是被誰捂著嘴拖走了。

馮纓好奇得很，很想回頭去看一看，可身邊扶著的人從丫鬟換作了一個婆子，力氣極大，半扶半抓的把她帶進了喜堂。

周圍一時間全然都是人聲，馮纓知道，來魏家祝賀的人一定會比去馮家的多，但聽這個聲音，這分明是多了很多……

男人女人、老的少的，各色腔調都有，順便邊上的公雞還時不時打上一個鳴。

「這女人啊，再厲害，還不是得嫁人？」

「就是，一個女人家舞刀弄槍做什麼？乖乖嫁人才是真。」

「放你娘的狗屁，舞刀弄槍怎麼了？武將家的女兒，就沒人不會要刀動槍的。」

「你生什麼氣？這又不是你家閨女，沒瞧見盛家人在那頭嗎？」

「那是他們沒聽見你們嚼舌根！盛家三房留平京，守宗祠，可人家也沒少練拳腳功夫！嚼盛家的舌根，也不怕話多咬著舌頭。」

這堂還沒開始拜，喜堂內就已經有了各種吵鬧聲。

馮纓下意識要往那幫著盛家說話的人方向看，偏巧這時，嘈雜的人群突然安靜了下來。所有人似乎都沒了聲響，只隱隱聽見幾聲倒吸氣，和略顯輕浮的腳步。

馮纓回頭，蓋頭遮擋了視線，朦朧之間，有人走到面前，而後，抓住了她空著的另一隻手。

很涼，像是很久沒有被暖過的樣子。

「不是拜堂嗎，都愣著做什麼？」

低沈的聲音，略帶疲累。

是魏韞。

隔著蓋頭，馮纓瞇了瞇眼，終於辨認清楚面前的男人。

居然真的是魏韞。

昨天還在床上昏迷不醒的男人，今天居然能走能動了，只不過……

她視線微微向下，有意識地回握住男人的手，然後帶著人往前走了一步。

嗯，腳下不穩，是真病，不是裝病。

「大哥！」

魏三不知道從哪裡竄了出來，激動地喊了一嗓子，一屋子的人這才回過神。

「含光，你怎麼過來了？」康氏激動地站起身，伸手就要去扶。

魏韞微微避讓，握著馮纓的手不自覺的緊了緊，掌心的嬌柔，叫他微微失神，而後眼神黯了黯。

「父親、母親，兒還沒死。」

他身子不好，所以始終不曾同意家人給他娶妻納妾，太醫說他的病對壽數有損，恐不是長命之相。既然不長命，何必連累個無辜的女人陪著受苦。

但是沒想到，這一次病倒，竟然會叫魏家動了沖喜的心思，甚至，就這麼把馮二姑娘娶進了門。

魏韞抬眼，看著還被人抱著的公雞。

如果不是湊巧醒來，渡雲將事情全數說了一遍，魏家人就是打算讓魏捷，或者讓這隻公雞代替自己和馮二姑娘拜堂了。

本就是沖喜，哪怕帝后再怎麼看重馮二姑娘，和代替他的人拜堂，往後她又怎麼在人前立足？

這些心思魏韞自然是藏在心底，他鬆開手，低聲道：「行禮吧。」

魏老夫人等得不耐煩，見本人來了，當下就哼了一聲。「快些行禮吧！把客人都晾在一邊，實在是太失禮了。」

魏韞應是，帶著馮纓跪下行禮。

平京這邊成親的禮節和馮纓從前在電視劇裡看到的差不多，都是拜天拜地拜高堂。

河西就不是。

河西民風奔放，男女看對眼了，三媒六聘要過，過完了去府衙登記，便是成了夫妻。回家擺上幾桌，也不必繁瑣的磕頭行禮，你喊一聲「岳父岳母」、我喊一聲「公公婆婆」，禮就算成了。

簡單來，簡單去，重要的是過日子。

現下，馮纓跟著魏韞拜過天地，拜過高堂，紅色的蓋頭隨著動作起起伏伏，正好叫她偷摸著從邊上看清周圍的人群。

康氏臉上赤裸裸的擔心，魏家人則神色各異。

馮纓收回視線，正打算再去看魏韞，就見身邊的人突然身子一晃，竟是支撐不住就要跪倒，她唇角一抿，抬手托住他的胳膊，再稍稍使勁，把人撐住。

「長公子？」馮纓低聲問。

這聲，輕輕的，卻聽起來格外鎮定，魏韞的心也跟著平靜下來。

「沒事。」他抬頭，看向一旁的喜婆。

明眼人都看得出來，他的額頭上都是冷汗，就是馮纓，光托著胳膊就能感覺到他身上的不對勁。

她忍不住掀開半邊蓋頭。「禮成了沒？」

「哎喲，這會兒可不能掀蓋頭！」喜婆嚇得叫出聲。

「是我撐不住了。」魏韞不等馮纓再說話，直接按住她的手。

喜婆噎住，嘴裡嘟囔了句。「瞧著也不像是要倒的樣子……」

魏老夫人滿臉不喜，瞧見這場面，正要大怒，魏陽先一步上前把人扶住，康氏更是忍不住喊了起來。「快去請太醫！快去請韓太醫過來！」

這一叫，喜堂彷彿炸開了鍋，魏家人硬著頭皮請賓客往喜宴上去，見魏三猶猶豫豫，還時不時往堂中那對剛禮成的夫妻身上看，使勁擰了把他的耳朵。

「看什麼看！快些把客人請過去呀！」

魏三又看了兩眼，撇嘴道：「怎麼就真的成了呢？」

喜堂內，賓客漸漸散去，魏韞似乎也跟著卸下了自己的力氣，半邊身子靠上魏陽的肩頭，然後，收回了手。

馮纓眨眨眼睛，果斷伸出手直接又拉住了魏韞的胳膊，攥緊，稍稍用力，然後輕輕鬆鬆把人從魏陽的肩頭拉了過來。

「妳……」魏陽擰眉，見兒媳婦神情自若地攙著魏韞，嚥下嘴邊的話。「快些回去躺著，讓太醫好好看看。」

魏韞吃力地點頭，眼簾微垂，視線停留在纏著自己胳膊的手上。

塗了蔻丹，是十分漂亮的紅。

紅得叫人一時間覺得，也許她並不是無奈地選擇嫁給他。

本該熱熱鬧鬧的送入洞房，結果因為魏韞的關係，從喜堂到婚房的路上，安安靜靜的，沒有太多嘈雜的聲響。

魏家的丫鬟們只看見剛拜過堂的公子和夫人相互攙扶著走過，心下對這位傳言中凶神惡煞的夫人好奇極了。

她們絲毫不知，她們的長公子才進婚房，就鬆下氣倒了，長星、渡雲跟在後頭，一眼瞧見自家公子要摔倒，慌忙就要往前衝，可這幾步路的距離，無法安然將人接住……

就連魏韞自己都覺得，成親的頭一天，只怕是面子裡子都要掃地了，可下一瞬，他整個人已然離地。

魏韞先是一愣，而後沈默地打量起正輕輕鬆鬆抱著自己的……妻子。

第二回了……

第八章

「姑娘，小心臺階。」渡雲走在最前頭，一路走，一路給馮纓報著路況，生怕她抱著人走路不當心，自己摔了還好，還帶著自家公子一塊摔倒。

馮纓嗯嗯應聲，腳下飛快。

後頭康氏想要跟著，才走了沒幾步，就被魏老夫人的人請走，說是兒子成親這樣的喜事，做母親的不見客傳出去惹人笑話。

康氏一不跟，馮纓腳步便越發快了。

魏家世代為官，實打實的簪纓世族。魏家的宅子更是得了天子應允，不斷地擴建，到如今，半條街都是魏家的宅院。

三房人都住在一處，哪怕子孫成家立業，也不曾搬出去獨住。這其中，魏韞的院子可以說是孫輩當中最大的。

他是魏家長房嫡子，身分本就不同，加上慶元帝對馮纓的疼愛，魏家人連夜打通了他隔壁原本無人居住的院子，合二為一，更是把院子擴大了幾分。

不過馮纓此刻卻沒把心思放在打量周圍環境上，她所有的注意力都集中在魏韞的身上。

碧光和綠苔在後頭趕著，一邊趕一邊還要去撿因為嫌棄礙著速度，被自家姑娘丟下的紅蓋頭和……首飾。

漸漸的，便有些趕不上了，等她們進了院子，人已經進了屋。

「韓太醫來了沒？」馮纓抱著魏韞進屋，走到床邊見上頭灑滿了花生和桂圓，忙騰出一隻手抖了抖被子，這才把人放下。「先喝兩口熱茶暖暖。」

長星忙不迭倒茶，小心送到魏韞嘴邊。

魏韞就著他的手，低頭把裡面的茶水喝了。

馮纓在旁看著，問：「你是剛醒？」

魏韞咳嗽，只點了點頭。

馮纓看著他咳得發白的嘴唇，輕輕抿了抿唇角，直接彎腰從裡頭把被子拉過來蓋到他身上。

魏韞愣了一瞬。「謝謝。」

「不謝。」馮纓揚眉。「我不就是嫁過來給你沖喜的嗎？」

魏韞微微驚訝，旋即低低笑開，但看到她神情自若，彷彿絲毫不在乎沖喜意味著什麼，繼而又生出了些許心疼和愧疚。

她是個很有意思的人，她該如飛鷹遨遊天際，而不是陪著他這個半死人困死在這裡。

「妳要是被……」

「韓太醫來了！」

這一聲打岔太過及時，魏韞想說的話沒說完，只能坐在床上，沈默地盯著匆匆進來，急著在自己手腕上號脈的太醫。

都是老熟人，韓太醫也沒說什麼客套話，直接道：「還好還好，沒什麼大礙，只是病了這一遭身子又虛了一些，稍稍溫補回來就行。」

太醫說著收手，邊上馮纓搬了個矮墩子坐著，一聽這話，伸手按住韓太醫。

「不再仔細看看嗎？」

韓太醫哭笑不得。「姑……夫人放心，長公子的病確實已無大礙，只是底子畢竟差了些，所以每每病倒，都會反應得格外厲害。」

他似乎是想到什麼，看看左右，又湊到魏韞耳邊說了幾句。

他只當自己說得輕，除了自己和魏韞，沒第三個人能聽見，絲毫不知馮纓可是將他說的那話，一字不差地聽進了耳裡。

少行房事……

馮纓扭頭，盯著屋裡燒得格外漂亮的龍鳳對燭看，那四個字在腦子裡不停打轉。

那頭的魏韞，聽完話下意識去看馮纓。

她側著臉，似乎是被龍鳳對燭吸引了注意。

她很漂亮，是那種張揚明豔的漂亮，從長相到身段，無一不是他所見過的女人當中最好的。

特別是她的身上有一種與眾不同的味道，灑脫自如、奔放明快，絕不扭捏。

在剛才回房的路上，她單手抱著他，然後一手掀掉紅蓋頭，摘掉頭上叮鈴作響的珠釵簪子，那時候，她的一雙眼沒有看向任何人，永遠只朝著前面看，腳步果斷前行，沒有絲毫拖沓。

「我沒事。」讓長星送韓太醫回去，順便去回稟這時候一定擔心得恨不能丟下賓客衝過來的康氏，魏韞靠坐在床上，耐心地對馮纓道：「我一時半會兒還死不了。」

起碼，在要做的事還沒做完，在她才剛剛嫁進來的時候，絕對、絕對、絕對不能死。

見馮纓點頭，魏韞又說：「其實，妳要是被迫的，我可以立即跟妳和離。」

馮纓忍不住笑了。「長公子，你看我的樣子，像是被迫的嗎？」

不像。魏韞搖頭。這會兒工夫他已經稍稍緩過勁來，臉色好了許多。

「妳是出於好心。」

「不是好心喔。」

馮纓豎起一根手指，輕輕搖了搖。

「我呢，是一片善心。不嫁，我那些弟弟妹妹們可能就要被我那爹耽誤了，為了他們好，也為了舅舅們，我會嫁人。不過嫁人，總要挑一個自己不討厭的對象才行。」

她不知道原主在書裡究竟是單身了一輩子，還是曾經也經歷過感情，最後卻沒有選擇成家。

她能做的，就是做每一個選擇的時候，盡可能地考慮好後路，讓盛家舅舅們能安心。

「我想和你成為合作夥伴。」

魏韞一時間沒有反應過來，盯著馮纓看了一會兒，才問：「合作？」

馮纓心下偷偷鬆了口氣，笑咪咪地給他掖了掖被角。

魏韞莫名覺得她這樣子像是在努力獻殷勤，帶點可愛有趣的小諂媚。

「妳想和我合作什麼？」

馮纓清了清嗓子。「外面的人都說你身體不好，壽數不長，也說我殺人如麻，神鬼皆懼。我嫁給你，你娶了我，我們就互相合作，以夫妻的身分暫時生活在一起。你活著，我保護你，有賊人傷你，我殺賊人，有鬼神欺你，我欺鬼神。你若是去了……」

「我要是死了，妳要怎麼做？」魏韞神情輕鬆。

馮纓撓了撓臉。「你要是沒了，我為你守三年孝，然後回河西。」

她忽然盤腿坐在地上，仰著脖子看他。「真的，等你走了，我為你守三年孝，然後我就回河西去。不過你放心，我不會再嫁。」

「可那時候，妳就成了寡婦。」

「寡婦怎麼了？寡婦也是活生生的人不是？河西有很多沒了男人的女人，改嫁的有，不嫁人的也有。」馮纓笑呵呵的說：「我想回河西，舅舅們年紀大了，那裡又經常有戰禍，誰也不知道舅舅們還能撐幾年，我大哥雖然在那，舅舅們走後，他還能統領盛家軍，可如果我大哥也走了呢？」

魏韞有些驚訝的看著馮纓。

她對死亡敬畏，卻並不避諱。

她會設想親人戰死後的事，因為……那樣的事對堅守在邊疆的將士們來說，太過尋常了嗎？

一時間，魏韞覺得平京這座城對她而言，真的太小太小，小得或許能令人窒息。

「先帝和陛下雖然重武，可也不是好戰之人，這些年盛家軍在河西從不主動攻打別人，就是為了讓陛下不被朝臣們攻訐，可這不是長久之計，一味的忍耐只會讓膽大的人生出妄想。

「我總會回河西的，那時候你可能已經走了，或者你早就有喜歡的人了，等到那一天，我們就結束合作，你給我一份和離書，我帶上我的嫁妝瀟瀟灑灑回河西，隔壁小孩都羨慕哭了！」

她說話一時認真，一時又不知到底什麼意思。魏韞哭笑不得，想問隔壁小孩是哪個隔壁，忍不住喉頭發癢，重重咳嗽幾聲。

馮纓反應快得很，他一咳嗽，立即從盤腿而坐改了動作，整個人撲到床邊，手裡還不忘遞上茶水。

魏韞感激地喝了兩口茶，蒼白的臉上露出一個溫和的笑容。「我覺得，妳這個安排很好。」

「那從今往後，我們就是夥伴了。」馮纓笑，低聲問：「那你，要不要孩子？」又拿手指了指彼此。「我們是做真夫妻，還是名義上的夫妻？」

她不覺得和魏韞做真夫妻有什麼吃虧的地方，這或許是因為她的靈魂來自於書外的世界，也或許其實在「馮纓」骨子裡，性並不是非要或非不要的東西。

顏狗如她，能睡美男也是件值得開心的事。

魏韞卻搖了頭。

從他一次又一次被確認壽數不長之後，他就沒想過娶妻生子。儘管她是帶著目的，接受了沖喜的請求，但他不想徹頭徹尾將人拖累。

如果他……起碼她還是完璧之身。

「如果家中長輩們問起什麼時候要孩子，妳就推到我的身上。」魏韞喝了口茶。「我這樣的身體，拖累一個妳已經夠了，何必再來個孩子。」

他說完，似乎是想到什麼，神色一瞬間變了變。「如果還有人遊說妳過繼一個孩子，妳儘管打回去。」

「打回去？」馮纓騰地站起身，手指自己鼻尖。「長公子當我是母老虎不成？」

魏韞一愣，旋即看到她彎著眉眼笑，明白她原是在和自己玩笑，當下也忍不住笑了起來。

「對，妳不是母老虎。」

妳是碧空的鷹，是突然來到我身邊駐足的……大貓。

沒有人敢鬧洞房。

馮纓在屋裡坐著吃了點點心，就見下人送來了熬好的湯藥。

藥味又濃又腥，薰得她忍不住皺了眉頭。

「這藥好像……很難喝。」她說著話，往後退了退。

魏韞聽了這話，蒼白的臉上露出一個笑。「良藥苦口，所以不光是難聞，還真的很難喝。」

他仰頭趁熱把藥喝完，也不漱口，只眉心稍稍一蹙，隨後展開。「今晚不會有人來鬧，妳早些歇息吧。」

說完，就見馮纓眨巴著眼看著自己。

「怎麼？」

「我睡哪兒？」馮纓指指自己。「是床，還是地上？」

打從婚期定下來，魏家就忙了起來，魏韞不知道都忙了什麼，至少現在看來，院子裡沒有安排客房，更不用說他的屋裡，連張多餘的可以睡人的榻都沒有。

他們要做假夫妻，不好睡在一張床上。

「妳睡床。」魏韞想了想，道：「我去書房。」

書房有榻，是他用慣了的。

馮纓抿抿唇。「你還不如讓人把榻挪到屋裡。新婚頭一天，夫妻就分房而居，傳出去還不知別人要怎麼說你。」

魏韞對馮纓的說法有些詫異。「妳不怕那些人背後議論妳？」

「怕什麼？」馮纓笑。「我就是嫁過來沖喜的，哪有沖喜的新娘睡屋裡，讓身體羸弱的新郎去書房的？」

渡雲、長星很快把書房裡的榻搬了過來，直接就擺在窗戶底下，與床正對面，不遠不近，可以互相照應。

馮纓漱洗的工夫，前頭康氏派了身邊的嬤嬤過來，隔著屏風，她能清楚聽到老嬤嬤和魏韞的對話。

一個恭敬詢問，一個平淡回應，說了沒幾句，魏韞的聲音就歇了下來，那個老嬤嬤還在叮囑，好一會兒才又傳來魏韞的幾聲咳嗽。

嘖嘖嘖，那咳嗽聲實在是太假了。

馮纓漱洗完，老嬤嬤已經告退走了。

屋裡的龍鳳對燭亮著，老嬤嬤臨走前特意叮囑了不能吹熄，馮纓看著魏韞鑽進被子裡躺好，這才轉身躺上床榻。

香。

這張榻，大概是因為平日裡魏轀沒少用的關係，她一躺上去，就能聞到淡淡的墨香和藥香。

是他身上帶著的氣味。

馮纓閉上眼躺了會兒，可興許是因為到了陌生的環境，也可能是屋裡的燭光太亮，好一會兒後她還是睜開了眼。

同屋的魏轀呼吸平穩，儼然是已經睡了過去。

她索性在榻上翻了個身，托腮望向床上睡著的男人。

睡著的魏轀臉色依然蒼白，絲毫沒有因為服過湯藥有些轉好，甚至他的蒼白是那種燭光都沒法遮掩的病態。

馮纓輕輕抿了下唇。

魏轀這樣的容貌，如果身體健康，想必他們魏家的門檻會被媒人踏平，那些來試探著說親的人家，只多不少。

半晌，馮纓趴下。

這容貌長在男人的身上，真的太漂亮了。

可魏轀偏偏又不是那種像姑娘一樣柔弱的漂亮。他的漂亮，帶著氣宇軒昂，和令人望塵莫及的風華。

馮纓又看了兩眼，翻過身去睡，這一回倒是老老實實地睡著了。

一夜好眠。

直至天明。

馮纓醒得很早，起來的時候魏韞還在床上睡著，她蹲在床邊，瞅著男人絲毫不見狼狽的睡顏，羨慕地嘖舌。

等魏韞睡醒的時候，她已經穿戴好斜坐在榻上，藉著窗外的陽光慵懶地翻看手裡的冊子。

「馮……夫人是何時起的？」長星跟前伺候，魏韞低聲問道。

長星愣了愣。「一個時辰前。」

他怕人聽見，又壓低了聲音。「原本是打算在院子裡練武半個時辰，可昨日太過忙亂，夫人那些箱籠還沒來得及收拾，一時半會兒找不到趁手的傢伙，就拿了嫁妝冊子看了大半個時辰。」

說完又嘖舌。「長公子，夫人嫁過來，還把女衛也一道帶過來了，咱們以後……是不是可以多些人手了？」

魏韞掃了一眼。「那是她的人。」

「什麼你的人、我的人？」馮纓丟下手裡的冊子，下榻鬆了鬆胳膊。

魏韞微微低垂了眼簾，笑。「沒什麼，只是這幾個小子想日後能差遣妳帶來的那些女衛。」

馮纓不由笑了。「她們在我這，不是奴，想差遣她們，你得憑本事把她們打贏了才行。」

長星躍躍欲試，後來的渡雲抬手一巴掌打在了他的後腦勺上。

「公子、夫人，該去敬茶了。」

魏韞經過一夜，身子總算是又撐了起來，但即便如此，馮纓依舊覺得他面色蒼白，於是就連出門後的腳步，都不自覺地照顧起他來。

沿路的丫鬟僕從見魏韞夫妻倆走來，紛紛低頭避讓，馮纓好奇地多看了他們幾眼，就見有幾個膽子小的，直接紅了眼眶，彷彿下一秒就能哭出聲來。

「他們是在怕我。」魏韞聲音平靜。

「怕你做什麼？」馮纓笑。「你還能吃了他們？」

魏韞腳步一頓，低聲笑道：「是啊，我還能吃了他們？」

「你吃不了他們，我能。」

魏韞側過臉，馮纓笑盈盈地望著他。

「你不能做的事，不如我幫你做。」

這裡到底是姓魏，魏家的下人卻視魏家的長公子如鬼怪，換作她，還真不會這麼放縱底下人。

魏韞卻搖了搖頭。「不必，都不是什麼重要的人。」

馮纓沒再說話，只快到正廳時扶住了魏韞。

魏韞看她一眼，唇角微揚，隨後拍了拍她的手背。

按照馮纓記憶中的新婚頭天流程，她得先給魏家長輩磕頭認親，然後魏家會開宗祠入族譜，再然後是一家人團聚在一塊吃飯。

所以她跟著魏韞去認親，已做過心理準備了。

但到了正廳，望著烏壓壓的魏家人，她心下忍不住倒吸了口氣。

「這麼多人？」

「不算多，魏家已經人丁凋零了。」

這算人丁凋零嗎？

馮纓腹誹，要是這都算，馮家都可以說是後繼無人了吧。

她到底沒說話，扶著魏韞走到人前，然後規規矩矩地敬茶行禮。

魏家的老太爺魏興之已經過世，年少時曾是先帝伴讀，後官至殿前司都點檢。老太爺一輩子，共有三子四女，長子、次女和五女為魏老夫人所出，三子、四子及六女、七女則為谷姨娘所出。

三位爺裡，長子魏陽官至鴻臚寺卿，二爺、三爺也都略有出息，在朝中身有要職。四位姑娘裡，唯有七姑娘還未出閣。

至於孫輩裡，倒也有幾個有出息的，不過最有出息的，卻是身子不好的魏韞。

魏家沒馮家那麼迂腐的規矩，魏韞久病不癒，同輩的弟弟妹妹們嫁的嫁、娶的娶，不少人甚至已經妻妾成群，以至於馮纓拜完長輩要認親的時候，認得眼花撩亂。

一屋子的男男女女上上下下打量著他們夫妻倆，尤其是停留在馮纓身上的目光之多，彷彿是想將她看透一般。

有個小姑娘躲在人群裡頭，偷偷說了一句「大堂嫂真好看」。

頭朝喜服總是尤其隆重的，祝氏有著自己的小心思沒給她準備，馮奚言又是個從不管內宅事的，梅姨娘有心無力，見臨近婚期還沒做好幾身喜服，急得不行。

好在盛家三房和皇后娘娘都記著這事，一連給她做了幾身華服，好叫她嫁進魏家不至於別人低看一頭。

尤其是馮纓現下穿的這一身，正紅牡丹掐金喜服，哪哪都透著錦繡富貴，還有她頭上戴的，那是只有宮裡才用得上的金絲累珠銜紅寶的鳳釵。

她的一整副頭面，隨便摘下一樣，就足夠普通百姓幾年的花銷。

再看魏韞，同樣也是一身大紅喜袍，唯一不同的是，他的喜袍怎麼看都是臨時趕製，沒有太多織錦繡紋，和馮纓站在一起，多少失色三分。

饒是如此，魏韞的容貌配上這一身喜袍，還是叫人忍不住多看幾眼，心生豔羨。

「大嫂，妳瞧瞧，這小夫妻倆真是相配得很。」二房荀氏瞧著站在一處的小夫妻，衝康氏笑道：「外頭那些話，果真是糊弄人的，這多好的一個姑娘呀，生得好，又懂規矩。」

康氏無聲地笑了笑。

三房岳氏忽然開口。「模樣是真不錯，就是不知道日後能不能照顧好含光。」她端起杯子喝茶，嘴裡道：「纓娘呀，妳既然都嫁進咱們魏府了，可不能再由著往日的性子來，什麼舞刀弄槍的，也不怕傷著含光。」

這是已經聽說了早上的事，放在這兒說教來了。

馮纓看向岳氏。嫁進門前，她已經讓底下女衛查過魏家的情況，魏韞是慶元帝和太子十分看重的人，魏府的其他人卻有些不大得用。

「大嫂，妳這媳婦兒看起來好像有些不服氣哪。」岳氏不悅道。

馮纓臉上掛著淺淺的笑。「四叔母說得是。往後夫君跟前，我絕不舞刀弄槍。」

岳氏一愣。「妳什麼意思？」

字面意思。

馮纓已經認過了親，當下看向魏老夫人，溫聲道：「祖母，夫君他身子不好，我先扶他回去歇息。」

魏老夫人本就對魏韞提不起歡喜，雖然有心拿捏馮纓，可也知道她背後有帝后撐腰，當下揮手讓人走。

馮纓笑著又朝眾人行禮，目光對上坐在下首的一個正放肆地打量自己的男人，而後轉開視線，看了眼坐在男人身邊滿臉愁苦的年輕婦人。

那是二房行二的公子魏旌，旁邊坐著的是他的妻子宋氏。

一對行為古怪的夫婦。

馮纓收回視線，扶著魏韞走出正廳。

方才認親時一直寡言少語的男人這會兒停下了腳步，無奈地看向她。

「怎麼了？」馮纓疑惑問。

「妳沒發現少了什麼？」

「少了什麼？」

馮纓驚異地看看左右，身後的綠苔同樣一臉茫然。「姑娘，咱們身上沒少什麼東西。」

碧光這時候嘆氣。「姑娘，是少了開宗祠入族譜。」

魏韞哭笑不得。「祖母方才一個字都沒提開宗祠的事，只怕是要委屈妳了。」

不開宗祠，不入族譜，死後甚至不能算是魏家人。魏老夫人雖不敢明著欺負嫁進門沖喜的馮纓，實際上卻也是沒懷多少好意。

「不委屈。」馮纓大度地擺手。「左右現在入，和過幾天入是一樣的。」

因為新婦進門，午時魏家女眷們聚在老夫人處一起用膳，馮纓自然也被叫了過去。

席間一切看來都很正常，魏老夫人被小曾孫逗得直笑，康氏沈默，荀氏和岳氏不時說著話，幾個弟妹端莊賢惠，整體氣氛看來不算差。

不過，自打知道魏家的情況後，馮纓就明白一件事，待在這府裡的女人，大多都是有點能耐的。

魏家的廚子是他們府上的老人了。老夫人要吃軟爛的，康氏茹素，荀氏愛辣口，岳氏喜甜，這些廚子都面面俱到的安排了。

馮纓兩輩子都不忌口、不挑食，一頓午膳用下來，既滴水不漏地擋住了岳氏時不時的試探，又吃得十分心滿意足。

吃得差不多了，魏老夫人看了眼滴漏，擦了擦手道：「行了，吃完了就都回去吧。」說完，又指了宋氏。「妳留下。」

馮纓看過去，宋氏臉上一瞬間有些害怕，隨後垂首恭立，低低應了聲「是」。

「妳回去好好照顧含光。」馮纓跟著出門，康氏叫住她。「千萬要盯著他服藥，平日裡少……少勾著他。」

康氏似乎覺得有些難以啟齒，臉上露出為難的神色。

馮纓眨眨眼。

康氏臉色難看。「行了，還不趕緊回去。」

馮纓應聲，轉過身衝著綠苔、碧光偷偷吐了吐舌頭。

主僕三人剛走出老夫人的院子，就見轉角處竄出來個年輕男子，眉開眼笑地就要往她跟前湊。

那男子耳畔生花，眼底發灰，笑起來的樣子叫人心生厭惡。

「大堂嫂好。」男子的聲音帶著討好。

馮纓不避不讓，只抬頭看著他。「二公子。」

魏家這一代的排行十分有趣。最年長的魏韞，人人稱呼他為長公子，之後二房的魏然就成了大公子，於是才有了二公子魏旌、三公子魏捷和其他。

魏旌顯然是個不著調的，放肆地打量馮纓。

「聽說大堂嫂從前在河西的時候，常年混跡軍營？」

馮纓道：「不過是職務所需。」

「職務所需……」魏旌嘖舌，又嘻嘻一笑，說著一口混帳話。「大堂嫂，像妳這樣的美人，何必去什麼軍營？那些都是大老粗去的地方，這麼張水嫩的臉，去軍營裡還不知得磋磨成什麼模樣。」

魏旌說著就要伸手去摸馮纓的臉。

碧光嚇了一跳，張嘴要喊，綠苔已經直接擋在了自家姑娘的面前，魏旌這一伸手，當即摸到了綠苔的臉。

「妳這死丫頭！」魏旌吃了一驚收回手，惱怒道：「妳出來攪和什麼！快點滾開！」

「妳傻嗎？」馮纓沒理魏旌的話，伸手把綠苔拽到身邊，掏了塊帕子出來使勁給綠苔擦臉。「妳這臉皮厚歸厚，還沒到隨便給人占便宜的地步吧。」

綠苔只管嗯嗯點頭。

魏旋卻好像聽到了什麼好笑的話。「大堂嫂，什麼占便宜？這麼一個卑賤的小丫鬟，有什麼便宜好占的？我就是要占，那也得占嫂子妳的便宜不是？」

馮纓這張臉，從前在河西也沒少遇上這類噁心的傢伙，自然更看不上魏旋這樣的人。

「我的便宜，可不是那麼好占的。」

「不占一下試試，大堂嫂怎麼知道自己好不好占呢？大堂嫂雖然昨日才嫁進來，可這一夜過去了，我瞧著似乎還未經過人事吧？」

魏旋就好像是條循著肉香湊過來垂涎三尺的狗，摸著下巴滿臉猥瑣。

「誰不知道大堂哥看著好，可實際上是個不堪用的。想必昨天夜裡，大堂嫂壓根沒有什麼洞房花燭夜吧？這一日兩日的沒什麼，可要是就這麼過上一輩子，豈不是守一輩子的活寡，那多委屈呀。」

馮纓若有所思地看著魏旋。「那你說，該怎麼辦？」

或許是聽出了一絲動搖，魏旋忍不住瞇了瞇眼，又往前走了兩步。

「大堂嫂覺得，我怎麼樣？論長相，我自認不比大堂哥差，更何況我身體好，那活兒也不差，我身邊的女人，還從沒誰覺得我不行的，只要大堂嫂一點頭，我立馬讓大堂嫂快活快活。」

馮纓沒有說話。
魏旌站在她面前，眼底全然都是她窈窕的身姿，尤其是被腰帶勾勒出不盈一握的腰肢，更滿滿都是誘惑。
這樣的身段，怎麼看都不像是殺人如麻的女羅剎，倒像是個能溺死人的女妖精。
女妖精要是成了活寡婦，那實在是太可惜了。
空氣中，有花香，這會兒聞著，更像是從眼前的女人身上傳來的味道，魏旌忍不住舔了舔嘴，語氣曖昧。「大堂嫂，妳覺得……要不要試試呢？等妳試了就知道，原來這世上還有那麼快活的事情……」
馮纓忍不住笑了。「別，我還真不需要這分快活。」
「怎麼會不需要呢，只要是個女人都需要男人的，大堂嫂那是前二十幾年沒嘗過滋味，等嘗過了可就離不了……啊！」
馮纓懶得再看他那張醜臉，不等人把話說完，一腳踹在了魏旌的膝蓋上。
男人痛呼一聲，直接單膝跪地。
碧光嚇了一跳。「姑娘，別把人踹壞了。」
馮纓擺手。「我曉得，我曉得，沒用多少力氣。」
她說完，瞅了瞅跪在地上，疼得滿臉是汗的魏旌，搖頭嘖舌。「就這點力道都受不住，說你厲害的女人一定都在演戲騙你呢。」

她點點魏旌，拉長聲音。「二公子，你不行哪——」

馮纓是笑著回了棲行院。

據說魏韞的這個院子名是慶元帝賜下的，其意不知，平日裡除了魏陽夫婦倆，鮮少會有外人進出，或者該說，是沒人敢隨意進出。

馮纓一來，整個院落便都熱鬧了起來。

「姑娘！」

看到她回院子，女衛們都停下了手裡的事，正與長星對打的小姑娘，更是直接把人摔過肩，歡歡喜喜地喊了一聲「姑娘」。

馮纓朝她們笑，抬眼去看坐在屋簷下喝茶的魏韞。

因為不用見客的關係，他回屋後就換了一身暗色的長袍，雖病容依舊，但眸光清亮，看著精神許多。

馮纓踩上臺階，對上魏韞的視線。「怎麼不再躺會兒？」

魏韞笑笑，目光停留在馮纓臉上，低聲詢問道：「可吃飽了？」

行伍之人，總歸胃口不同常人。昨夜裡見她一個人吃完房裡的點心，又吃了廚房送來的吃食，就知道她的胃口比旁人家的小姐們要好上很多。

讓她去和家中女眷們用膳，規矩方便自是不必多說的，只恐她礙於左右，不敢用太多，委屈了自己。

馮纓輕輕搖頭。「吃了不少，只是太鹹了一些。」

魏韞愣了愣，笑道：「府上不缺鹽，廚子難免用得順手。」

馮纓點頭，表示理解。

鹽在古代實在不是普通的調味料，再加上交通運輸問題，平京城家家戶戶是不缺鹽的，可像河西那樣的地方，就委實是個稀罕物。

即便是買得到，價錢也極高，尋常人家一日的鹽，到了河西，可能是一家人好幾天的分量。

「長星是在做什麼？」馮纓問。

魏韞給她斟了杯茶。「太閒。」

馮縷笑。「他真的打算打贏我家這些姑娘們？」

馮纓笑。「太閒。」

魏韞沒說什麼，只攤了攤手。

馮纓笑得前俯後仰。「我家這些姑娘，可是連十六衛都打不贏的。」

魏韞微微一笑。「所以，我說是他太閒了。」

見長星又被一個女衛打趴在地上，馮纓眯了眯眼，突然轉頭。「長公子，你猜我方才用過膳回來的路上遇上了誰？」

她突然那一下轉頭，魏韞原以為馮纓是想告狀說康氏提的那句「少勾著他」，可聽這意思，似乎是為別的事。

「誰？」

「二公子。」

魏韞沈下臉。「他欺負妳了？」

魏韞突然冷臉，馮纓下意識愣了一瞬，旋即笑開。「沒事，沒欺負成，被我踹了一腳。」

魏韞看她。

馮纓笑咪咪地擺擺手。「他想欺負我這未來的寡嫂，我當然要給他提個醒，就是可憐了傻綠苔，被他摸了一把臉。」

她只是隨口這麼一提，原本就只打算讓魏韞知道有這麼件事，既然是合作關係，彼此總歸要坦誠，免得日後出了意外叫人翻出這點事來，壞了他們的友好合作關係。

魏韞卻沒打算讓她就這麼輕描淡寫地幾句話帶過，見她不打算細說，看向了碧光。

碧光一五一十說完，一院子的人都跟著擰起了眉頭。

「姑娘，我們去幫妳出氣！」

「對，我們去幫妳出氣！」

一院子的女衛妳一言我一語，摩拳擦掌，恨不能立即出去綁了魏旌狠狠教訓。

長星和渡雲面面相覷，下意識走到院門口，生怕女衛們群情激憤當真衝出去綁人。

「別胡鬧。」馮纓忙不迭擺手，哭笑不得。「沒多大的事，我已經揍過他了，揍過了。」

魏韞沈默許久，道：「他下次要是再敢胡來，妳儘管動手。」

他閉了閉眼。「長嫂如母，他敢欺負妳，就是被打死了也活該。」

打死倒是不會。不過有魏韞這句話，下回魏旌要是再招惹她，馮纓打算直接卸人胳膊了。

新婚頭一天，除了魏旌這一段插曲，算是太太平平的到了晚上，馮纓等魏韞喝過藥躺下後，這才躺到榻上準備睡下。

興許是因為午間喝的那幾杯茶，馮纓發覺自己……又睡不著了。她在榻上翻了個來回，突然就聽見身後的窗戶傳來「咔嚓」被人撬動的聲音。

她屏住呼吸，回頭看。

只見兩扇窗戶中間探進半支匕首——

窗外的人似乎是個老手，匕首卡進縫隙裡，頂著窗戶中間的栓子，一下一下，把它往旁邊推。

嘎達，栓子鬆開。

緊接著是「吱——呀——」慢慢開窗的聲音。

一隻手從外面按在了窗臺上，半個身子就這麼探了進來。

「什麼人！」馮纓猛地坐起，順手抓過睡覺都不離身的佩刀，橫刀砍向站上窗臺的來人。

床上，魏韞霍然睜開雙眼。

「啊——」

慘叫聲驚動整個院子。

循著聲音，女衛們都擠到了門口。「姑娘！」

「出什麼事了姑娘？」

「誰在叫？」

馮纓一腳踩在一人背上，手裡的佩刀架在對方的後頸，只要往下再用一分力氣，就能立即割破對方的後頸。

「我沒事，只是抓到了一隻想來偷油的死耗子。」

門還關著，綠苔從窗戶口往裡看，一眼瞧見被自家姑娘摁住的身影，倒吸一口氣。

「姑娘，是個男人。」

她只看得到一個男人的背影，因為臉被摁在了地上，壓根認不出是誰。

饒是如此，她這一聲喊，女衛們全都從門口擠到了窗前，有個小姑娘按在窗臺上就要往裡跳。

「胡笳，不用進來。」馮纓道。

「姑娘。」名叫胡笳的小姑娘氣惱說：「他大晚上翻窗，一定是個歹人！」

「我知道。」

隔著窗的時候，馮纓還沒聞出什麼，等窗戶一開，那股酒氣立即飄了進來，再看來的是魏旌，她當即不客氣地拔了刀。

胡笳老實地收回手，末了還是不放心。「姑娘，妳別放過他，大家、大家來平京，不就是為了保護姑娘嗎？大家打不了那些蠻兵胡匪，還打不了這種半夜翻窗的毛賊嗎？」

不遠萬里來平京的女衛，多數身上有傷，已經不能再上戰場。胡笳是其中年紀最小，也最健康的一個。

女衛們拿她當妹妹、當女兒看，不願讓她小小年紀就死在戰場上，所以塞進追隨馮纓的隊伍裡，送她來了平京。

可馮纓從不覺得胡笳和其他姊妹們打不了蠻兵胡匪，她們只是不適合，但不是打不了、敵不了。

她們是身有舊傷，卻依舊能打敗十六衛，對付小毛賊自然不在話下，只不過現在被她摁在地上的這個，得她親手教訓。

「阿嫿，帶姊妹們守住棲行院，沒有我的話，誰也不許靠近院子。」

「是。」

馮纓話音落，女衛們頃刻間從窗前散開，綠苔怕外頭窺視，傻傻地從外面關上了窗。

「……」只剩淺淺月光，馮纓哭笑不得地踩住滿身酒氣的魏旌。

「大堂嫂，妳居然、居然還沒睡，嘿嘿，是不是、是不是孤枕難眠？大堂嫂，妳快快鬆、開我，我好帶妳快活……」

魏旌明顯是喝糊塗了，哪怕被馮纓狠狠摁在地上摩擦，還能嘿嘿笑著說那些露骨噁心的話。

馮纓眯了眯眼。「你膽子倒是不小。」

魏旌嘿嘿笑，剛一掙扎，拉扯到傷口，沒忍住「嘶」了一聲。

「大堂嫂，妳好生潑辣呀！要不是我防備著，差點就被割了喉嚨……」

「其實你現在也能往後再動幾下，看我能不能從你後脖頸往前割斷你的脖子。」

「好大堂嫂，妳怎麼捨得弄死我？」

馮纓嗤笑，踩住人碾了碾。「我當然捨得。」

魏旌嘿嘿笑了兩聲。「誰都曉得大堂哥快死了，妳嫁進門來沖喜，也就只能讓他多活幾天，沒用的，一點用都沒有，還不如乖乖從了我……」

他話沒說完，屋裡的燈突然亮了。

馮纓驀地回頭，就見魏韞不知何時坐在了床沿上，手裡握著燈臺，燭光在一呼一吸間輕輕晃動。

幾乎是在同時，馮纓分明感覺到被她踩在腳底下的男人整個人開始發抖。

她不解地低頭看了眼魏旌，而後回頭。「吵醒你了。」

「嗯，動靜太大……」

魏韞的嗓音本是清朗醇厚，興許是因為被人從夢中吵醒，一開口，略顯沙啞。馮纓越發覺得腳底下的男人越抖越厲害了。

她眉頭一皺，騰出一隻手，不客氣地往魏旌後腦勺上拍了一巴掌。

「抖什麼？」

魏旌不敢呼痛。「大、大、大堂哥……」

「你剛才說誰快死了？」魏韞緩緩抬起手，將燈臺拿高了些。燭光映著他的半邊臉，溫潤如玉的面龐此刻看來頗有些陰鷙。

「是我快死了！是我快死了！」

魏旌態度大變，一旁的馮纓瞠目結舌，不由自主地又拍了一巴掌。

「你小子，剛才的氣焰呢？」

魏旌還要啥氣焰，眼看著魏韞踩著地，慢慢站了起來，整個人連帶聲音都顫抖起來。

「大、大堂哥，我就是喝多了、喝多了！大堂哥，我、我錯了！我知道錯了！」

魏旌簡直整個人都籠罩在了恐懼裡，馮纓剛要呵斥，鼻尖就聞到了腥臊的氣味。

她把刀一收，往後嫌惡地躲了幾步。

她這一動，魏韞已經走到了她身前，低頭看向趴在地上不敢動彈的魏旌。

魏韞身材頎長，身上的寢衣略顯鬆垮地套在身上，微微露出胸膛。魏旌下意識地往後縮，舌頭打結。「大、大堂哥……」

「窗很好跳？」魏韞問。

魏旌爬起來，跪在人前。「沒有……是我喝醉了，是我錯了！」

魏韞咳嗽兩聲。「三年前，你翻牆進了我的院子，趁我病重，欺辱了我的丫鬟。三年後，你又爬我的窗，你想做什麼？」

魏旌張了張嘴。

魏韞又咳了幾下，馮纓抱著衣裳上前給他披上，嘴裡道：「原來都已經不是頭一回了，你這院子也太鬆了。」

她嘴裡說著話，手上動作索利地給人披衣裳，燭光下的側臉顯得尤為驚豔，魏旌忍不住又看迷了眼，等回過神來，就見魏韞冷冷地望著自己，頓覺毛骨悚然。

「都覺得我快死了，自然也就懈怠下來。」魏韞拍了拍馮纓的手背，餘光涼涼瞥向魏旌。「妳放心，明早起，棲行院不會再讓閒雜人隨意進出了。」

馮纓這時多少發覺魏韞現在的樣子，與白日裡那個溫潤公子的形象截然不同。

她看了看魏旌，又往魏韞臉上看了兩眼，回握住他略顯得冰涼的手，道：「我能把他打一頓，再丟出去嗎？」

魏韞不說話。

「大堂哥，我真的錯了！我真的錯了！」魏旌突然跪地磕頭，腦門在地上撞得咚咚作響。

這力道光是聽，都叫人覺得腦門生疼。

「長星，渡雲。」魏韞道。

門外，傳來清楚的兩聲「在」。

「送二公子回房。」

「是。」

門從外頭推開，風一下子捲了進來，馮纓下意識地要給魏韞擋風，卻被人體貼地罩進了寬大的衣裳裡。

等關門的聲音響起，她鑽出衣裳，就見魏旌已經不見了蹤影，連地上的那灘尿跡也被擦得乾乾淨淨，空氣中，什麼腥臊都沒有了。

她忙跪在榻上，開了一小半窗，胡笳和阿嬗正站在屋簷下，目送抬著人離開的長星、渡雲。

「咳咳……」

身後，傳來魏韞的咳嗽聲，馮纓趕忙關窗，跳下小榻，走到桌旁摸了摸茶壺。

「茶涼了，我去讓人煮點熱茶來。」

她說完轉身，被魏韞叫住。

「纓娘。」

他第一次這麼叫，恢復清朗的聲音叫這兩個字，聽起來格外好聽。

「我在。」馮纓盤腿，坐上床邊腳踏，抬頭去看魏韞。

男人坐在床沿上，鬆垮的寢衣已經被服服貼貼地穿好，不露一絲胸膛，一雙眼睛，在燭光下顯得格外幽深。

「妳有沒有想問的？」

馮纓偏頭。「魏旌為什麼怕你？」

「因為我很可怕。」

「棲行院為什麼能讓人幾次夜半三更翻牆翻窗？難道沒有護衛巡視？」

「因為他們都怕我，又都厭棄我。」

有那麼一瞬間，馮纓相信自己沒有錯過男人眼底的晦澀。

「他們怕你什麼？」馮纓指指自己。「他們應該怕我這樣的人。我殺過人，見過死屍，也在沙漠裡吃過沒有熟的獸肉。」

「我也殺過人。」魏韞突然道。

馮纓愣住。

魏韞笑，想要伸手刮一刮她的臉頰，然而很快忍住，屈指在床沿上輕輕叩了幾下。

「我八歲的時候，用瓷枕砸死了想要掐死我的一個老嬤嬤，血從床上，一直流到地上……祖母說，我是禍害，要把我逐出家門，是父親跪了三天才把我留下來的。但是從那以後，棲行院成了人人避之唯恐不及的地方。

「三年前，因為護衛鬆懈，魏旌翻牆欺辱了我的一個丫鬟。她不願被魏旌收房，懇求我放她出府，我給了她銀錢，送她出府，換個誰也不認識她的地方過活。兩天後，她的屍體被人在一個巷子裡發現，死前飽受凌辱。」

魏韞點頭。

「是魏旌？」馮纓叫了起來。

「他怎麼……」

魏韞低笑。「他就是不滿我送那小姑娘走，得不到的就毀了。不過我也不讓他好過，我讓三叔父抓到他和三叔父的妾有染，三叔父打斷了他的腿，再然後，我打斷了他的胳膊。」

這看起來還真的一點都不像是文雅的公子會做的事。

馮纓驚嘆。「我還當那小子是個囂張跋扈的，居然是個紙老虎。」她說完皺眉。「也不是，那小姑娘被他凌辱死了，那小子也不是什麼紙老虎。」

「妳剛才砍到他了？」魏韞指了指。

馮纓的佩刀還留在桌上，刀刃上有薄薄一層血跡。

馮纓撇嘴。「他一露臉，我就收了幾分力道，只是劃開了他的胳膊，沒傷到太多，不然他早趴在地上嗷嗷喊疼了。」

以她往日的勁道，魏旌只怕早成了刀下鬼。

她這會兒還後悔沒藉機把人砍了，給那可憐的小姑娘報仇。

「我還是那句話，他要是敢欺負妳，就是被打死了也活該。」魏韞別過臉費力地咳嗽。

「這個家裡，等著我死的人有很多，妳別退讓，一步也別。」

第九章

馮纓一夜好夢。

清早起來的時候，她抬眼就瞧見屋內那頭的床榻上，男人還睡著，呼吸平順，瞧著沒什麼不妥。

她穿上衣裳，輕手輕腳的從屋裡出去，找了個最偏僻的位置耍了一會槍，又打了一套拳。

盛家幾輩子都是靠著軍功為生，縱然是曾經做到與天子稱兄道弟的地步，盛家人也從來沒忘記要日夜操練自己的本事。

到了馮纓這一輩，盛家大房只餘兩個男丁。

一個是二舅舅所出的表哥，一個就是馮澤。可惜二舅母在懷表哥的時候傷了身子骨，只有表哥一個獨子，而表哥才出生不久，舅舅們就發現他並不適合從軍。

因此，他們兄妹倆才格外得舅舅們的喜歡，睜眼練武，閉眼睡覺，夜半聽到動靜立即驚醒，從不敢有一分懈怠。

不過回平京後，她倒是睡了不少舒坦的覺，只是練武的事，再怎樣也不能鬆懈下來。

馮纓練著練著身上就出了汗，一套拳打完，她擦了擦臉，甩著胳膊往回走。

房門關著，渡雲和長星都站在院子裡，看模樣正打算進屋，馮纓微微頷首，算是打了聲招呼。兩人回禮，作勢要跟著進屋，卻被邊上一步竄上前的胡笳攔住了路。

「我家姑娘要更衣，你們等會兒再進。」胡笳說完話，微微抬起下巴。

綠苔呆呆地看看她，又看看長星、渡雲，然後站到了胡笳的身邊，跟著重複了她的話一遍。

馮纓哭笑不得的看著兩個小姑娘，點了點兩人，帶上碧光進屋。

魏韞似乎還在睡。

馮纓看了看他，繞到屏風後擦了擦身子，換了身衣裳走了出來。男人醒了，坐在床沿上，微微低著頭。

「我動作太大，吵醒你了？」馮纓走近，蹲下身湊近看他。

魏韞閉了閉眼。「沒有。」

他睜開眼，看見長長的裙襬攤在地上，碰著他的腳尖。視線往上，是一張明豔且朝氣蓬勃的臉，臉側還有水珠，順著臉頰滑下來。

魏韞低頭看著她。「妳去練武了？」

馮纓道：「耍了會兒槍，打了一套拳。等你身子好一些，我也教你一套拳，好歹能強身健體，增強體魄。」

魏韞點點頭，眸光低垂，唇邊帶著淡淡的笑。「妳說得對，到時候妳別嫌棄我笨手笨腳。」

「你要起來嗎？」馮纓問。

見魏韞點頭，馮纓忙伸手。「我扶你……」

她話沒說完，才站起身的魏韞突然身子一晃，整個人不受控制地往前跌。

好在馮纓反應快，兩臂一伸，摟抱住他的腰身，這才免得人往地上倒。

不過成年男人的體重到底不是很輕，又是猛一下跌過來，饒是馮纓能輕輕鬆鬆抱起他，這一瞬也被帶著往後退了幾步，這才堪堪站穩。

一旁的碧光正要端著水盆出去倒，瞧見這副情景，驚得摔了手裡的盆子，叫出聲來。

「姑娘！長公子！」

男人像是沒了力氣，一條手臂搭在馮纓的肩上，另一條胳膊耷拉著，脖子靠著她的肩頭，呼吸發沈。

這個姿勢很親密，可也是因為親密，馮纓恍然發現，魏韞居然是病著的。

他發熱了，隔著衣裳都能摸到他滾燙的體溫。

可要不是突然無力，她真的沒發現他身上有不對勁的地方，明明清早出門前看著還是正常的……

碧光一喊，招來了長星、渡雲，兩人見狀趕緊一左一右扶起自家公子，將人放躺到床上，而後一人去請大夫，一人留在屋子裡照顧。

馮纓站在邊上問：「他平日裡經常這樣突然就病倒嗎？」

渡雲回道：「沒有。」他頓了頓。「長公子雖然身體不好，但平日裡控制得當，又有太醫時常診脈，往常一月才犯一、二回病。」唯獨今年，三不五時就病上一場，偏偏韓太醫還看不出有什麼問題。

馮纓抿抿唇。「韓太醫不行那就找其他大夫，天下這麼大，總有神醫能治病救人。」

渡雲有些意外地看了馮纓一眼。

後者彎下腰，拿手背貼了貼魏韞的額頭，他臉色一貫的蒼白，所以一時看起來不像有特別生病的樣子……

魏韞閉眼躺著，發熱的感覺讓他腦袋昏沈。

他動不了，也說不出話，可耳朵還能依稀聽到周圍的聲音。

身上很熱，四肢骨骼時不時還有刺痛感，等到額頭貼上微涼的手背，他忽就覺得一股涼意從額間散開，沁入身體。

是馮纓吧。

他剛剛娶進門的妻子……

看樣子，離她年紀輕輕就成了寡婦的日子，不遠了。

「妳做了什麼？含光怎麼好端端的突然又病了？」康氏的聲音又急又惱，間或有魏家女眷們落井下石的數落和責難。

魏韞不知道自己躺了多久，突然間聽到這些聲音，一時醒過神來。

在低低應聲的是誰？

馮纓？

魏韞吃力地掀起眼皮，眼前的灰濛濛慢慢散開。

有個眼熟的老頭坐在床沿邊上，魏陽穿著官袍站在床頭，康氏也擠在旁邊，因為擔心他，她的手裡還捻著佛珠，轉一顆唸一句「阿彌陀佛」。

「醒了，醒了！」康氏坐上床尾，紅了眼眶就要哭。「好孩子，你可算醒了。」

「醒了就好。含光的身子，大嫂妳又不是不知道，這沖喜啊沖得好是喜，沖不好可就……呸呸呸，瞧我說的是什麼話，大嫂妳可別放在心上。」

岳氏大著嗓門，一邊說一邊還往馮纓身上瞧。

荀氏拉了她一把。「少說兩句！人不是已經醒了嗎？」

岳氏目光掃過馮纓，輕笑一聲，笑著道：「也是，人都醒了兩回了，可不是證明沖喜沖對了嗎？」

這話意味不明，可岳氏的語氣怎麼聽都不像是在說好話。

康氏望了妯娌一眼，皺眉訓斥馮纓。「妳傻站在那做什麼？也不知道給叔母們倒茶。」

康氏對馮纓的態度不算好，說完這一句，想到還躺著的兒子，免不了又帶了幾句不大好聽的話。

馮纓沈默受著，大夫說魏韞會發熱，是夜裡受了風的關係，仔細想想，要不是昨晚魏旌鬧了那一齣，他指不定還真不會病倒。

她往來的女眷中看，魏旌的妻子宋氏就在人群中，不過神情委頓，再看其他人，一個兩個的臉上都掛了擔心，可那層擔心薄得似乎風一吹就能掀開，露出她們心底的那些盤算。

「纓娘，過來。」

男人的聲音突然響起來，馮纓不由得把視線轉向床榻。

魏陽和康氏擠在床前，你一言我一語地詢問起魏韞的身體狀況，馮纓一時半會兒也瞧不見魏韞的情況，還是他又重複了兩聲，那對夫妻這才讓出一個位置，好叫她走近幾步同人說話。

魏韞躺在床榻上，面色發白。「妳去書房幫我取本書來。」

他這麼說，報了一個書名，馮纓不疑有他地應下，往書房去。

她前腳剛邁過門檻，後腳就聽見岳氏招搖的聲音，屋子裡一時間全都是岳氏樂呵呵的笑聲。

「大嫂子，我瞧著含光的狀況，不如還是早些過繼個兒子吧！萬一含光突然走了，他媳婦好歹還有個依靠。」

「弟妹！」

「哎呀，大哥、嫂子，我這話雖然不好聽，可也是為了含光好不是嗎……」

馮纓停下腳步，抬頭看了看天。

身側的胡笳一直豎著耳朵偷聽，馮纓回頭。「去門外守著。」

「姑娘？」

「替妳家姑娘守著姑爺，萬一吵起來，記得護著點。」

她說完往書房去。

魏韞的書房是整個棲行院裡光線最充足的地方，陽光灑落，還能清晰地看見漂浮在空氣中的微末塵埃。

書房門前有一道寬寬的斜坡，馮纓踩著進門，一眼便瞧見書房正中的桌案上，擺了一只細長瓶頸的白釉瓷瓶，瓶內插著兩條花枝，枝頭是兩、三朵白花，中間生著淡黃色的花蕊。

她往桌案上看了兩眼，便將目光投向了四面的書架。

書架上，各類藏書擺放整齊，從天文地理，到民生百技，應有盡有。馮纓只能一個書架、一個書架的找，等找到，已經過去了半盞茶的工夫。

她轉身要往外走，卻被渡雲擋住了路。

「怎麼？」

渡雲低頭行禮。「長公子吩咐了，夫人可以在書房多歇歇，不必急著回屋。」

馮纓問：「她們在談過繼的事？」

渡雲閉口不答。

馮纓點點頭，把手裡的書遞給渡雲，然後身子一轉，退回到書房。她也不去動那些紙啊筆的，只在書架上找到本遊記，尋了處能曬著太陽的地方，大大方方地坐下就開始翻看。

另一邊，魏韞並沒有點頭答應那些談過繼的事，以岳氏打頭的女眷們自然心下多有不滿，可因著不是頭一回被拒，一時半會兒倒也不好說什麼。

長房夫妻倆送客，女眷們再心有不甘，也只得各自回房。

岳氏在長房那兒吃了一肚子氣，回去也沒地方撒，索性在路上衝著宋氏好一頓訓斥。

宋氏性子軟弱，被訓得頭都快抬不起來了。她越是這樣，岳氏越是覺得憋悶，氣得不行了還動上手，在她胳膊上狠狠擰了一下。

「妳個沒用的東西，我讓妳嫁給魏旌這都幾年了，妳連個蛋都沒生下來！妳要是生個兒子，年紀小點，過繼給魏韞，將來有大把的好日子能過！」

宋氏是岳氏嫡妹的女兒，所以儘管荀氏才是她的婆婆，可她最怕的還是岳氏。

岳氏每說一句，宋氏都只敢應一聲「是」，哪怕胳膊被擰疼了，眼淚都掛在眼眶裡了，她也不敢反駁一句。

「行了行了，趕緊滾回去！」岳氏氣惱。「趕緊滾回去給魏旌生個兒子才是正經事！」

宋氏怯懦地應是，灰頭土臉地回院。

才進院門，就聽見魏旌和丫鬟嬉鬧的聲音，宋氏腳步一頓，咬了咬唇，到底還是推開門，看向正坐在桌旁摟抱著丫鬟上下其手的丈夫。

魏旌慌了一瞬，看清進門的是妻子宋氏，這才鬆了口氣，抱著丫鬟用力在她臉上親了一口。

「看妳這樣子，魏轀一定又沒死成。」

「大夫說，只是昨晚受了風寒，不算要緊。」

聽宋氏提起昨晚，魏旌難免有些慌，咳嗽兩聲。「啊，這樣啊……」

聽說魏轀又病倒，他還有過一瞬的擔心，轉念想到那對夫妻倆一定不會把昨晚的事到處和人說，又心安理得地拉上丫鬟玩鬧起來。

這會兒得知魏轀沒事，他更是放心了。

「既然沒事，那就這樣吧。」他把懷裡的丫鬟推了推，丫鬟不情願地出門，經過宋氏還高傲地揚起下巴「哼」了一聲。

「那丫鬟我瞧著喜歡，趕明兒讓她給妳敬杯茶，我打算把人收房。」

宋氏一貫攔不住魏旌納妾蓄婢，聞聲顫了顫眼皮，問：「你想要大堂嫂嗎？」

「都在外頭守著，誰也不許靠近！」

魏旌突然跳了起來，把屋裡屋外所有伺候的丫鬟都往院子外趕。

宋氏就站在屋子裡，沈默地看著男人忙前忙後，然後小心翼翼關上門。

「好佳娘，妳把剛才的話再說一遍。」魏旌睜大了眼睛，臉上是藏不住的歡喜，且連帶著對宋氏的態度都好了許多。

「好佳娘，妳快說說，妳是不是有了什麼主意？」

魏旌眼睛發亮，拉過宋氏的手就心情極好地給了個十指相扣，見宋氏有一瞬的驚異，他又忙不迭湊近幾步，額頭貼著額頭，對宋氏眨了眨眼。

「佳娘，我的好夫人，妳是不是……是不是能幫為夫搞到那個女人？」

丈夫難得的親近多少令宋氏有些頭腦發昏，咬咬唇。「我……我瞧見你去攔大堂嫂了。你昨晚被棲行院的人送回來，我想多半是你摸過去被人發現了……」

這事說來就有些丟臉。

魏旌是做慣了夜半三更翻人牆、爬人窗、睡人妻的事，從前被發現了，大多礙著魏家的身分，只私下裡解決不敢鬧大，可昨日……

昨日偏偏這沒出息的混帳竟然看上了嫁進門來沖喜的大堂嫂，還趁夜摸黑想過去混鬧，這也就罷了，偏巧撞上大堂哥清醒的時候，直接就叫長星、渡雲抬了回來！

聽見妻子提起昨晚，魏旌的臉色一時間變得難看。

宋氏生怕他惱火，忙抱住男人的胳膊，急道：「昨晚的事除了咱們院子還沒人知道，你別惱，別惱！」

她被男人揮開，急得跺了跺腳。「叔母們打算給大堂哥過繼個兒子！」

「這不是說了好些年的事了嗎？就算真要過繼，也輪不到我們，妳這肚子沒半點出息。」魏旌沒好氣道。

「可這回不一樣，這回、這回有大堂嫂了啊。」宋氏咬唇。「咱們……咱們求大堂嫂幫忙，借她肚子……要個孩子。」

「妳是說，借腹生子？」

民間有「典妻」的說法。通常是有錢人家租賃窮人家能生產的妻子為妾，為自己生孩子，等孩子出生，典當期限過了，就可以回自己原先的家去。

魏家這樣的人家自然不會做典妻的事，所以宋氏穩坐正妻的位置，然後耐著性子給魏旌納妾。

可也不知是出於什麼原因，魏旌房裡的女人仍是一無所出，唯獨有懷過身子的一個小丫鬟，不知事，同魏旌瞎胡鬧的時候落了胎。

「長房需要有後，大堂哥的身子指不定讓女人懷孕是有困難的，可床上那點事我瞧著他多半還是能的，我要是能偷偷讓大堂嫂有了身子，回頭生下來，豈不就是長房的嫡子嫡孫？」

魏旌這麼一想，喜上眉梢。

宋氏鬆了口氣。「是呢。大堂嫂的年紀也不小了，要是不盡早有個孩子，一旦真做了寡婦，豈不是任人欺負？想來，大堂嫂也會同意咱們這個主意的。」

「妳說得對！」魏旌大喜，捧住宋氏的臉猛地親了一口。「佳娘，妳可算是聰明了一回！」

宋氏被親得瞬間脹紅了臉，魏旌也顧不上她，丟下人，開門就往外頭走。

宋氏「哎」了兩聲追到門外，就瞧見男人順勢在自己的丫鬟屁股上抓揉了兩把，調笑著徑直出了院子。

她呆呆地站在門口，望著羞紅了臉的丫鬟，抬手捂住了平坦的小腹。

魏旌哪也沒去，雖然在路上遇見幾個明顯挑逗自己的丫鬟，他也心癢癢地想要親兩口，摸上幾把，可心裡頭更熱乎的事還揣著，他只好咬咬牙，逞著勁兒先去找了母親荀氏。

二房老爺魏謙除荀氏外，還有兩位姨娘，不過也不知是什麼緣由，兩位姨娘雖然頗得寵愛，可這些年來一直沒有誕下過子嗣，二房的三子一女全是荀氏所出。

母子倆一碰面，就將門緊緊關著，只留了幾個近身伺候的心腹丫鬟，門外的下人們誰也聽不著他們母子倆究竟在談些什麼？

唯獨猴兒似的魏捷從一頭的院牆爬上房頂，打算偷摸著過來跟母親開個玩笑，卻聽到了能把他嚇得差點從房頂摔下來的話。

另一頭的棲行院，馮纓帶著書進到屋裡。

魏韞靠坐在床頭，臉色已經好了一些，馮纓搬了個矮墩子坐到床邊，問：「你們都聊了什麼？你打算過繼？」

「不。」魏韞握拳掩唇，低低咳嗽兩聲。

馮纓主動斟茶遞到他手邊。「方才瞧四叔母的意思，似乎已經不是頭一回提起過繼了。」她托腮，瞧著魏韞問：「我記得你也說過，如果有人遊說我過繼子嗣，盡可以打出去。」

端著茶喝了口，魏韞輕聲道：「他們想要讓我過繼一個孩子已經很久了。」

馮纓眨眨眼，問：「你真的不想過繼？」

她扳著手指。「你看，你過去不願成親，後來因為沖喜娶了我；你過去不願意過繼，現在娶了妻，家中長輩按理說會順理成章地希望我們夫妻倆能生個孩子。但現在看起來，他們還是更傾向於過繼。」

魏韞垂眸看她，一言不發。

馮纓托腮，歪著頭回看，目光平靜。

屋子裡鴉雀無聲，靜得連根針掉在地上的聲音都聽得見。馮纓動也不動，就好像已經看穿了這裡頭的不合理，十分篤定。

良久，魏韞這才慢條斯理地放下茶盞，就近擱在一旁的小几上。「因為他們都覺得，我不能讓女人懷上身孕。」

馮纓呆了呆，下意識低頭往他身下看。

「纓娘……」

魏韞哭笑不得，擋了擋她的視線。

馮纓咳嗽兩聲，問：「是大夫說的？」

「一個長年服藥，隨時可能死了的人，怎麼能輕輕鬆鬆讓女人懷上身孕。」魏韞緩緩道：「再者，就算懷上了，能不能生下來是一回事，生下來，養不養得大就是另一回事了。」

這話已經說得很清楚了。馮纓嘖舌。「二房也有這個意思？」

雖然三房岳氏動靜最大，可二房荀氏不見得沒有她的算盤。

魏韞的身體狀況魏家上下都看在眼裡，哪怕魏陽康氏夫妻倆再不願，只怕心裡也是做過過繼的打算的。

要是他們小夫妻倆能有孩子，自然是最好，畢竟是長房自己的血脈。但先不說懷孕不是說有就有的事，就是懷胎十月，也有太多的變數。

這麼一來，過繼似乎是相對來說最好的辦法。

另一方面，長房的權勢和財力也可由被過繼的孩子繼承，而那個孩子，即便將來馮纓不改嫁，親自撫養長大，二房或是三房的人也有的是機會把孩子重新拉攏到身邊。

但說到底，那都是打定主意覺得魏韞肯定會死。

想明白這些勾心鬥角的事，馮纓臉上難掩失望之色。「魏家這樣的世代官家，竟然也會有吃絕戶的打算。」

到底是覺得不痛快，馮纓不想再問過繼的事，索性拿著從書房帶過來的遊記，坐回到自己的榻上繼續看書。

魏韞笑笑搖頭，見碧光、綠苔進出，低聲吩咐她們給她放上攢盒。盒子裡裝滿了果脯、瓜子，就擺在馮纓的手邊，任由她靠在窗下一邊吃一邊看書，絲毫不去擔心書頁會不會沾上果脯的糖漬。

兩人一個養病，一個看書，屋子裡雖顯得安靜，卻絲毫不覺尷尬。

等聞到湯藥的氣味，一直閉目養神的魏韞睜開了眼，卻見對面床榻上的馮纓，已經依靠著窗，腿上搭著翻頁的書，閉著眼睡了過去。

「長公子？」渡雲端著湯藥，疑惑地看著自家公子掀開被子踩到地上。

魏韞豎起手指，貼著唇輕輕「噓」了一聲。

他走到榻前看了一會兒。

馮纓的一條腿半垂在榻邊，半趿著翹頭履，身上著了正紅松鶴對襟喜服，因為是睡著，沒有醒時的蓬勃英氣，反倒顯得嬌柔美豔，甚至帶了一點點的柔弱。

也許，草原上展翅的飛鷹，也有合攏翅膀停駐休憩的時候。

魏韞低頭看了一會兒，忽然彎下腰，伸手將一縷被風吹著貼上她鼻尖的鬢髮輕輕捋到耳後。

她動了動，哼哼兩聲，沒醒。

「長公子。」

渡雲出聲。

魏韞回頭看他。

後者遞上湯藥，低聲道：「二房那兒遞了消息來。」

魏韞沈默，披上袍子，輕著腳步走出門。

「什麼消息。」

「二公子……」

渡雲難得神色尷尬，難以啟齒，良久，這才道：「二公子同二夫人商量，想……想借腹生子。」

「借誰的腹？」魏韞盯著他看，微微皺眉。「他們母子倆想做什麼？」

渡雲低頭。「是夫人。」

魏韞看他一眼，緩緩道：「借腹生子？生他魏旌的兒子，然後對外說是我的？他們以為是我會同意，還是纓娘會同意？」

渡雲不敢答。

「去盯著他們母子倆，但凡敢接近夫人，就打斷魏旌的腿。」

「是……」

魏韞說罷，喉頭一癢，忍不住捂嘴咳嗽。

他對馮纓還沒有那些男女之情，可既是約定好的夥伴，就沒有放任人被算計的道理。

「喂，魏含光！」

馮纓的聲音突然響起。

魏韞回頭，應該是剛醒，她看著還有些睡眼惺忪，趴在窗上直揉眼睛。

「魏含光，你不是不舒服嘛，別出去吹風了。」

「好。」

他看著馮纓趴在窗上懶洋洋的樣子，彷彿是見著了一隻剛出窩還在犯睏的野貓。

他覺得有趣，便當真笑了出來。

「你笑什麼？」馮纓問。

魏韞低笑。「只是想到渡雲剛才講的……一個笑話。」

「是什麼笑話？」馮纓好奇問。

魏韞隔著窗彎腰，看著她如蓄著一泓秋水般的眼眸，帶著淡淡笑意說道：「犯睏的小野貓收起了鋒利的爪子，團在牆頭瞇眼瞌睡，結果一晃一晃把自個兒從牆上晃了下來。」

他站得不算遠，隔著窗保持了一個不遠不近的距離。

馮纓輕輕抿了下唇，清醒了點。「貓呢？」

「跑走了。」魏韞慢慢勾起一側唇角。「摔下牆頭就醒了，在牆根打了幾個哈欠，然後跑走了。」

馮纓遺憾地唉了一聲。「也不知是誰在餵，這天看著越來越冷了，找個主子過得暖烘烘的冬天就好了。」

魏韞低笑了一聲。

「妳放心，她一定能在這個冬天找到暖烘烘的屋子過冬。」

魏韞說著，繞過門走回到屋裡。

「若是覺得無趣，我書房裡的書妳盡可以去看，再不濟，便讓長星給妳搭一個練武場，好帶著女衛們一道練練拳腳。」

馮纓歪歪頭。「等你身子好些再說。我現在就搭個練武場，回頭父親和母親若是怪罪下來，又得麻煩你。」

魏韞心頭一暖。

她盤腿坐在榻上，背後是敞開的窗戶，陽光灑在她的身後，風一吹，她髮絲飛揚，一雙眼明亮如光。

他忽然笑了一聲。「那現下也不知能讓妳去做什麼，不如，幫我讀本書聽聽吧。」他指了指馮纓手裡看了一些的遊記。「就讀這個。」

一篇遊記，不過一、二千字，內裡的風土人情卻極其有趣，加之魏韞雖因身體緣故從未離開過平京，但他博聞強識，博覽群書，竟也能從一篇遊記發散講到許多遊記中沒有提及的風俗故事。

原先是馮纓讀遊記，魏韞聽著，到後面，直接就顛倒了。

儘管兩人始終一人依靠著床，一人坐在榻上，隔著大半的屋子，可你講我聽、我問你答，聊得十分投機，碧光、綠苔幾次進屋，都瞧見自家姑娘全神貫注地在聽長公子說故事。

「姑娘。」

碧光不敢高聲，倒是綠苔莽莽撞撞地走到邊上叫了一聲。

魏韞講到某地不興典妻，反有風俗，若嫡妻不能孕，就預訂個貧苦人家的孕婦，自己按月假裝肚子，到時候假作產子，將婦人產下的孩子抱回家中視作嫡子撫養長大。

他講得有趣，馮纓忍不住追問了幾個問題，還不等回答，就聽見綠苔喊了這麼一嗓子。

她有些無奈，招手讓綠苔蹲到自己身邊，抬手捏了捏綠苔的臉肉。「說吧，什麼事？要是不要緊，害得妳家姑娘我故事只聽了一半，回頭罰妳今晚沒點心吃。」

綠苔緊張地捂了肚子，嘴裡道：「是阿嬗和胡笳發現了個鬼頭鬼腦的小子，讓我進來問問姑娘要怎麼處置。」

「什麼小子？」魏韞問。

綠苔揉揉腦袋。「不認得。」

魏韞作勢要喊長星、渡雲，馮纓手一揮。「我去瞧瞧就是了。」

魏韞搖頭。「若真是鬼頭鬼腦打探的，還是交給他們處置，妳不必沾手。」

棲行院雖不是銅牆鐵壁，可也不會任由旁人窺探。

馮纓渾然不在意，等出了門才知道，胡笳最先發現了那個古怪的傢伙，擔心對方會對人不利，就拉上阿嬗把人抓住，直接捆了丟進院子角落的雜物間裡。

雜物間，顧名思義，堆的都是平日裡用得上，卻也不是時常用的東西。

門一開，瞧見被捆住手腳還塞住嘴的……魏三公子，馮纓「噗哧」笑出聲來。

「姑娘？」

胡笳守在外頭，聞聲疑惑地探出頭。綠苔眨了眨眼，一臉茫然。

還是後來跟著過來的碧光，無奈地捂住臉，低聲道：「這是、這是三公子。」

「誰？」

馮纓忍不住翹起嘴角。「這是替你家姑爺去馮家迎親的魏三公子。」

她往前走了幾步，蹲下身衝狼狽的魏捷笑。「三公子怎麼在這兒？」她指了指自己身邊的姑娘們。「還叫我的女衛們抓了回來？」

綠苔認不出魏捷，馮纓絲毫不覺得奇怪。

自己的貼身丫鬟，她最是清楚什麼脾氣。吃過一回的點心，綠苔能記味道、店鋪地址、老闆模樣，記上幾年絕不會忘，可旁的什麼，她就沒那麼好的記性了。

尤其是像魏捷這樣只見過一、二回的，想綠苔能記得，委實難了一些。

至於阿嬗、胡笳她們，更是沒將她以外的人放在心上過。即便是覺得臉熟，突然遇上鬼頭鬼腦窺視的，也會先拿下再說。

「我、我是來找嫂子妳的！」

嘴裡的東西被取了出來，魏捷連連「呸」了好幾聲，才覺得嘴裡好過了一些。

他被人從地上扶起來，腳上還縛著繩子，只能跳幾下，狼狽地摔了個屁股蹲兒。

「嫂子，妳身邊養的都是母老……」

唰！

魏捷話沒說完，恍惚覺得眼前有道銀光閃過，他還沒來得及反應，就覺得腳上一輕，綁著他的繩子從兩腿之間被瞬間割斷，一柄鋒利的匕首，就那樣插在他腳間的地面上。

大半刀身都在地裡。

他沒忍住，喉間發出重重的吞嚥聲。

等他怔怔地抬頭，看著蹲坐在自己面前的馮纓，還有她臉上弧度漂亮的微笑，腦子裡一片空白。

「你剛才說，我身邊都是什麼？」馮纓輕輕鬆鬆拔出匕首。「我剛沒聽清，三公子，你再說一遍唄。」

「都、都、都是頂漂亮的姑娘！我這輩子沒見過比她們更好看的姑娘了！」魏捷閉眼瞎喊。

「行了，自己站起來。」馮纓起身，拿腳輕輕踢了踢他。

魏捷咬牙。「嫂子，妳剛才那一下，再往前點我就、我就……」

馮纓挑眉。「先說清楚，你剛偷偷摸摸的做什麼？我身邊的人可從來不對光明正大的人動手。」

魏捷揉揉手，支吾道：「我就是來找嫂子妳說點事。」

「什麼事？」

他看看胡笳，看看綠苔，又看看碧光，仍是抿著嘴不做聲。

馮纓挑眉。「她們都是我的人。」

馮纓話音落，魏捷愣了一瞬，而後鄭重道：「事關哥哥和嫂子的清譽，有些話不好說。」

馮纓看了眼碧光，後者微微頷首，當下帶人轉身出了雜物間守在外頭。

「我、我聽到了一些事，思來想去，還是覺得哥哥和嫂子應當知曉，尤其是嫂子！」魏捷突然激動起來。「我二哥跟我娘商量，想讓嫂子妳給他懷個孩子，將來、將來等大堂哥走後，那個孩子既能繼承長房的所有，又是二房的血脈。」

他聽到的是「借腹生子」，是自家二哥垂涎的語調，還有母親美其名曰的「過繼」和「兼祧」。

可實際上，這個主意齷齪得很。

馮纓問：「什麼時候的事？」

魏捷氣得發抖。「就我嫂子她們從棲行院回來之後！」

「你怎麼會聽到？」

「我爬牆上房頂是家中常事，本來只是想嚇唬嚇唬娘，同她開個玩笑，沒承想正好聽見……總而言之，嫂子妳當心些，不論是出門還是在家，身邊千萬別離了人！」

「你二哥還能對我用強不成？」馮纓歪頭看他。

魏捷目光閃爍了一下，握拳道：「嫂子，妳才進門妳不懂。這個家裡，沒人管得住我二哥，他是個混帳東西，娘捨不得打罵他，縱得他這些年犯了不少錯事，他……他連爹的女人都……」

馮纓眯眼。「聽起來他挺厲害的。」

她把手中的匕首轉了一個圈，咻一聲，飛了出去，穩穩扎進一旁的柱子上。

「他敢打我的主意，我就敢回手收拾他。」馮纓吹了吹自己的手指。「是他自己的主意？」

「是……二嫂。」魏捷張了張嘴。

馮纓皺眉，語氣冷淡。「他們夫妻倆是怎麼回事？」

魏捷撓撓後腦勺。「二嫂是個弱性子，嫁進門這幾年，是魏家委屈她了。」他說著又開始著急。「不過嫂子，妳千萬別學我二嫂輕易就跟人示弱！我二哥那樣的性子，她越弱，越順著，二哥只會越得意！男人、男人都……」

「都什麼？」

「都不是啥好東西……」

最後幾個字，是魏捷咕噥著說出來的。

馮纓忍不住要笑，板著臉問：「你二哥二嫂為什麼一直沒孩子？」

「好像是二嫂她一直懷不上……吧？」

魏捷隨口說起兄嫂倆的事。

整體聽下來，好像的確是宋氏多年未孕的關係，所以夫妻感情並不和睦，再加上魏旌本就是個拈花惹草的性子，於是女人越來越多，夫妻感情越來越平淡，孩子更是連個蹤影都沒有。

「二嫂為了要個孩子，吃了不知道多少苦頭，嫂子妳可千萬別跟她學。」魏捷不贊同。

馮纓笑。

魏捷滿臉緊張。「真的，嫂子妳別光顧著笑，家裡說什麼都要給大堂哥娶妻，說到底就是為了要個人給他留後。

「我真不明白，他們只是要孩子的話，娶誰不是娶，憑什麼要妳！妳明明、明明可以在河西揚名立萬的，妳是馬背上征戰的將才，怎麼能被困在宅子裡相夫教子、生兒育女？」魏捷說著說著，聲音越來越大，見馮纓動也不動地看著自己，整張臉頓時燒紅，緊接著「啊」地叫了一聲，捂著臉蹲下，不敢抬頭看人。

「三公子。」馮纓蹲下身。「我很高興你願意這麼想。」

「本來就是，妳是英雄，英雄怎麼能和其他女人一樣困在宅子裡！他們就是委屈妳了！」

見魏捷抬起頭，滿臉不樂意，馮纓笑著說：「我不覺得從河西回到平京，然後嫁給你大堂哥很委屈。以後的事，誰也說不準，起碼我是在走自己決定要走的路，要不要孩子、怎麼要孩子，是我和魏含光兩個人的事，別的人動不了什麼歪心思。」

在她面前的還只是個少年，只比她過去那些學生還大不了多少的小孩，她能在這個少年身上看到耿直和善良。

看到魏捷，她忍不住懷念起過去的那些學生。

也不知他們現在都怎樣了，過去了這麼多年，興許個個都成家立業了，不知想環遊世界的班花有沒有夢想成真，班草的頭髮還在不在、八塊腹肌有沒有融成一塊……

「這些天我得陪著你堂哥，不然挺想請你喝酒的。」馮纓摸摸魏捷的髮頂。「所以啊，小朋友，為了謝謝你的仗義，我送你個禮物怎樣？」

「什麼禮物？」

到底不過是個十七、八歲的少年，一聽說有禮物，魏捷的眼睛先亮了起來。

馮纓抿唇笑，從腰間摸出一只串了紅繩的白色扳指。

扳指微微泛黃，一時半會兒瞧不出是什麼材質。

魏捷好奇地捧在手心裡，翻來覆去地看，馮纓道：「這是狼骨。有一年在沙漠裡遇到狼群，我和舅舅們殺了一頭母狼和牠身邊的幾隻公狼，用狼骨做了骨笛和扳指。」

「那有沒有狼牙？」魏捷興沖沖地在自己嘴邊比劃。「我瞧見過胡商在街市上賣，看著很厲害！」

「當然有。」馮纓笑著眨眼。「那得送給最重要的人。」

得知魏旌的打算，馮纓心裡也有了盤算。想著這段日子她都得陪著魏韞，起碼等他身體好些了，她才好出去做自己的事，這麼一來，就難免會在府裡碰上二房那一家子人。

她特意叮囑了碧光平日裡注意棲行院的吃喝，又讓容易被人小看的綠苔在府裡打探二房的消息，自然也沒落下阿嬗、胡笳她們。

唯獨魏韞和他身邊的人，馮纓誰也沒告訴。

魏旌打的主意，說起來委實令人噁心。這麼噁心的事情，就不必讓魏韞知道了，免得害得他憂慮太重，壞了身體。

這頭二房母子倆還在謀劃怎麼悄無聲息地進行他們的計劃，宋氏忽然得了個小丫鬟的信，黃昏天的時候，偷摸著從後門溜了出去。

她也沒去什麼骯髒的地方，而是跟著報信的小丫鬟，偷偷去了一處偏僻的民宅。宅子裡坐著個老大夫，山羊鬍子留得老長，說話還帶了重重的口音，聽著像是從北方來的。

老大夫的身後跟著個眉清目秀的小藥童，見人來，機靈地把人往屋裡請。

宋氏這些年沒少為了懷孩子到處看大夫。起初荀氏和魏旌也都知道，時間長了，母子倆便生出了不少怨氣，宋氏不肯和離，更不肯被休，只好忍了魏旌的風流性子，暗地裡依舊看各種大夫、吃各種藥。

報信的小丫鬟是她從娘家帶回來的，這些年為了她到處打聽大夫的消息。這回平京城裡來了個從北方來的老大夫，據說十分擅長治療女子各種病症，「尤擅女子無子」。

宋氏和那老大夫一照面，直接就遞上了一塊碎銀子，別的不說，張嘴就是求子。

老大夫給她把脈，把完了，山羊鬍子一捋，搖頭。「身子不錯，沒毛病。」

「既然沒毛病，我家夫人怎的始終不孕？」小丫鬟性子急，追著問。

「女子不孕，或素體虧虛，稟賦不足；或不慎房事，損傷腎精；或久病多產，以至傷腎。可夫人的身子十分健壯，想要孩子自然不是難事。」

「可成親多年，我始終……是不是有什麼藥可以用一用？」

「這懷孕一事，並非人人都那麼容易。老朽這些年看過的婦人沒有萬人，也有千百人，有的婦人成親不過一旬，便有了身孕；有的婦人成親十餘年，才得一子。早來晚來，皆是緣分，急不得。」

「可不能急不得！」宋氏揪著帕子，咬唇著急道：「我嫁予夫君已有多年，眼見著夫君納了一房又一房的妾，這肚子裡半點動靜都沒有，再等，怕是……怕是不成。」

她說著要哭，老大夫當即伸手在她手背上拍了拍。「急不得，急不得，妳不妨吃我……」

話沒說完，小藥童重重咳嗽一聲。

宋氏的眼淚掛在臉上，疑惑地看了過去。

小藥童拱手。「師父的意思是，夫人這些年求醫問藥，可是吃了不少苦頭？不知夫人的夫君可有一道看過診、吃過藥？」

「沒、沒有。」宋氏怯聲道：「我夫君龍精虎猛，不用吃那些藥……」

老大夫咳嗽兩聲，衝她擺手。「夫人既然沒什麼毛病，怎麼能不讓夫君跟著一道過來看看？這事可不能諱疾忌醫，夫人吃了那麼多的苦，萬一是……嗯，還是讓他過來看看吧。」

老大夫說完，直接揮手讓她回去。

宋氏想再問問，說不定能問出什麼生子秘方來，可只問了兩句，小藥童就笑咪咪地開始逐客了，餘下等在院子裡的婦人們這會兒也跟著催促起來。

宋氏沒辦法，只好滿心失望的離開。

小丫鬟跟在身後一路走一路勸，見宋氏始終情緒低落，忍不住說了句。「夫人，說句實話，大夫說得也沒錯，還是讓二公子過來看看吧……」

她嘴裡嘟囔。「夫人看了那麼多大夫，哪個不是說夫人身子不錯，雖有些虛，可並不影響有孕。夫人這麼多年都沒消息，二公子身邊的那些女人不也沒半點動靜嗎？說不定還真是……還真是二公子的問題。」

「閉嘴！」

宋氏瞪了眼小丫鬟。

小丫鬟委屈。「夫人，妳吃太多苦了，真的太多了……」

宋氏哪裡不知道自己吃了太多苦，可魏家常有大夫登門，若魏旌真有問題，不至於這麼多年都沒發現。

就為這，她才一年接一年地自己給自己找藥喝。

宋氏偷摸著回去的時候，天色已經沈下來了，院裡誰也沒問起她去了哪裡，她找不著魏旌，問伺候的丫鬟才知道，男人吃過晚膳後就趁著宵禁還沒開始，跑出去找狐朋狗友鬼混了。

宋氏頓了頓。「今天姨娘們有消息嗎？」

丫鬟搖頭。「還是沒好消息，月信推遲的幾位姨娘，夜裡……都來月信了。」

宋氏心下一寒，愁眉苦臉起來。

她發愁地回屋，和衣躺在床上，想著老大夫說的那些話，忍不住就抱著被褥哭了起來。

那邊的棲行院內，馮纓正盯著魏韞喝藥。

那一碗藥還是剛熬出來的，熱騰騰的，一股藥味帶著腥臭，薰得馮纓有些坐不住。

魏韞哭笑不得地看她，吹了吹，仰頭「咕嚕咕嚕」喝下。

喝完藥，正要把藥盞往邊上放，裝滿了各色果脯的攢盒已經被捧到了跟前，他看看馮纓，伸手拿起一枚果脯丟進嘴裡。

「明日就是三朝回門，纓娘，妳同我說說馮家……我要注意些什麼？」魏韞突然這麼說，馮纓愣了一瞬，旋即笑開。「沒什麼要注意的，就是照著風俗習慣回娘家轉轉，別的都是無關緊要的事。」

她這麼說，魏韞卻依然溫柔地看著她，然後緩緩搖了搖頭。

「我知道妳與馮家的關係算不得多親密，比起馮家，妳更親盛家。只是可惜，盛將軍們都遠在河西，不然我也想陪妳回去看看幾位舅舅們。」

「舅舅們都是直爽脾氣，要是見了你，只怕舅舅們會拉你喝上三天三夜的酒。」馮纓笑得不行，懷念地嘆氣。「可惜，舅舅們無詔不得回京，不然我還挺想讓你們認識認識。」

從前看書的時候，總覺得書中提到朝堂上的文武之爭，不是東風壓倒西風，就是一方看不起另一方，導致她還以為，文人和武將一定互相看不上對方。

直到跟著舅舅們長大，看舅舅們一面掏心掏肺對將士們好，一面用自己的錢資助河西的學子外出求學，馮纓才知道，武將不一定會看不起手無縛雞之力的文人。

她的舅舅們，願意給所有人機會，也知道，光靠兵力並不一定能幫助皇帝治理好國家，只有文武相輔相成，國家才能繁榮昌盛。

這麼仔細一想，說不定舅舅們見了魏韞，還要遺憾他身嬌體弱，不能站在朝堂上多為天下謀利。

「舅舅們以後總有機會見到。」魏韞推了推攢盒，示意她也吃點。「明天要回的是忠義伯府。」

他盯著馮纓看，微微皺眉。「妳是不是不想回去？若不想，咱們就不回去。」

三朝回門這樣的規矩，對旁人來說，自然要遵守。可到了魏韞這裡，不過可有可無，一切還是以他的合作夥伴為主。

「我爹是個自視甚高的人。」馮纓摸了摸鼻尖。「若是順著他、捧著他，便是個極好相處的人。不過就算招惹了他，他也只能瞎叫喚發一頓脾氣，是頭沒什麼大能耐的紙老虎。」

頭一回聽見做女兒的形容親爹是紙老虎，魏韞忍不住低笑出聲。

馮纓哼哼。「我爹如今能保著忠義伯的爵位，已經是陛下開恩了。」

她慢慢的，將馮家的情況仔細與魏韞說了一遍。

魏韞聽著，不時點點頭。並不是他有多重視忠義伯府，說到底，忠義伯府除了爵位，並無太多緊要的東西，便是爵位，實則也不過只是虛名。

和魏家比起來，忠義伯府實在是太過普通。

魏家是平京城裡有名的官家，那是幾代入仕為官累積下來的顯赫名聲，且幾代人下來，早已與各世家相互聯姻，名望自然非同一般。

所以外頭人人都說，要不是因為沖喜，馮纓這樣的年紀怎麼也嫁不進魏家這樣的高門大戶，更別提是嫁給長子嫡孫。

但與馮纓相識的這段日子，魏韞對馮家和她的認識越發清楚。

忠義伯府是忠義伯府，馮纓是馮纓。

甚至於在親耳聽見馮纓講起忠義伯府內的那些事時，魏韞更確定往後自己絕不會和忠義伯府有什麼來往——

忠義伯賣了女兒。

就好像是在倒手一件在家中閒置多年的物件，難得見了合適的價錢，匆匆忙就將東西置換了出去。

當然，明面上誰都不會承認「賣女」。

「二十五歲，並不是多大的年紀。」魏韞突然道。

馮纓愣了一瞬，隨即噗哧笑了起來。「你怎麼突然說這個？」她頓了頓，懶洋洋地靠上他床頭的小几。「二十五歲明明正好，頭腦、心理、身體都已經成熟。」

她嘴裡說著心理，絲毫不知聽在魏韞耳裡，分明是「心裡」二字。

他目光下意識下移，落在她起伏的胸脯上，旋即轉過頭，嘴裡輕輕應了句「確實」。

他聲音太輕，馮纓沒能聽清楚，只覺得他耳垂發紅，疑惑地歪了歪頭。

馮纓第一次看到魏韞的臉上有這樣的粉色。他底子不好，平日裡大部分時候臉色都很蒼白，沒多少血色，即便服了藥，也好好地休息了，臉色也比常人顯得更白一些。

魏韞本來就長得好，他這一紅儘管只是耳朵上的一點點，卻也讓人覺得越發的好看了。

起碼，馮纓有些看迷住了眼。

她第一個想到的就是貌若潘安，緊接著想到的是擲果盈車。馮纓忍不住瞇了瞇眼，然後輕輕咳嗽兩聲。

夫妻倆各有心思，屋子裡一時間氣氛有些尷尬。

正巧這時候康氏讓人過來喊馮纓過去，魏韞估摸著應該是為了說明日三朝回門的事，想到康氏的脾氣，隨口叮囑。「去吧，和娘好好說話，若是說了什麼不好聽的，妳儘管回來衝我發脾氣便是。」

「衝你發什麼脾氣？」馮纓笑道。

她讓碧光留在院子裡照顧，自己則帶上綠苔往康氏處去。

碧光前腳出去煮茶，後腳長星便竄進了屋裡。

魏韞看著他，他吐吐舌頭，抱拳道：「長公子，宋氏果真去見了一個遊方的大夫。只是那大夫瞧著，像是個不正經的傢伙。」

他說著形容了下那老大夫的舉動，欲言又止。「小的還瞧見，那老大夫身邊的小藥童，看著有那麼一些些的眼熟，好像、好像是夫人手底下的一個女衛。長公子，那個大夫會不會是……是咱們夫人故意找的人？」

這要是故意找的，夫人的動作也太快了些。

魏韞喝了一口馮纓臨走前放在床頭的茶，然後開口道：「繼續盯著。」

「長公子，就不怕出點什麼事嗎？」

「盛家養出來的女兒，能出多大的事情？」

「公子你也太信任她了。」長星咕噥了句。

魏轀低笑。「人不犯我，我不犯人，你看她設的這個局有哪一步會傷到宋氏？」

長星仔細想一下，也是，這裡頭還真沒有哪個部分是會傷到人的。

那老大夫雖然不是個好的，可邊上的藥童盯著他也做不了什麼錯事，宋氏想要求子的秘方，可老大夫不還是老老實實說她沒問題，什麼藥也不肯開就把人趕走了，怎麼看，都不像是有什麼惡意。

第十章

那頭，康氏和丈夫魏陽不住在一處。

據說夫妻倆的感情一落千丈後，康氏便一人搬進了佛堂內，吃穿住行只在那並不顯小的佛堂裡。

康氏讓人去喊馮纓，的確是為了三朝回門的事。

今次這門親事明面上有皇帝的賜婚，可人人都知道，到底是為了沖喜才娶了馮家大齡未嫁的姑娘。要是三朝回門沒有做好，指不定魏家還要被人數落。

想到兒子的身體，剛剛才又見過大夫，開了新的藥，康氏心裡多少對這個媳婦有點想法，可她也不敢有別的意見，只想說兒子若是身體好了，不如到時候找機會把馮纓休了，屆時再娶個門當戶對、溫柔賢淑的姑娘，豈不是更好。

正想著這事時，馮纓來了。

魏家的下人都不太喜歡魏韞，甚至可以說是怕他，這分害怕裡頭，有害怕他喜怒無常的，也有怕他年紀大了看上自己，將自己收房的。

而且儘管康氏沒有給丈夫納妾，但這並不妨礙她想給兒子納幾房妾室，好盡早開枝散葉。

可妾也分良妾和賤妾，好人家的姑娘難免不願意嫁給一個病秧子，身分卑賤的，她自己看不上，也不願意讓兒子受這分委屈。

加之魏轀自己不肯，康氏只好作罷。

魏家的下人們這才稍稍鬆了一口氣，等到馮纓進門，想到他們這位少夫人是個女羅剎，那點剛熄滅的恐懼又陡然升了起來。

這是綠苔從小丫鬟們嘴裡打聽來的，才得知的時候，馮纓都忍不住哈哈笑了起來。

她一進門，屋裡幾個丫鬟立即都低下了頭，怯怯的不敢吭聲。

她看了她們一眼，笑道：「母親。」

康氏頷首。「明日三朝回門準備得怎樣了？外頭天氣涼，走的時候記得多穿些衣裳。」說著，康氏喝了口水。「含光病著，妳的身子可不能倒了。」

「母親放心。」

「含光的身子，實在不適合明天一大早跟著妳到處奔波，三朝回門就委屈妳自己回去了。」

她倒是怕魏家再被指指點點，可左右想著兒子的身體，還是只能委屈馮纓。

馮纓順口應下，再看佛堂，燭光昏暗，顯得有些陰陰沈沈，她不動聲色打量，康氏顯然並沒有注意到，相反地，她反而覺得馮纓今天顯得分外乖巧，一時間心下百感交集。

「我知道讓妳嫁給含光是委屈了妳，可是纓娘，妳要明白，這個世上沒有什麼是十全十美的，含光身子不好，妳年紀大，都有不好的地方，磨合磨合，說不定就是一門好姻緣。」

這話其實說得並不好聽，馮纓左耳進右耳出，並不在意，她倒是忽然覺得知母莫若子。

康氏又仔仔細細叮囑了一番明日三朝回門的那些事，馮纓聽著，不時應上兩聲。

等事都交代完了，康氏又不想讓人多留，當下抓著佛珠咳嗽兩聲，下了逐客令。

到了翌日，馮纓照例是早起去練武，等她回來準備漱洗一番出門的時候，便見到了坐在輪椅上的魏陽。

快到而立之年的男人容貌端莊、雙目溫潤，儘管坐在輪椅上看起來十分羸弱，但眉宇間淡淡的光華仍是無法被病態遮掩住。

他就坐在輪椅上，雙手放在腿上，乾淨整潔，絲毫沒有被這樣的姿態所困擾，馮纓多看了兩眼，當下想起那天在宮裡看到的那個遠遠的身影。

「你經常進宮嗎？」

魏韞正在喝茶，聞言笑了一下。「我是太子侍講，自然要時常進宮。」他說著，語態平平，彷彿那是再自然不過的事。

馮纓瞇了瞇眼，湊近問：「你是不是在扮豬吃老虎？」

魏韞淡笑不語，取了一塊熱呼呼的紅豆餅塞進她的嘴裡。

被成功堵了嘴的馮纓，笑著咬下一口。「其實你今天真的不用陪我一塊回去，萬一在路上磕著碰著，回頭我也不好同人交代。」

知道她昨天晚上得了康氏的叮囑，但魏韞並不在意。

夫妻倆照舊上了馬車，平京城這個時辰正慢慢的開始熱鬧，魏家的馬車出行自然吸引了不少人的關注，等到馬車在忠義伯府門前停下，馬車後也跟了不少的小尾巴。

半路上就有人發覺這馬車是往忠義伯府去的，想來是忠義伯府那出嫁的二姑娘三朝回門了。

馮纓才回平京不久，周圍認識她的人自然不多，可見過的人總是忘不了她那明豔的模樣，一見她下車，便有人開始起鬨。

「這漂亮閨女都三朝回門啦，怎麼門前沒個人候著呢？」

「候什麼？馮家那是什麼性子，人家是把閨女賣了！賣了懂不懂？」

「這要是能賣給魏家，我有個閨女我也樂意賣。」

「你也得看魏家樂不樂意買呀？就你那模樣生的閨女，那得有多寒磣呀！不像馮家這姑娘，年紀大歸大，可模樣生得好。」

閒碎的話一堆堆，直到長星、渡雲去敲門，緊閉的大門終於開了一條縫。

縫裡探出腦袋，不耐煩喊：「誰呀……二、二姑娘?!」

門房驚訝得很，似乎是沒有預料到馮纓會出現在門前，等注意到她身邊坐在輪椅上的男人，更是驚得差點咬到舌頭。

「姑爺？」

圍觀的人哄堂大笑。「姑娘都三朝回門了，家裡難道連個人都沒有嗎？」

「馮伯爺是這幾天樂不思蜀，去哪裡睡花娘了吧？」

門房又氣又怕，忙讓人回去稟報，自己先開了門將人迎上前。「二姑娘休聽外頭人胡說，實在是伯爺這幾天太忙了，忘了這事……」

睜眼說瞎話的事馮纓不是頭一回見了，她早料到馮家不會對她有多在意，可也是沒想到今天會是這麼一個情況。

馮纓下意識的回頭看了眼魏韞，坐在輪椅上的男人淡然一笑，並沒說什麼。

明明神色如常，可馮纓就是覺得他心裡有些不喜。

祝氏很快帶著人趕到了門口。「這幾日府裡的事多，忙得很，實在不好意思把妳這要回門的事都給忘了。」

她臉皮厚，說這話絲毫不覺得不好意思。

「哎呀，這幾天家裡的事的確是多。」梅姨娘笑吟吟從門裡走了出來，一見魏韞，笑得越發燦爛。「姑爺也來了，快些進門吃茶。」

梅姨娘是個直脾氣的，當下挽過馮纓的手臂，笑著把人往門裡領。

祝氏臉色難看，尤其是注意到魏家的馬車和下人捧著送進門的回門禮，臉上的不滿更是遮也遮不住，正要說句不高興的話，餘光瞥見魏韞看著自己，祝氏立馬變了臉，諂媚地笑道：「魏長公子……」

魏韞微微頷首，身後的渡雲當即推著輪椅跟上馮纓和梅姨娘的腳步。

「二姑娘，妳不在這幾日，府裡熱鬧得不行。」梅姨娘咯咯笑，身上的肉都跟著顫了起來。「夫人想給三公子說親，怕他當了太多年的謙謙公子不知怎麼……嗯，所以就特意把自己身邊的一個丫鬟塞進三公子屋裡。」

「只是這樣？」馮纓心頭一動，輕聲問。

梅姨娘滿意的看著馮纓，見她聞弦歌知雅意，笑得越發幸災樂禍。「哪能只是這樣？那丫鬟衣裳都脫了，一見三公子進門，話都不說一句，撲上去就要脫他衣裳，三公子當即嚇得吐了一地！偏巧三公子當時身邊還帶了同僚，一下子全見到了那副情景，再聽見小丫鬟不懂事就張口閉口『夫人說』，夫人的臉都丟乾淨了……」

梅姨娘越想越好笑，聲音都跟著大了起來，馮纓哭笑不得地看她一眼，正要勸她小聲些，就見梅姨娘突然激動地啊了一聲。「三公子！」

梅姨娘臉上難掩興奮，她挽著馮纓的手急急往前走，這股興奮勁，明顯是幸災樂禍。

馮纓哭笑不得地被帶著往前，院子裡靜悄悄的，前頭長廊裡，馮澈就站在那兒。

他眉目清俊，帶著濃濃的書卷氣，容貌半隱在廊簷陰影下，顯得男女莫辨。他穿了一身天青色圓領寬袖衫，神情微黯，也不知在長廊上究竟站了多久。

馮纓打量著青年，後者似乎終於在梅姨娘聒噪的招呼聲中回過神來，緩緩地看了過來。

梅姨娘笑吟吟，壓不住的興奮，笑著和馮澈打招呼。「三公子在這兒做什麼？」

青年看看馮纓，又看看梅姨娘，微微頷首，嗓音有些低啞，宛如遲鈍的鋸子。「梅姨娘，二姊。」

馮家三公子馮澈，在平京城裡，大抵也算得上是一股清流。

都知道馮家是個什麼出身、忠義伯繼夫人祝氏又是個什麼樣的出身，馮澈同其他官家子弟一道進學堂的時候，人人都沒將他當作一回事。

偏偏馮澈是個聰明好學的，小小年紀，便過了一連串的科舉考試，雖不是什麼天才神童，也沒能得狀元、榜眼或探花，可年紀輕輕就入了翰林院，到底還是厲害得很。

這點，叫不少看不起馮家、看不起忠義伯的人，都不得不搖頭感慨馮家祖墳冒了青煙。

另外還有一點，都說少年人，知好色而慕少艾。

與馮澈年紀相仿的官家子弟，即便還沒娶妻生子，房事總有貼身伺候的，更不提少年風流，在花街柳巷裡有那一二相好。

馮澈沒有。不光沒有相好，沒有通房，更沒有妻子。

甚至於從某些方面來說，他好像還很反感和人有十分親密的接觸。

梅姨娘滿臉帶笑。「三公子，你臉色看著不大好，還是多休息休息。你也別怨你娘，夫人是個急脾氣的，就是沒個正經主意，叫你在同僚跟前丟了臉。」

馮澈微微一愣，眼眸微垂，嘴角動了動，馮纓拿不準他是不是苦笑了下。

「母親只是有些心急。」

馮纓拉了一把還想再說上兩句的梅姨娘，梅姨娘遺憾地嘆了口氣，只好把到嘴邊的揶揄嚥了回去。「三公子要是身子還成，不如等下陪陪姑爺，都是讀書人，指不定能聊到一塊去。」

說完，梅姨娘作勢要帶馮纓走，馮澈這時候突然單手握拳，輕輕咳了一聲。

馮纓回頭看他，他抬著眼，小心翼翼地望著她。「二姊為什麼願意回來，為什麼……同意嫁給魏長公子？」

梅姨娘臉色馬上變了。「馮家說到底還是二姑娘的家，怎麼能不願意回……」

馮纓微微一笑。「我有我自己想做的事。」

這時，祝氏帶著人已經從後頭跟了過來，馮澈臉色明顯有了變化，趁著人還沒走近，突然又問：「那二姊覺得，身為女子在這個世上可有什麼遺憾的地方？」

這個問題，他的聲音陡然間壓了下來，馮纓有一瞬的愣怔，等想開口作答，就見祝氏急匆匆走了過來。「你們姊弟倆在聊什麼？」

馮澈默默行禮，一言不發。

馮纓虛手做了個請的姿態。「不過就是簡單寒暄兩句。忘了問母親，怎麼沒見著爹，難道不在家？」

祝氏鬆口氣，尷尬地笑笑。「妳爹他忙……」她去拉扯馮澈，嘴裡道：「別擔心，有澈兒呢，澈兒會照顧好長公子的。」

今天是馮纓三朝回門的日子，可馮家壓根沒有準備回門的酒席，夫妻倆被迎進門後，祝氏這才慌慌張張地讓廚房準備起來。

馮奚言不在，祝氏雖端著主母的架勢，可對上馮纓，有意想要說幾句母女間的親密話都行不通，更別提說教的話了。

一時間，一屋子的女眷、梅姨娘和馮荔你看看我、我看看你，誰也不知道該說點什麼？

還是馮澈帶著魏韞進屋，祝氏這才掛起笑臉，假模假樣問：「長公子，我家纓娘沒給你添麻煩吧？」

她那口氣對著魏韞滿滿都是討好，魏韞卻似乎沒注意到她的討好。「能娶到纓娘，是我的福氣，哪裡會添什麼麻煩。」

「我家纓娘自小長在河西，這平京城裡的許多規矩她都不大清楚，這平日裡要是惹了什麼麻煩，還得長公子你多擔待。」

「咚」。

是馮纓擱下了茶盞。

祝氏尷尬地笑。「纓娘能成家，也算是結了她爹的一個心願，她親娘泉下有知，想必也會心安。」說著，她又扯扯馮澈。「我家澈兒與纓娘感情不錯，長公子念在他們姊弟一場，幫忙多照顧照顧澈兒……」

魏韞咳嗽兩聲，微微笑。「馮三公子年紀輕輕已經是翰林圖畫院待詔，哪裡需要我的照顧。」

「哪裡哪裡，魏長公子是太子跟前紅……」

「母親！」

不等馮纓打斷祝氏的話，馮澈先碰掉了手裡的茶盞。「母親既然沒事，兒去看看廚房準備得怎樣了。」

祝氏愣了一瞬，當即要跳起來。「君子遠庖廚，你去廚房做什麼？」

馮澈沒理，同魏韞作揖行禮，一揮袖子，邁著大步直接走了出去。

「大……三哥哥怎麼還在生氣？」馮蔻不滿地撇了撇嘴。

「畢竟傷了顏面。」馮凝低聲說著話，視線一直在魏韞身上停留。「魏長公子瞧著好像比先前圍獵的時候臉色要好上一些了。」

「總不能說是咱們這位二姊姊沖喜還真就給人沖好了吧。」馮蔻哼哼。

「不是說把二姊姊嫁給一個快死的人，好讓她當個寡婦的嗎？」

馮昭年紀小，聽見姊姊們的話，也不知道壓低點聲音，直接就問了出來。他上回敢在馮纓面前吵，雖然被教訓了幾句，可回頭聽祝氏在背後念叨馮纓的不好，多少又聽了進去。

衛姨娘有意要去捂他的嘴，可話已經說出口了，哪裡來得及？馮纓站了起來，抓過他的手，攤開手心「啪」一下，讓他自己打了自己的嘴巴。

「說對不起。」

馮昭嚇傻了，呆呆地張著手。

衛姨娘立即抱住兒子，渾身戰慄。「二姑娘、二姑娘別生氣，十公子還是孩子呢，他不懂事，二姑娘別生他的氣！」

衛姨娘是個膽子小的，攀著祝氏才在府裡有點活路，馮纓自然知道不會是她在背後說了那些難聽的話。

所以，她沒去看衛姨娘，轉頭盯著祝氏。「母親。」

「哎、哎！」

祝氏也嚇了一跳。

「母親，小十這是越來越不像話了。」

「他還小，還是個孩子……」

「爹苦讀出身，母親在爹身邊這麼多年，應該聽說過一句話。」

「什、什麼話？」

馮纓扶過魏韞的輪椅。「孔子云：『少成若天性，習慣如自然。』七歲這個年紀，也該開蒙，學著懂事了。」

衛姨娘是個嘴笨的，摟著馮昭除了「他還小」，什麼話都說不出來。

祝氏憋了半天也只尷尬地擠出一句話來。「妳十弟的性子……」

「小十再不教好，母親，妳滿肚子的算盤就要打壞了。」馮纓說著話，自然地去打量屋裡的幾個弟弟。

梅姨娘所出的馮瑞科舉落第，看著略顯平庸，但性子活潑，日後定有自己的出息。衛姨娘生的馮昭，是祝氏最寶貝的，現在看來已經被驕縱壞了。

至於芳姨娘的馮凌，年紀還太小，看不出什麼，不過芳姨娘聰明，想來不至於教壞了孩子。

「母親不必準備酒席了，長公子的身體還需要靜養，我們這就回去。」

馮纓推著輪椅就走，祝氏趕忙追了兩步，卻被幾個女衛攔了下來，祝氏跺了跺腳。「怎麼能、怎麼能就這麼走了……」

不走還想繼續留著聽人講廢話，再一不留神被弟弟妹妹們說兩句不好聽的？

從某方面而言，馮纓可是個十分護短的人。她從屋裡出來，繃著臉也不說話，一直等走得遠了些，這才呼出一口氣。

「妳不必和個孩子較真。」魏韞低笑。

「你也沒攔著。」馮纓回嘴。

魏韞笑。「妳肯護短，我更不必拆妳的臺。」

魏韞話不多，尤其對著祝氏等人更是話少，不過是遵著規矩偶爾應答幾句，更多的時候則是端著茶盞，有一口沒一口地品著。

馮家姊妹的話，他都聽著，甚至馮昭脫口而出的時候，他也只掀了掀眼皮，不發一言。

直到下一瞬馮纓突然站起身，拿著馮昭的手給了他自己一嘴巴子，他這才感覺到吃驚。

「忠義伯當年也是奮力科舉，這才得了功名，入仕為官，沒想到在小輩的教養上，卻顯得過於縱容了些。」魏韞說著，突然抬手，輕輕拍了拍馮纓推著輪椅的手背。「纓娘，三公子似乎有話要與妳說。」

馮纓抬頭，前頭拐角的地方，馮澈立在那兒，目光沈沈，遙遙作了一個揖。

有個小丫鬟從邊上跑了過去。「三公子，二姑娘惹惱了夫人，夫人正找你呢，你怎麼跑到這……」

馮纓毫不客氣地咳嗽一聲，小丫鬟猛地停下腳步，看到她，臉色一變，立馬嚥下嘴裡的話轉身就跑。

魏韞微不可察地搖搖頭。「忠義伯這府裡的規矩，委實不好。」

馮纓徑直往馮澈的方向過去。馮澈的精神狀態看著比先前更不好了。

「你在等我？」馮纓問。

馮澈點頭。

馮纓沈默，等著他說話，卻不想馮澈一開口，問的還是個老問題。

「二姊會不會遺憾，在這個世上自己生而為女？」

「為什麼要覺得遺憾？」馮纓反問。

馮澈沈默，良久道：「因為身為女子，許多事不好做，甚至不能做。」

馮纓突然屈指，不等他有反應，直接在他腦門上彈了幾下。

「翰林院的老學究把你帶偏了不成，怎麼突然想到這些？」

「二姊……」

「三兒，我和你不是一母所出，這些年也從未一塊長大，可我瞧著你不像你母親，所以有些話，你問我也樂意答。」

馮纓指指自己。「這世上人有很多種，女子自然也不例外，有像我這樣的，」她扭頭指指躲在角落裡窺視的小丫鬟。「也有她那樣的，還有像你母親、像衛姨娘、像梅姨娘那樣的。」

馮澈靜靜看著她，低聲道：「區別是什麼？」

「區別是每個人性子不同、身體條件不同。」

馮澈顯然有些沒聽明白。

馮纓忍不住端出當年給學生上課時候的姿態。

「你看，我是女子，可男人認為的沙場拚殺、彎弓射箭，我都會，我還能帶兵迎敵、負重行軍。但同樣是女子，你母親和家裡的姨娘們，她們就做不了這些，她們習慣了吃茶繡花、閒話家常。可這不是因為我是我、她們是她們，更具體的說，是因為我們生活的環境不一樣。」

馮纓一直相信，如果書裡原本的設定是女將軍生母沒有過世，沒有被大哥帶去河西，她也會長成一個循規蹈矩的姑娘。

但設定就是那樣，她年幼喪母，幼時離家，少時習武，幾乎一生都在戰場上，這才造就了原書中那個令人聞風喪膽的女羅剎、女殺神。

「女子生在這個世上，的確有很多不方便、很多侷限，可有沒有遺憾，看人，看她所處的環境、看她想成為什麼樣的人，起碼我沒有遺憾。」

馮纓並不想探究馮澈究竟是受了什麼刺激，突然問這樣的問題，趁祝氏等人沒趕上來，她先帶著魏韞上了馬車。

寬敞的馬車內，已經點起了香爐，分明是早有準備，馮纓扶著魏韞靠上車內柔軟的墊子，一抬眼，只見魏韞正靜靜的看著自己。「你早就知道我待不了多久？」

魏韞點點頭，嘴角彎起笑容。「不過比我預期的要更早一些。」

馮纓嘖舌。「我也沒料到會這麼快。」

她想過會在三朝回門的時候碰上什麼事，就是沒料到馮昭這一齣，那孩子被驕縱壞了，熊孩子一個。

魏韞笑著喝了口茶，忽道：「妳和馮待詔的關係很好？」

「不算壞，也沒那麼親近。」

「馮待詔的性子與忠義伯截然不同，也不知是像了誰。」

魏韞眸色深黑如夜，嘴裡說的話頗有深意，馮纓卻笑了起來。「這個倒不必懷疑，他的的確確是我爹的兒子。」

她眯眯眼。「祝氏和我爹的感情極好，還不至於懷上別人的孩子，讓我爹當這個冤大頭。」

話音剛落，馬車外忽地就傳來了叫喊聲，一聲聲地隨著笨重的腳步一起近到了車前。

「賢婿……賢婿哪！」

是馮奚言的聲音，一聲聲的，叫得馮纓頭皮發麻，忍不住打了個哆嗦。

魏韞忍笑，見她往角落裡避了避，方才伸手掀開簾子彎腰走了出去，馮奚言就站在馬車外，滿臉諂笑。「賢婿、賢婿身體可好？」

馮奚言身上還帶了濃濃的胭脂味，是那種劣等的胭脂香，刺鼻難聞。馮纓就是躲在馬車裡也躲不過這氣味的襲擊，心下「嗷」了一聲，捂住鼻子就鑽了出來。

「母親說爹近日十分忙碌，我看爹面色蠟黃，可一定要保重身子才好。」

「自然，自然。」馮奚言忙不迭點頭，說著抱怨道：「都是妳三弟的錯，妳娘好心給他找了個貼身照顧的丫鬟，結果臭小子……妳爹的臉面都快丟盡了。」

「爹何必和三兒置氣。」馮纓搖搖頭，扶過魏韞，作勢要將他扶回馬車。「爹不妨和三兒談談，聽聽他自己的想法，您知道，三兒又不是小十那樣不懂事的孩子，三兒大了，有自己的主意。」

馮奚言眼見著魏韞進了馬車，埋怨地瞪了馮纓一眼。「妳這丫頭，來時也不知派人先給爹打聲招呼。」

他說著把馮纓拉到一邊。「我瞧長公子的模樣，好像身體好一些了？妳可千萬要抓緊，趁著人還在，盡快懷上孩子，別等人沒了，連個孩子都沒有。」

馮纓隨口應了幾聲，憋著氣鑽回馬車。

一坐下，她立時重重地深呼吸。

魏韞眼中帶笑，唇角的弧度怎麼也壓不住。

「我的夫君大人，你想笑就笑，可別憋壞了自己。」馮纓無奈地側身趴上墊子。「我爹也不知是從哪個銷金窟裡爬出來的，一股臭味。」

她動作隨性，絲毫沒有女兒家的端莊，那側身趴下的動作有些大，出門前簪上的釵子沒留神便跟著歪到了一邊。

魏韞眉眼淺笑，伸手扶了扶簪子，寬大的袍袖沒留神拂過馮纓的臉，沾上女兒家唇間的胭脂。

等他收回手，自然也就瞧見了袖子上的一抹紅。

他抬眼去看，馮纓也才注意到，睜大了眼睛「哎呀」叫出聲來。

「能洗嗎？」這是很少用古代胭脂的馮纓問。

「應該能。」這是頭一回沾上胭脂的魏長公子答。

夫妻倆面面相覷，也不知是誰先沒忍住，一齊笑了起來。

馬車行了一段路，漸漸有糕點香甜的氣味順著風吹進車裡，原本有些昏昏欲睡的馮纓陡然間清醒了起來。

「前頭有家點心鋪，雖然不大，可賣的點心據說很得百姓喜歡，要是想要吃，讓人去買些回來。」魏韞說著，還真就打算喊渡雲去買點心。

馮纓忙道：「我自個兒去買就行。」

等馬車停下，她動作乾脆的下地，仰頭望著仍舊坐在車裡的男人。「你要先回去嗎？」

「我在前頭等妳。」

馮纓點點頭，帶上綠苔，循著香甜的氣味就往點心鋪摸了過去。

在那點心鋪裡忙活的是一對中年夫婦，丈夫纖瘦，妻子豐滿，夫妻倆一塊在鋪子裡忙，總是會沒留神就撞到一塊。

有閒漢在邊上打趣，丈夫憨憨地笑，妻子脾氣上來了，張口就要罵，馮纓隨手往那閒漢膝蓋上彈了塊石子，只見那閒漢「哎喲」一聲，猛一下跪在地上，疼得眼淚頓時流了出來。旁邊立即有人哈哈大笑。

「老闆娘，」馮纓收回視線。「這年還沒到呢，你怎的還先跪下了？」「店裡的點心各來一份帶走。」

老闆娘動作索利，夫妻倆你挾點心我打包，幾下工夫就把她要的都打包好送到了手邊。

馮纓說了聲謝謝，提著油紙包轉身就走。

還沒走出去幾步，一個穿著花裡胡哨的男人搖著扇子，晃到了她的跟前。

「嫂子居然喜歡吃這家的點心？看來是大堂哥他慢待了妳，不如跟我去附近酒樓吃杯酒，我讓人給嫂子買咱們平京城裡最好的點心嚐嚐！」

面對天氣轉涼了卻還搖扇子的魏旌，馮纓只能用關愛智障的眼神看了兩眼。

偏偏他的確是個智障，見狀竟還往前湊了兩步，用只有兩個人的聲音，說道：「嫂子，我大堂哥那天疼過妳沒有？他要是疼不了妳，妳也別忍著，荒廢了花期多不好。」

他扯著嘴角笑了一聲。「雖然嫂子妳這年紀怎麼也該過了花期，可年紀大有年紀大的好處……」

馮纓抬手，一巴掌搧了過去。周遭原本只顧著自己手裡事的路人，一下子被這巴掌吸引了注意，魏旌身邊跟著的幾個僕役當下也都跑了過來。

馮纓手勁不小，這一巴掌打過去直接把人給打懵了。

不光懵了，還腳步踉蹌了兩下，差點摔倒，他捂著臉，不可思議地看向馮纓。「妳……妳……妳怎麼還打人哪？」

馮纓嫌惡地擦了擦手，見點心沒事這才稍稍鬆了口氣。

「三弟，你平日裡欺男霸女也就罷了，怎麼能這麼不知禮數，目無尊長？我好歹也是你堂兄的妻子，是你正正經經的大嫂，你這欺負到我跟前來，難道是想聽我進宮告御狀不成？」馮纓嘆了口氣。「你這性子，若是在河……只怕是早被人捆起來打死了，哪裡還用得著我給你一巴掌提提醒。」

「妳……」魏旌氣得發抖，剛要說話，被打的臉立馬疼得他「哎喲喲」地連聲叫起來。看魏旌半張臉都腫了，馮纓回頭看了眼綠苔。

後者得了一袋點心，這會兒工夫已經啃上了。

「其實，他的臉皮要是有妳一般厚，也不至於受了我一巴掌，臉就腫成這樣子。」馮纓嘆氣。

綠苔眨眨眼，自顧自地舔掉嘴角的點心渣。

馮纓才懶得管魏旌的臉等會兒會不會腫得更厲害，主僕倆沿著路往前走，沒兩步就瞧見了他們的馬車，長星、渡雲就站在馬車邊，一見她們回來，神色有些古怪。

馮纓看看他們，回頭看了眼綠苔，恍然覺得自己找到原因，伸手就擰了把綠苔的臉肉。

「嘴邊都舔乾淨了！留點晚上當宵夜行不行？」

她說完爬上馬車，獻寶似的把一袋點心全都堆在了魏韞的面前。

魏韞哭笑不得，卻沒管她都買了哪些點心，只拉過馮纓的手，輕輕嘆了口氣，拿帕子擦了擦她乾乾淨淨的手心。

馮纓被擦得發癢，忍不住要笑，卻見他神情認真，當下回過神來。

「你、都看見了？」她指了指車外。

「嗯。」魏韞頷首。「打得好。他臉嫩，過半個時辰，能腫得像豬頭。」

馮纓這才終於沒忍住，笑得彎了腰。

他們夫妻這頭坐著馬車晃晃悠悠回魏府。那邊腫了半張臉的魏旌氣惱地拿扇子遮著臉走在回去的路上。

「二公子、二公子，要不咱們先去看個大夫？」

「放你娘的屁！」魏旌氣得合攏扇子敲打僕役的頭。「你家公子這張臉要是上了藥，豈不是要被人笑話！」

「可、可您不上藥，腫著也、也被人笑話啊……」

「還頂嘴！還頂嘴！」

魏旌氣得跳腳，剛罵兩聲，又扯到臉肉，疼得直「哎喲」。

幾個僕役最是懂他的心思，見他疼得又要找茬，忙四下看有什麼能逗他開心的，這四下一瞄，還真就瞄到了好東西。

「公子快看，那兒有個賣身葬父的小美人！」

魏旌最近安靜得不得了。

康氏平日裡雖看不上這個姪子，可到底是魏家人，難免會過問兩句，可魏家上下卻是沒人知道他最近是不是吃錯了什麼藥。

唯獨荀氏，似乎是覺得自家兒子突然乖了，高興得不行，逢人就帶三分笑，更是成日裡往棲行院送東西。

岳氏還是那火爆脾氣。

三房老爺的柳姨娘突然又有了身孕，偷摸著把身邊一個臉嫩的丫鬟塞給了老爺，勾得人連著幾日在書房裡胡混。岳氏氣不過，抄著木棍子就往自家老爺身上招呼。

這一頓吵一頓鬧，平白叫長房二房的下人們笑話了好幾日，等到夫婦倆把事鬧到了魏陽和康氏面前，身為大哥大嫂，夫婦倆一個恨不能給兄弟幾巴掌，一個轉身又把自己關回了佛堂。

馮纓和魏韞兩人就在魏家亂哄哄的熱鬧中，悠閒地過著自己的日子。

與此同時的魏旌，也在府外有了神仙一般的生活。

前幾日他挨了馮纓一巴掌，腫著半張豬頭臉買下了跪在路邊賣身葬父的小美人。

那小美人生得太好，眉如遠山，目含秋水，櫻桃小口一丟丟，一張嘴，一咬唇，唇紅齒白，那小眼神再帶點水光，往人身上就這麼一瞅一看，都叫人心尖兒直發癢。

魏旌實在是癢得不行，又怕自己腫著臉嚇壞了小美人，愣是將人客客氣氣地安置在他一狐朋狗友家的客棧裡。

他慣常尋花問柳，自然是瞧上了小美人的容貌身段，頭天晚上在床上翻來覆去，想得不行，大半夜的把身邊的宋氏推搡醒，胡鬧了一晚上。

第二天天才亮，也不等宋氏起來，直接穿了一身簇新的衣裳，頂著又青又紫的豬頭臉出門去了。

一路上一邊走，他還一邊讓身邊的僕役把昨晚打聽來的消息都說上一遍。

僕役嘿嘿直笑，附耳道：「公子，那小美人姓宋，閨名喚作嬌娘。原是文州城裡的一個倌兒，家裡沒錢，娘死得早，爹又重病，她就自己去了花樓裡賣藝不賣身。後來花樓的嬤嬤要逼她賣身，她就想方設法逃了出來，帶著爹一路逃到平京想投奔親戚。

「誰知親戚早不知搬去了哪裡，她爹重病又犯，父女倆花光了身上所有的錢，連住的地方都沒了，就在郊外破廟裡熬日子，昨兒個她爹死了，沒錢下葬，她沒法子只好賣身葬父……」

魏旌臉上一喜。「本公子果真是大善人，這是救了一個差點流落風塵的小美人哪！可惜她爹才死，不好這時候就把人收房，不然我可見不得她在外頭再吃苦頭。」

他嘴上這麼說，去客棧見人的腳步絲毫不見停。

都說男要俏，一身皂；女要俏，三分孝。

宋嬌娘一身孝，和魏旌視線交會，滿眼都是感激和靦覥，彷彿他豬頭一般的臉絲毫沒能讓她覺得害怕。

魏旌高興極了，進門幾句話下來，便向人許下承諾，答應等她出了孝會好生照顧她。

當然，這不過就是空話。

沒過兩日，藉著酒興，魏旌摟著嬌娘滾上了床鋪。

嬌娘初時哭著尋死覓活，魏旌正是興頭上，哪裡會覺不耐煩，摟著人好一番哄，這才把人安撫下來，然後從客棧搬出來，搬進了一處不大的小宅子直接金屋藏嬌起來。

魏旌還怕沒人照顧她，特意找了個婆子搬過去一塊生活。那婆子長得尖嘴猴腮，年輕的時候卻也是花樓裡的行首，最是會伺候男人。

經過婆子調教，宋嬌娘床笫之間很快風情萬種、妖妖嬈嬈起來，迷得魏旌沒日沒夜地討要，金銀珠寶、綾羅綢緞不要錢似的往她面前捧。

她初時還因著孝期穿那一身白，到後面魏旌看厭了，便換下孝衣，穿紅戴綠起來。

宋嬌娘的性子十分討魏旌的歡喜，他後院裡女人不少，外頭更是有不少相好，可偏就迷上了宋嬌娘這一口，連帶著覺得白日裡的神仙日子實在太短，恨不能夜裡也睡在她身邊。

他藏了幾天，到底沒把人藏住，很快他置外室的消息便傳回了魏家。

荀氏覺得氣惱，逼問宋氏知不知道他在外頭做些什麼？宋氏一問三不知，被婆母訓得眼淚直掉。

荀氏讓人把魏旌帶回府，問他外頭究竟藏了什麼樣的人。魏旌忙不迭解釋，荀氏得知宋嬌娘竟還在孝期，氣不打一處來，可又捨不得斥責兒子，只好轉頭遷怒宋氏。

當天夜裡，整個魏家都知道，二公子又在外頭看上了良家姑娘。這一回，人還沒出孝期就已經成外室了，據說二公子打算等外室過了孝期後再把人接進府中。

到第二日，馮纓這頭便接到消息，說看到宋氏又從外頭偷偷買了藥回來調理身子。

彼時魏韞正神色平靜的站在屋子裡穿衣，見馮纓與碧光一邊說話一邊進屋，轉過身抬手繫上衣帶。

「二公子一早又出去了。」馮纓快走兩步，幫著他穿上外裳。「聽說，三叔母怕那頭的婆子不會照顧人，還把自己身邊的一個丫鬟派了過去。」

魏韞輕輕地「嗯」了一聲，臉上格外平靜。

馮纓看他一眼。「二公子這麼胡來，我怎麼看府上好像從來都沒打算約束他？」

「管不住，祖母喜歡他。」魏韞微微低頭，視線落在她糾結的眉頭上。「繫錯了。」

他聲音不重，馮纓「哎呀」一聲，擰著眉頭解開他的衣帶重新穿戴。「你們男人的衣裳怎麼這麼麻煩。」

魏韞哭笑不得。「可我記得，妳也有男裝。」

「給自己穿，和給別人穿能一樣嗎！」

魏韞不喜歡丫鬟近身伺候。他身邊唯二伺候的只有長星、渡雲，再往下雖也有伺候的人，可都近不到身前。

馮纓嫁進門頭幾日，還想過讓碧光服侍他漱洗更衣，可一眼瞧見他眉頭蹙了一瞬，旋即明白過來。等發現自己近身照料不會讓他覺得不悅後，屋裡許多事便用不著長星、渡雲了。

饒是如此，穿衣這類事，她還是覺得有些棘手。

「等下吃過藥咱們再進宮。」好不容易給他穿好，馮纓當下抬手擦了擦自己的汗。

魏韞「嗯」了一聲，視線從她掛著汗的臉頰一掃而過。「魏旌那邊的事，妳不必管。」

馮纓應了一聲，拿了進宮要穿的衣裙，走到離床榻不遠的屏風後。

「知道呢。不過弟妹好像又去外頭找藥了。」她說著探出頭。「你說，他們院子裡這麼多年沒有過一個孩子，是不是原因出在魏旌身上？」

魏韞掃了屏風一眼就收回了視線。「或許吧。」

言語間，雪白的肩頭始終晃蕩在眼前。

藥很快端進門來，等馮纓從屏風後換好衣裙出來，魏韞已經幾口喝完了藥。

「走吧，該進宮了。」

夫婦倆坐上馬車，進宮去給慶元帝謝恩。

其實他們早該進宮的。他們這門親，對外是天子賜婚，成婚後第二日論理就該進宮謝恩，但考慮到魏韞的身體狀況，帝后命太子親至魏府安撫，允許等他身體好些後再進宮。

馬車來到宮門外，守門的護衛見到了馬車上的標誌，當下恭敬地退到一邊，放馬車進宮。

因著魏韞的身體狀況，這些年來慶元帝一貫特許他的馬車可以在宮裡多行兩段路。

到了馬車不能再通行的地方，馮纓掀開簾子跳下馬車，轉身去扶跟在她後面出來的魏韞。

魏韞無奈地搖了搖頭，扶著她的手走下馬車。「這應該是我做的事。」

「這點小事不必在意。」馮纓替他理了理外裳，嘿嘿一笑。「我哪天要是病了，你也這麼照顧我就成。」

她才說完，腦門先被輕輕彈了一下。

她揉揉頭，魏韞一臉不贊同。「別瞎說話。」

馮纓吐吐舌頭。

「含光，纓娘。」

馮纓回頭，看到了與太子妃攜手而來的太子，她與魏韞並肩站著，笑盈盈行禮。「太子表哥，表嫂。」

太子的目光從兩人身上掃過。「父皇從今早上朝起就一直盼著能見你們。」

太子妃掩唇笑。「母后也一直等著纓娘呢。」

四人來到承元殿，殿內宮女太監們都滿臉喜色，見了他們，臉上更是堆滿了笑意。一個女官上前行禮道：「殿下、魏大人，陛下正盼著貴人們呢。」

馮纓疑惑。「宮裡可是有什麼喜事？」

「就在方才，後宮的禧嬪娘娘誕下皇子，自然歡喜。」

她下意識去看太子。太子神色平靜，想來是早已得到了消息。

一個成年且已經坐穩位置的太子，和一個剛出生的小皇子，倒的確不用擔心。

馮纓走到內殿，慶元帝正與皇后說著小皇子的事。皇后溫婉大方，細心叮囑宮女要照料好小皇子。

「陛下。」魏韞走到跟前行禮。

帝后一同看了過來，心情極好，當下揮手賜座。「你們來了。含光、纓娘，快坐近些，讓朕看看。」

馮纓應聲，坐到了近處。「恭喜表舅又得麟兒。」

「禧嬪這一胎懷得不穩，好不容易月分大了，太醫都說恐會難產，結果今日生產還真遇上了問題。沒想到你們前腳進宮，後腳難產的禧嬪就順利生下了小皇子，說起來，倒像是你們夫妻倆帶來的好運。」皇后心情非常好，當下脫了手上的一枚玉鐲套進馮纓的手腕。「禧嬪是我同族的妹妹，她能安然，我十分高興。要不是孩子剛出生不好見風，真該抱過來讓你們看看。」

「下回看也成。」馮纓笑著收下禮物。「表舅，我們來也沒帶什麼禮，下回再給小表弟補上。」

這話說得親近，慶元帝心下十分舒坦。他慈和地看著馮纓和魏韞。「他一個才睜開眼的小娃娃，要你們送什麼禮？你們大婚，朕不能親自到場，才該補上大禮。」

慶元帝說著看向魏韞，目光溫柔。「含光的身體看著也好多了。」

魏韞行禮。「託陛下鴻福。」

慶元帝揮手。「朕沒能給你什麼福氣。」

他笑了笑，看看魏韞，又看看馮纓，最後目光落回到魏韞身上。「朕打算封纓娘為縣主，同時，授遊騎將軍。」

慶元帝不是位很愛封賞的皇帝，可他也不吝嗇封賞。

尤其馮纓本就與皇家沾親帶故，得一二封賞不是什麼難事。按照她生母和靜郡主的爵位，她差不多也能得個鄉君的封號，只是沒承想嫁人後第一次晉封，竟然直接被封為縣主，還賜了封號清平。

除此之外，又授封遊騎將軍。

慶元帝的意思是，縣主本就是在當年就要給馮纓的封賞。但那時因為馮奚言喪妻後很快再娶，慶元帝惱羞成怒，索性擱下再議，這一擱就擱了差不多二十年。

至於遊騎將軍。

馮纓身上本就有校尉一職，河西這些年，她立下大小軍功無數，關外幾乎人人皆知河西盛家軍裡有個女羅剎。

論理，她也早該官至將軍，哪怕僅僅只是散官，也應當與她的舅舅們同為將軍。

可朝中老臣對女子為官總覺不好，各種阻攔的聲音，讓慶元帝不得已一直壓著，這一回，喜事臨門，他懶得再管那些反對，大手一揮，給了！

「陛下賜下的這個封號如何？」從宮裡出來，魏韞看向走在身邊的馮纓。她神情歡愉，對今天得封號的事接受得十分坦然。

「挺好的。」馮纓撓了撓臉頰。「我本來還以為，表舅要給我賜封號叫什麼永福、永樂、昌平、壽安，結果是清平。」

魏韞在一旁低笑。「海晏河清，萬世太平。是個好名字。」

馮纓點頭。「我也覺得，不過我更喜歡遊騎將軍。」

「因為很威武？」

馮纓笑了下，眉眼間帶幾分颯爽傲氣。「盛家的兒女，沒有人不想有一天能當將軍的。」

盛家手握重兵，人人都怕有一天盛家權傾朝野，隻手遮天，甚至顛覆朝政。可盛家上下，似乎壓根就沒有往朝中發展的念頭，這麼多年來始終駐守承北一帶，盛家小輩及盛家親兵皆以成為將軍為榮。

就連馮纓也是。

「那麼馮將軍，接下來是回家，還是想去哪裡轉轉？」魏韞問。

馮纓看了他一眼。「我想找點酒喝，就一點點。」

她抬手，做了個一咪咪的手勢。

棲行院沒酒，魏韞身子又才轉好一些，康氏和魏陽正看得緊，她就不敢直接在院裡找酒喝。但今天這麼高興的時候，要是能喝點酒助助興就好了。

魏韞哭笑不得。「好。」

他剛一答應，馮纓就歡呼了一聲。「那我先走啦！回頭給你帶好吃的！」

她拉上碧光、綠苔就跑。

後頭，魏韞無奈地搖頭，而後低聲道：「去如意坊。」

還是上回那胡姬開的酒壚。

馮纓一身富裕人家的打扮，迎著滿酒壚打量的目光與胡姬說話。

胡姬被她逗得咯咯直笑，大方地給她多打了幾勺酒。「上回見還是姑娘，這回都成夫人了。下回再來，這位夫人該不會肚子裡就揣上一個了吧。」

胡姬說著，手往馮纓纖細的腰身上摸了一把。「這腰，我要是男人，我都要愛不釋手，妳夫君真是好命。」

馮纓嘻嘻笑。「這位姊姊才生得叫人羨慕，也不知便宜了誰。」

胡姬微揚起下巴，哼了一聲，扭過腰招呼新進門的客人。「這位小娘要多少酒？」

「三壺。」

回應的聲音略有些耳熟，馮纓下意識回頭去看——

「妳怎麼回來了？」

一美豔女子含笑抬眼，一時間，四目相對。

——未完，待續，請看文創風894《歪打正緣》2

2020年10月出版

佳窈送上門

文創風 890～892

這麼一個冷面清俊的郎君，
吃起辣來嘴唇嫣紅、多了些人氣，
配著這美景，她能再多吃一碗飯～～

字句料理酸甜苦辣，
終成一道幸福佳餚／春水煎茶

能吃就是福，可姜舒窈的娘卻非得把她餓成窈窕淑女，
偏偏她不是塊君子好逑的料，反而得尋死逼人娶自己，
這一上吊可好，原主的黑鍋，全得由她這個「外來客」背了。
幸虧她什麼沒有，就是心大，新婚見著夫君——謝珣，
那張謫仙面容和翩翩君子風範，讓她很是滿意。
他不是自願娶她，定然不肯與她親近，但也不會苛待她。
果然，婚後她沒人管束，成日在小廚房內鑽營美食，
玉子燒、麻辣鍋、蛋糕……香氣四溢，
不但小姪子們被勾來，偶爾還能吸引美男夫君陪吃，可逍遙了！
好景不常，也不知怎的，老夫人想給她立規矩了……
晨昏定省能回去補眠，可抄經書是怎麼回事？她不會寫毛筆字呀！
正當她咬著毛筆桿苦惱時，有了飯友情誼的他說道：
「母親只是想磨妳的性子，與其趕工，倒不如白日多表現。」
這話的意思……是讓她耍心機，賣乖抱大腿？
咦？總是板著一張冷臉的夫君，也沒想像中古板嘛！

2020年10月出版

娘子不給吃豆腐

文創風 887～889

爽朗果決的賣油娘，
遇見勤快機靈的豆腐郎，
打磨樸實幸福的日常……

家長里短，幸福雋永／秋水痕

天生神力卻要裝成弱不禁風是一種怎樣的體驗？
韓梅香扮嬌滴滴的小家碧玉，憋了十多年。
大概是上輩子燒好香，出生在有田有油坊的好人家，
父母怕一身力氣的她被街坊說閒話，更擔心未來婆家嫌棄，
叮嚀她躲在深閨讀書繡花，幫著操持家務就好。
爹疼娘愛的梅香，無憂無慮的過日子，等著出嫁。
怎知爹爹意外亡故，留下孤兒寡母，和惹人覬覦的家產，
娘親天天以淚洗面，弟弟妹妹又尚年幼，
為了家人，梅香挺身而出，逼退覬覦她家產的惡親戚，
種田種地又榨油，天天扛菜扛油上集市賣，
一掃過去嬌氣形象，儼然成了家中頂梁柱。
因故退親後，梅香過得自在舒心，對於婚事更是一點都不著急。
直到大黃灣的豆腐郎黃茂林老在她跟前獻殷勤……
明明他才是賣豆腐的，梅香怎麼覺得被吃豆腐的人是自己啊？

為流浪貓狗加油 和貓寶貝 狗寶貝

廝守終生(一定要終生喔！)的幸福機會

對人來說，貓寶貝狗寶貝只是生活的一部分，但妳（你）對牠們來說，卻是生活的全部，領養前請一定要考慮清楚——

▲ 氣質優雅又可愛的 狐狸

性　　別：女生
品　　種：米克斯
年　　紀：7個月
個　　性：活潑愛玩
健康狀況：已施打三合一預防針
目前住所：台北市大安區（台灣愛貓協會）

本期資料來源：台灣愛貓協會

『狐狸』的故事：

時而舉止優雅、時而活潑可愛的狐狸，從內湖動物之家移送到愛貓協會，已生活四個多月了。牠天生沒有眼瞼，所以當晶亮的眼睛東瞧瞧西看看時，感覺就像小狐狸般機伶可愛，故取名為狐狸。

即使先天上不完美，可狐狸的個性活潑親人，喜歡追逐掃把，愛跟其他小貓玩，也會討罐頭吃，如此討人喜歡的開心果，很適合成為新手家庭裡的一員。

由於少了眼瞼，眼睛缺乏保護容易受傷，目前因右眼角膜受損，已摘除右眼，但左眼視力並不受影響，日常生活也依舊活力充沛，預定等長到一歲以後接受眼瞼的移植手術，將來絕對是隻魅力滿點的明星貓美人。

為了救援公立收容所內急需救援的貓咪而成立的台灣愛貓協會，如今正等待您的愛與關懷。若您欲認養狐狸，請來信catkitten99@gmail.com，台灣愛貓協會歡迎您的參與。

認養資格及注意事項：

1. 居住台中以北，23歲以上，環境適合養貓，並有工作收入者。
2. 須同意簽認養寵物切結書。
3. 須同意送養人日後之追蹤探訪，對待狐狸不離不棄。

來信請說明：

a. 個人基本資料：姓名、性別、年齡、家庭狀況、職業與經濟來源等。
b. 想認養狐狸的理由。
c. 過去養寵物的經驗，及簡介一下您的飼養環境。
d. 若未來有結婚、懷孕、出國或搬家等計劃，將如何安置狐狸？

文創風
893

歪打正緣 1

國家圖書館出版品預行編目資料

歪打正緣 / 畫淺眉著. --
初版. -- 臺北市 : 狗屋, 2020.10
冊 ; 公分. --（文創風）
ISBN 978-986-509-150-7（第1冊 : 平裝）. --

857.7　　109012754

著作者	畫淺眉
編輯	黃淑珍　李佩倫
校對	陳依伶
發行所	狗屋出版社有限公司
地址	台北市104中山區龍江路71巷15號1樓
電話	02-2776-5889～0
發行字號	局版台業字845號
法律顧問	蕭雄淋律師
總經銷	知遠文化事業有限公司
電話	02-2664-8800
初版	2020年10月
國際書碼	ISBN-13　978-986-509-150-7

本著作物由北京晉江原創網絡科技有限公司授權出版

定價260元
狗屋劃撥帳號：19001626
網址：love.doghouse.com.tw　E-mail：love@doghouse.com.tw